LE
D'INNSMOUTH

Du même auteur
aux Éditions J'ai lu

Dagon, *J'ai lu* 4094
Night Ocean, *J'ai lu* 2519
Le cauchemar d'Innsmouth, *J'ai lu* 4094
Le mythe de Cthulhu, *J'ai lu* 4176
La quête onirique de Kadath l'inconnue, *J'ai lu* 4256, *Librio* 188
Les montagnes hallucinées, *suivi de*
Dans l'abîme du temps, *J'ai lu* 4094
L'abomination de Dunwich *J'ai lu* 4402

Les Autres Dieux, *Librio* 68

H.P. LOVECRAFT

LE CAUCHEMAR D'INNSMOUTH

ET AUTRES NOUVELLES

Traduits de l'américain
par Simone Lamblin, Jacques Papy
et Yves Rivière

J'AI LU

LE CAUCHEMAR D'INNSMOUTH

1

Au cours de l'hiver 1927-1928, des fonctionnaires du gouvernement fédéral menèrent une enquête mystérieuse et confidentielle à propos de certains faits survenus dans l'ancien port de pêche d'Innsmouth, Massachusetts. Le public ne l'apprit qu'en février, à l'occasion d'une importante série de rafles et d'arrestations, suivie de l'incendie volontaire et du dynamitage - avec les précautions qui s'imposaient - d'un nombre considérable de maisons délabrées, vermoulues et qu'on supposait vides, le long du front de mer abandonné. Les esprits peu curieux considérèrent cet événement comme l'un des affrontements les plus graves de la guerre intermittente contre les trafiquants d'alcool.

Néanmoins, les plus attentifs lecteurs de la presse s'étonnèrent du nombre prodigieux des arrestations, des forces de police exceptionnelles qu'on y mobilisa, et du secret qui entourait le sort des prisonniers. Il ne fut pas question de procès, ni même d'accusation précise ; et l'on ne vit par la suite aucun des captifs dans les geôles officielles du pays. Il y eut de vagues déclarations à propos de camps de concentration, de maladie, et plus tard de dispersion dans diverses prisons militaires et navales, mais on ne sut jamais rien de positif. Innsmouth elle-même resta presque dépeuplée, et c'est à peine si elle commence aujourd'hui à donner quelques signes d'une lente renaissance.

Les protestations de nombreuses organisations libérales donnèrent lieu à de longs entretiens tenus secrets, et l'on emmena leurs représentants visiter certains camps et prisons. A la suite de quoi, lesdites organisations devinrent singulièrement passives et réticentes. Les journalistes furent plus difficiles à manier, mais ils finirent par coopérer, pour la plupart, avec le gouvernement. Un seul journal – un petit format toujours suspect d'extravagance – parla d'un sous-marin de grande profondeur qui aurait déchargé des torpilles dans l'abîme situé au-delà du Récif du Diable. Cette nouvelle, recueillie au hasard d'un café de matelots, parut vraiment très invraisemblable puisque le bas et noir récif se trouve à un bon mille et demi du port d'Innsmouth.

Les gens de la campagne et des villes environnantes échangèrent maints propos à voix basse, mais n'en dirent presque rien aux étrangers. Depuis bientôt un siècle qu'ils parlaient de l'agonisante Innsmouth à moitié déserte, rien de nouveau ne pouvait être plus hideux et délirant que ce qu'on avait chuchoté et insinué dans les années passées. Bien des incidents leur avaient appris à se taire, et désormais on aurait en vain tenté de les contraindre. D'ailleurs ils ne savaient pas grand-chose car de vastes marécages, désolés et sans habitants, séparent Innsmouth de l'intérieur des terres.

Mais je vais enfin braver l'interdit qui fait le silence sur cette affaire. Les résultats, j'en suis certain, sont tellement décisifs qu'à part une violente répulsion, on ne risque aucun dommage public à laisser entendre ce qu'ont découvert à Innsmouth ces enquêteurs horrifiés. Du reste, il peut y avoir à ces découvertes plus d'une explication. J'ignore dans quelle mesure on m'a raconté, même à moi, toute l'histoire, et j'ai bien des raisons pour ne pas avoir envie d'approfondir. Car je m'y suis trouvé mêlé plus étroitement qu'aucun autre profane, et j'en ai reçu des impressions qui peuvent encore me mener à des décisions radicales.

C'est moi qui, affolé, me suis enfui d'Innsmouth à l'aube du 16 juillet 1927, et dont les appels épouvantés ont entraîné l'enquête et l'action du gouvernement telles qu'on les a rapportées. J'ai préféré garder le silence tant que l'affaire était incertaine et de fraîche date ; mais maintenant, c'est une vieille histoire qui ne suscite plus la curiosité ni l'intérêt du public, et j'éprouve un étrange désir de dire tout bas les effroyables heures que j'ai passées dans ce lieu malfamé et malchanceux, havre de mort et de monstruosités impies. Le seul fait de raconter m'aide à reprendre confiance en mes propres facultés, en prouvant que je n'ai pas été simplement la première victime d'une hallucination contagieuse et cauchemardesque. Il m'aide aussi à me décider pour le pas terrible que je vais avoir à franchir.

Je n'avais jamais entendu parler d'Innsmouth avant la veille du jour où je la vis pour la première et – jusqu'ici – dernière fois. Je fêtais ma majorité en parcourant la Nouvelle-Angleterre – en touriste, amateur d'antiquités et de généalogie – et j'avais projeté d'aller directement du vieux Newburyport jusqu'à Arkham, d'où venait la famille de ma mère. N'ayant pas de voiture, je voyageais par le train, le tramway et le car, en choisissant toujours le trajet le plus économique. A Newburyport, on me dit que pour Arkham il fallait prendre le train à vapeur ; ce fut seulement au guichet de la gare, où j'hésitais, trouvant le billet trop cher, que j'appris l'existence d'Innsmouth. L'employé, gros homme au visage rusé, dont le langage prouvait qu'il n'était pas du pays, sembla comprendre mes soucis d'économie et me suggéra une solution qu'aucun de mes informateurs ne m'avait proposée.

« Vous *pourriez* prendre le vieil autobus, je crois, dit-il avec une certaine hésitation, mais on ne l'aime pas beaucoup par ici. Il passe par Innsmouth – vous avez dû en entendre parler – et ça ne plaît pas aux gens. C'est un type d'Innsmouth qui conduit – Joe Sargent – mais j'ai l'impression qu'il ne doit jamais charger aucun client ni ici ni à Arkham. Je me demande comment il fait pour continuer. Les places doivent pas être chères, mais j'y vois jamais plus de deux ou trois personnes – et toujours des gens d'Innsmouth. Il quitte la grand-place – en face de la pharmacie Hammond – à dix heures du matin et à sept heures du soir, à moins qu'il ait changé dernièrement. Ça a l'air d'une terrible guimbarde – j'ai jamais été dedans. »

Ce fut donc la première fois que j'entendis parler de la sombre Innsmouth. Toute mention d'une agglomération ni portée sur les cartes ordinaires ni mentionnée dans les guides récents m'aurait intéressé, mais la manière bizarre dont l'employé y avait fait allusion éveilla une sorte de réelle curiosité. Une ville capable d'inspirer à ses voisins une telle répugnance devait au moins, me dis-je, sortir de l'ordinaire et mériter l'attention d'un touriste. Si elle était avant Arkham, je m'y arrêterais – je priai donc l'employé de m'en parler un peu. Il fut très circonspect, et aborda le sujet d'un air un peu condescendant.

« Innsmouth ? Ma foi, c'est une drôle de ville à l'embouchure du Manuxet. C'était presque une cité – en tout cas un grand port avant la guerre de 1812 – mais tout s'est détraqué dans les cent dernières années à peu près. Plus de chemin de fer – le B. & M.[1] n'y passe jamais, et la ligne secondaire qui venait de Rowley a été abandonnée il y a des années.

« Il reste plus de maisons vides que de gens, je crois, et pour ainsi dire il n'y a plus de commerces sauf la pêche et les parcs à homards. Toutes les affaires se font surtout ici ou à Arkham ou Ipswich. Autrefois, ils avaient quelques fabriques, mais il ne reste rien aujourd'hui qu'un atelier d'affinage d'or qui fonctionne à très petit rendement.

« N'empêche que, dans le temps, c'était une grosse affaire, et le vieux Marsh, son propriétaire, doit être riche comme Crésus. Drôle de type, d'ailleurs, toujours bouclé chez lui. Il aurait attrapé sur le tard une maladie de peau ou une difformité qui l'empêcherait de se montrer. C'est le petit-fils du capitaine Obed Marsh, qui a fondé l'affaire. Sa mère devait être une espèce d'étrangère – on dit une insulaire des mers du Sud –, aussi ça a fait un boucan de tous les diables quand il a épousé une fille d'Ipswich voilà cinquante ans. On est toujours comme ça avec les gens d'Innsmouth, et ceux de par ici qui ont du sang d'Innsmouth essaient toujours de le cacher. Mais les enfants et les petits-enfants de Marsh, pour ce que j'en ai vu, m'ont l'air tout à fait comme tout le monde. Je me les suis fait montrer ici – bien que, maintenant que j'y pense, on n'ait pas vu les aînés ces derniers temps. Le vieux, je l'ai jamais vu.

« Et pourquoi tout le monde en veut comme ça à Innsmouth ? Ma foi, jeune homme, il ne faut pas attacher trop d'importance à ce que disent les gens du pays. Ils sont difficiles à mettre en train, mais quand ils ont démarré, ça n'en finit plus. Ils n'ont fait que raconter des histoires sur Innsmouth – ou plutôt chuchoter – pendant les cent dernières années, je pense, et j'en conclus qu'ils ont peur, surtout. Certaines de ces fables vous feraient rire – comme celle du vieux capitaine Marsh qui aurait conclu un pacte avec le diable et aurait fait venir des diablotins de l'enfer

1. B & M. : la ligne Boston et Maine. *(N.d.T.)*

pour les installer à Innsmouth, ou ces espèces de cultes sataniques et de terribles sacrifices dans un endroit près des quais qu'on aurait découvert autour de 1845 – mais je viens de Panton, dans le Vermont, et tout ça ne prend pas avec moi.

« Pourtant, je voudrais que vous entendiez ces vieux à propos du récif noir, un peu à distance de la côte – le Récif du Diable, ils l'appellent. Il est bien au-dessus de l'eau la plupart du temps, et jamais loin sous la surface, mais on peut pas dire que c'est une île. Ils racontent qu'on y voit quelquefois toute une légion de diables – vautrés dessus, ou qui ne font qu'entrer et sortir de cavernes près du sommet. C'est une masse inégale et déchiquetée, à un bon mille du rivage, et vers la fin des années de navigation active, les marins faisaient de grands détours pour l'éviter.

« Je veux dire, les marins qui n'étaient pas d'Innsmouth. Une des choses qu'on reprochait au vieux capitaine Marsh, c'était censément d'y aborder de nuit, parfois, quand la marée le permettait. Il le faisait peut-être, car la nature du rocher est sans doute intéressante, et il est possible aussi qu'il ait cherché un butin de pirates, et même qu'il l'ait trouvé ; mais on prétendait qu'il allait y retrouver des démons. En fait, je crois bien que c'est vraiment le capitaine qui a donné au récif sa mauvaise réputation.

« C'était avant la grande épidémie de 1846, qui a emporté plus de la moitié des gens d'Innsmouth. On n'a jamais su exactement de quoi il retournait ; ça devait être une maladie étrangère rapportée de Chine ou d'ailleurs par les bateaux. En tout cas ça a fait du vilain : il y a eu des émeutes et toutes sortes d'horreurs dont la ville, je crois, n'a jamais été délivrée et elle ne s'en est pas remise. Il ne doit pas y vivre aujourd'hui plus de trois cents ou quatre cents habitants.

« Mais la vraie raison de l'attitude des gens d'ici, c'est simplement un préjugé racial – et je ne peux pas dire que je leur en fasse reproche. Moi-même j'ai horreur de ceux d'Innsmouth et je ne voudrais pas aller chez eux. Vous devez savoir – bien que je voie à votre accent que vous êtes de l'Ouest – que beaucoup de nos bateaux de Nouvelle-Angleterre avaient souvent affaire avec de drôles de ports en Afrique, en Asie, dans les mers du Sud et un peu partout, et qu'ils en ramenaient quelquefois de drôles d'individus. Vous avez sans doute entendu parler du gars de Salem qui est rentré chez lui avec une femme chinoise, et vous savez peut-être qu'il y a encore un tas d'indigènes des îles Fidji dans les parages de Cape Cod.

« Eh bien, il doit y avoir une histoire de ce genre dans le cas des gens d'Innsmouth. La ville a toujours été profondément coupée du reste du pays par les cours d'eau et les marécages, si bien qu'on connaît mal les tenants et les aboutissants de l'affaire ; mais il est plus que probable que le capitaine Marsh a ramené des spécimens bizarres quand il avait trois bateaux en service dans les années 1820 et 1830. Il y a sûrement encore aujourd'hui quelque chose de spécial dans le physique des habitants d'Innsmouth – je sais pas comment l'expliquer, mais ça vous met mal à l'aise. Vous le remarquerez un peu chez Sargent si vous prenez son bus. Certains ont la tête curieusement étroite, le nez plat, des yeux saillants et fixes qu'on ne voit jamais se fermer, et leur peau n'est pas normale. Elle est rêche et couverte de croûtes, toute ridée et plissée sur les côtés du cou. Ils deviennent chauves aussi, de très bonne heure. Les plus vieux sont les pires – en réalité, je ne crois pas en avoir jamais vu de vraiment vieux dans ce genre-là. Ils doivent mourir de saisissement en se voyant dans la glace ! Les animaux les détestent – ils avaient beaucoup d'ennuis avec les chevaux avant l'arrivée des automobiles.

« Personne par ici, ni à Arkham ou Ipswich, ne veut avoir de rapports avec eux, et ils se montrent eux-mêmes distants quand ils viennent en ville ou si quelqu'un essaie de pêcher dans leurs eaux. C'est curieux qu'il y ait toujours des tas de poissons au large d'Innsmouth quand il n'y en a nulle part ailleurs – mais essayez un peu d'aller en pêcher et vous verrez comment on vous fera déguerpir ! Ces gens-là venaient habituellement ici par le train – en allant à pied le prendre à Rowley quand la voie de raccordement a été abandonnée – mais à présent, ils prennent cet autobus.

« Oui, il y a un hôtel à Innsmouth – on l'appelle la *Maison Gilman* –, je crois qu'il n'est pas bien fameux et je ne vous conseille pas de l'essayer. Vaut mieux rester ici et prendre le bus de dix heures demain matin ; ensuite vous aurez un autobus pour Arkham à huit heures du soir. Il y a deux ans, un inspecteur du travail a couché au *Gilman*, et il a eu beaucoup à s'en plaindre. Ils ont de drôles de clients, on dirait : il a entendu dans d'autres chambres –

bien que la plupart aient été vides – des voix qui lui ont donné la chair de poule. C'était une langue étrangère, à son avis, mais le pire c'était une certaine voix qui parlait de temps à autre. Elle avait un son tellement anormal – comme un clapotement – qu'il a pas osé se déshabiller ni se coucher. Il a veillé jusqu'au matin et il a filé à la première heure. La conversation avait duré presque toute la nuit.

« Ce gars-là – il s'appelait Casey – en avait long à dire sur la méfiance des gens d'Innsmouth qui le surveillaient et avaient un peu l'air de monter la garde. L'entreprise de Marsh lui avait paru bizarre : elle était installée dans un vieux moulin sur les dernières chutes du Manuxet. Ce qu'il disait concordait avec ce que j'avais entendu raconter. Des livres mal tenus, pas de comptes précis pour aucune des différentes transactions. Voyez-vous, on s'est toujours demandé d'où les Marsh tiraient l'or qu'ils apportaient. Ils ont jamais eu l'air d'acheter beaucoup de ct'article-là, et pourtant, voilà bien des années, ils envoyaient par bateaux des quantités de lingots.

« On a beaucoup parlé d'une curieuse espèce de bijoux étrangers que les marins et les ouvriers de l'affinage auraient quelquefois vendus en douce, ou qu'on aurait vus une ou deux fois portés par les femmes chez les Marsh. On supposait que le vieux capitaine Obed avait pu les échanger dans un de ces ports de païens, surtout qu'il commandait toujours des quantités de perles de verre et de babioles comme en emportent les marins pour commercer avec les indigènes. D'autres pensaient, et pensent encore, qu'il avait trouvé une vieille cache de pirate sur le Récif du Diable. Mais il y a quelque chose d'extraordinaire. Le vieux capitaine est mort depuis soixante ans, et aucun bateau de tonnage moyen n'est sorti du port depuis la guerre civile ; or les Marsh continuent comme autrefois à acheter de cette pacotille pour les indigènes – surtout des babioles en verre et en caoutchouc, paraît-il. A croire que les gens d'Innsmouth les trouvent à leur goût eux-mêmes – Dieu sait qu'ils sont tombés aussi bas que les cannibales des mers du Sud et les sauvages de Guinée.

« L'épidémie de 46 a dû emporter les meilleures familles de la ville. En tout cas, il reste maintenant que des gens douteux, et les Marsh comme les autres richards ne valent pas mieux. Comme je vous l'ai dit, il n'y a sûrement pas plus de quatre cents habitants dans toute la ville malgré la quantité de rues qu'ils ont, il paraît. Ils m'ont l'air d'être ce qu'on appelle "les sales Blancs" dans les Etats du Sud : rusés, sans foi ni loi et agissant en dessous. Ils pêchent beaucoup de poissons et de homards qu'ils exportent par camion. Incroyable comme le poisson grouille chez eux et nulle part ailleurs.

« Personne ne peut jamais surveiller ces gens-là, et les fonctionnaires de l'école publique ou du recensement en voient de dures. Vous vous doutez que les étrangers trop curieux sont mal reçus là-bas. Personnellement, j'ai entendu dire que plus d'un homme d'affaires ou d'un représentant du gouvernement y avaient disparu, et il est question aussi de quelqu'un qui serait devenu fou et se trouverait à présent à l'asile de Denver. Il a dû en avoir une peur bleue.

« C'est pour ça que j'irais pas de nuit, si j'étais vous. Je n'y suis jamais allé et je n'en ai pas envie, mais je pense que vous ne risquez rien en y faisant un tour dans la journée – même si les gens de par ici vous le déconseillent. Si vous venez seulement en touriste pour voir des choses d'autrefois, Innsmouth devrait être un endroit idéal pour vous. »

Je passai donc une partie de la soirée à la bibliothèque municipale de Newburyport à la recherche des documents sur Innsmouth. Quand j'avais essayé d'interroger les habitants dans les boutiques, au restaurant, dans les garages et chez les pompiers, je les avais trouvés encore plus difficiles à mettre en train que ne l'avait prédit l'employé de la gare et je compris que je n'aurais pas le temps de vaincre leurs premières réticences instinctives. Ils avaient une sorte d'obscure méfiance, comme si quiconque s'intéressait trop à Innsmouth leur était un peu suspect. A l'YMCA [1], où je logeais, on me déconseilla absolument de me rendre dans un lieu aussi sinistre et décadent ; les gens à la bibliothèque exprimèrent la même opinion. Manifestement, aux yeux des personnes cultivées, Innsmouth n'était qu'un cas extrême de dégénérescence urbaine.

Parmi les ouvrages de la bibliothèque, les chroniques du comté d'Essex m'apprirent peu de chose, si ce n'est

1. *Young Men's Christian Association :* Union chrétienne des jeunes gens. *(N.d.T.)*

que la ville fut fondée en 1643, célèbre avant la révolution pour la construction navale, centre d'une grande prospérité maritime au début du XIXe siècle, et plus tard d'une industrie mineure utilisant le Manuxet comme force motrice. L'épidémie et les émeutes de 1846 étaient à peine évoquées, comme si elles avaient été une honte pour le comté.

On parlait peu du déclin, mais les textes plus récents étaient significatifs. Après la guerre civile, toute la vie industrielle se résumait à la compagnie d'affinage Marsh, et la vente des lingots d'or restait le seul vestige d'activité commerciale en dehors de la sempiternelle pêche en mer. Celle-ci rapportait de moins en moins à mesure que le prix de la marchandise baissait, et que des sociétés à grande échelle faisaient des offres concurrentes, mais le poisson ne manquait jamais au large du port d'Innsmouth. Les étrangers s'y installaient rarement, et des faits passés sous silence prouvaient que plusieurs Polonais et Portugais, s'y étant risqués, avaient été écartés par les mesures les plus radicales.

Le plus intéressant était une référence indirecte aux bijoux étranges qu'on associait vaguement à Innsmouth. Ils avaient dû laisser une forte impression dans tout le pays car on en signalait des spécimens au musée de l'université de Miskatonic, à Arkham, dans la salle d'exposition de la Société historique de Newburyport. Les descriptions fragmentaires de ces objets, pourtant plates et banales, me suggérèrent la continuité d'une étrangeté sous-jacente. Ce qu'ils avaient pour moi d'insolite et de provocant m'obséda au point que, malgré l'heure assez tardive, je résolus d'aller voir, si c'était encore possible, l'échantillon local – un bijou de grande taille aux proportions singulières, qui représentait de toute évidence une tiare.

Le bibliothécaire me remit un mot d'introduction pour la conservatrice de la Société, une certaine miss Anna Tilton, qui habitait tout près, et, après une brève explication, cette vénérable dame eut la bonté de me faire entrer dans le bâtiment, déjà fermé bien qu'il ne fût pas une heure indue. La collection était vraiment remarquable, mais en l'occurrence je n'avais d'yeux que pour le bizarre objet qui étincelait dans une vitrine d'angle sous la lumière électrique.

Il n'était pas nécessaire d'être particulièrement sensible à la beauté pour rester comme moi littéralement suffoqué devant la splendeur singulière, surnaturelle, de l'œuvre riche, déroutante, fantastique qui reposait là, sur un coussin de velours violet. Aujourd'hui encore, je suis presque incapable de décrire ce que j'ai vu, bien qu'il s'agît nettement d'une sorte de tiare, ainsi que je l'avais lu. Elle était haute sur le devant, très large et d'un contour curieusement irrégulier, tel qu'on l'aurait conçu pour une tête monstrueusement elliptique. L'or semblait y dominer, mais un mystérieux éclat plus lumineux suggérait quelque étrange alliage avec un autre métal magnifique, difficile à identifier. Elle était en parfait état, et l'on aurait passé des heures à étudier les dessins saisissants et d'une originalité déroutante – les uns simplement géométriques, d'autres nettement marins –, ciselés ou modelés en relief sur sa surface avec un art d'une habileté et d'une grâce incroyables.

Plus je la regardais, plus elle me fascinait ; et je percevais dans cet attrait un élément troublant, impossible à définir et à expliquer. J'attribuai d'abord mon malaise au caractère d'outre-monde de cet art étrange. Toutes les autres œuvres que j'avais vues jusqu'alors appartenaient à un courant connu, racial ou national, à moins qu'elles ne soient un défi résolument moderniste à toutes les traditions. Cette tiare n'était ni l'un ni l'autre. Elle relevait évidemment d'une technique accomplie, d'une maturité et d'une perfection infinies, mais radicalement différente de toutes celles – orientales ou occidentales, anciennes ou modernes – que je connaissais de vue ou de réputation. On eût dit que c'était l'œuvre d'une autre planète.

Pourtant je compris bientôt que mon trouble avait une autre origine, peut-être aussi puissante que la première, dans les allusions picturales et mathématiques de ces singuliers dessins. Les formes évoquaient toutes de lointains secrets, d'inconcevables abîmes dans l'espace et le temps, et la nature invariablement aquatique des reliefs devenait presque sinistre. Ils représentaient entre autres des monstres fabuleux d'un grotesque et d'une malignité répugnants – mi-poissons, mi batraciens – que je ne pouvais dissocier d'une obsédante et pénible impression de pseudo-souvenir, comme s'ils faisaient surgir je ne sais quelle image des cellules et des tissus enfouis dont les fonctions de mémorisation sont entièrement primitives et effroyablement ancestrales. Il me semblait parfois que chaque trait de ces maudits poissons-grenouilles répandait l'extrême quintessence d'un mal inconnu qui n'avait rien d'humain.

La courte et banale histoire de la tiare telle que me la raconta miss Tilton faisait un singulier contraste avec son aspect. Elle avait été mise en gage pour une somme ridicule dans une boutique de State Street en 1873, par un ivrogne d'Innsmouth, tué peu après dans une bagarre. La Société l'avait achetée au prêteur sur gages, et lui avait aussitôt donné un cadre digne de sa qualité. On indiquait qu'elle venait probablement d'Indochine ou des Indes orientales, mais cette attribution était franchement provisoire.

Miss Tilton, ayant envisagé toutes les hypothèses concernant son origine et sa présence en Nouvelle-Angleterre, inclinait à croire qu'elle faisait partie du trésor exotique d'un pirate découvert par le vieux capitaine Obed Marsh. Opinion que ne démentirent pas les offres de rachat à un prix élevé que les Marsh firent avec insistance aussitôt qu'ils la surent au musée, et qu'ils avaient répétées jusqu'à ce jour malgré l'invariable refus de la Société.

En me raccompagnant à la porte, la bonne dame me fit comprendre que la théorie du pirate qui aurait fait la fortune des Marsh était très répandue parmi les gens intelligents de la région. Sa propre attitude à l'égard de la ténébreuse Innsmouth – qu'elle n'avait jamais vue – était le dégoût d'une communauté qui glissait au niveau le plus bas de l'échelle culturelle, et elle m'assura que les rumeurs de culte satanique étaient en partie justifiées par l'existence d'une religion secrète singulière qui s'y était développée au point d'anéantir toutes les Eglises orthodoxes.

On l'appelait, disait-elle, l'« Ordre ésotérique de Dagon », et il s'agissait sans aucun doute de croyances dégradées, à moitié païennes, importées d'Orient un siècle plus tôt, à l'époque où les pêcheries d'Innsmouth semblaient péricliter. Il était tout naturel qu'elles s'implantent chez des gens à l'esprit simple à la suite du retour soudain et permanent d'inépuisables bancs de poissons, et l'Ordre avait bientôt pris sur la ville une influence prépondérante, détrônant la franc-maçonnerie et installant son quartier général dans le vieux Masonic Hall, sur New Church Green[1].

Tout cela constituait, pour la pieuse miss Tilton, une excellente raison d'éviter la vieille ville en ruine et dépeuplée ; pour moi, ce fut un stimulant supplémentaire. A ce que j'espérais de l'architecture et de l'histoire s'ajoutait maintenant un zèle ardent pour l'anthropologie, et je pus à peine fermer l'œil avant la fin de la nuit dans ma petite chambre à *L'Union*.

2

Le lendemain matin, un peu avant dix heures, j'étais, une petite valise à la main, devant la pharmacie Hammond sur la place du vieux marché, pour attendre l'autobus d'Innsmouth. A mesure qu'approchait le moment de son arrivée, j'observai un recul général des flâneurs qui remontaient la rue ou traversaient la place jusqu'au restaurant *Ideal Lunch*. L'employé de la gare n'avait donc pas exagéré l'aversion de la population locale pour Innsmouth et ses habitants. Peu après, un petit car gris sale, extrêmement délabré, dévala State Street à grand bruit, prit le tournant et s'arrêta près de moi au bord du trottoir. Je compris immédiatement que c'était lui ; ce que confirma l'inscription à demi effacée sur le pare-brise – « Arkham-Innsmouth-Newb'port ».

Il n'y avait que trois passagers – bruns, négligés, l'air morose et assez jeunes – qui descendirent maladroitement quand la voiture s'arrêta et remontèrent State Street en silence, presque furtivement. Le chauffeur descendit à son tour et je le vis entrer dans la pharmacie pour y faire quelque achat. Voilà sans doute, me dis-je, ce Joe Sargent dont parlait l'employé de la gare ; et avant même d'avoir remarqué aucun détail, je fus envahi d'une répugnance

1. *Green :* espace vert communautaire dans une agglomération, en général près de l'église. *(N.d.T.)*

instinctive que je ne pus ni expliquer ni réprimer. Je trouvai brusquement tout naturel que les gens du pays n'aient pas envie de voyager dans l'autobus de cet homme ni d'être conduits par son propriétaire, ou de fréquenter le moins du monde la résidence d'un tel individu et de ses pareils.

Lorsque le chauffeur sortit du magasin, je le regardai plus attentivement pour tâcher de saisir la cause de ma mauvaise impression. C'était un homme maigre de près de six pieds de haut, aux épaules voûtées, vêtu de vêtements civils bleus et râpés, et portant une casquette de golf grise aux bords effrangés. Il pouvait avoir trente-cinq ans, mais les rides bizarres qui creusaient profondément les côtés de son cou le vieillissaient quand on ne regardait pas son visage morne et sans expression. Il avait une tête étroite, des yeux bleus saillants et humides qui semblaient ne jamais cligner, le nez plat, le front et le menton fuyants, et des oreilles singulièrement atrophiées. Sa lèvre supérieure, longue et épaisse, et ses joues grisâtres aux pores dilatés paraissaient presque imberbes, à part des poils jaunes clairsemés qui frisaient en maigres touffes irrégulières ; par places, la peau était rugueuse, comme pelée par une affection cutanée. Ses grandes mains aux veines apparentes étaient d'une teinte gris-bleu très extraordinaire. Les doigts, remarquablement courts en proportion, semblaient avoir tendance à se replier étroitement dans l'énorme paume. Quand il revint vers l'autobus, je remarquai sa démarche traînante et ses pieds démesurés. Plus je les regardais, plus je me demandais comment il pouvait trouver des souliers à sa pointure.

Quelque chose de huileux dans son aspect augmenta mon dégoût. Il travaillait sûrement aux pêcheries ou traînait autour car il était imprégné de leur puanteur caractéristique. Impossible de deviner de quel sang il était. Ses singularités n'étaient certainement ni asiatiques, ni polynésiennes, ni levantines ou négroïdes, cependant je voyais bien pourquoi on lui trouvait l'air étranger. Personnellement, j'aurais plutôt pensé à une dégénérescence biologique.

Je regrettai de constater qu'il n'y aurait pas dans l'autobus d'autres passagers que moi. Il me déplaisait, je ne savais pourquoi, de voyager seul avec ce chauffeur. Mais le moment du départ approchant, je vainquis mes appréhensions, suivis l'homme dans le bus et lui tendis un billet d'un dollar en murmurant seulement : « Innsmouth. » Il me regarda un instant avec curiosité en me rendant quarante *cents* sans mot dire. Je choisis une place loin derrière lui, mais du même côté de l'autobus, car je souhaitais pouvoir suivre des yeux la côte pendant le trajet.

Enfin la voiture délabrée démarra avec une secousse, et roula bruyamment entre les vieux bâtiments de brique de State Street dans un nuage de vapeur qui sortait du pot d'échappement. Jetant un coup d'œil aux passants sur les trottoirs, j'eus l'impression qu'ils évitaient de regarder le bus – ou du moins d'avoir l'air de le regarder. Puis nous tournâmes à gauche dans High Street où l'allure se fit plus régulière ; on dépassa rapidement d'imposantes vieilles demeures des débuts de la République puis des fermes de style colonial plus anciennes encore, on traversa le Lower Green et la Parker River, pour déboucher enfin sur une longue plaine monotone en bordure de la côte.

La journée était chaude et ensoleillée, mais le paysage de sable, de carex et d'arbustes rabougris devenait de plus en plus désolé à mesure que nous avancions. Je voyais par la fenêtre l'eau bleue et le long profil sablonneux de Plum Island, et bientôt nous nous rapprochâmes beaucoup de la grève tandis que notre chemin étroit s'éloignait de la grand-route qui menait à Rowley et Ipswich. Il n'y avait plus de maisons en vue, et je jugeai, d'après l'état de la chaussée, que la circulation était très réduite dans les parages. Les petits poteaux télégraphiques éprouvés par les intempéries ne portaient que deux fils. Nous franchissions de temps en temps des ponts de bois rudimentaires sur des cours d'eau soumis à la marée, qui, remontant très loin à l'intérieur des terres, contribuait à l'isolement de la région.

J'aperçus à plusieurs reprises de vieilles souches et des murs de fondations en ruine émergeant du sable amoncelé par le vent, et je me rappelai que, selon une vieille tradition évoquée dans une des histoires que j'avais lues, cette région avait été jadis fertile et très peuplée. Le changement, disait-on, avait coïncidé avec l'épidémie d'Innsmouth en 1846, et les esprits simples voyaient un rapport obscur avec de mystérieuses puissances maléfiques. En fait, il était dû à des coupes inconsidérées de forêts proches du rivage, qui, privant le sol de sa meilleure protection, avaient ouvert la voie à l'invasion des sables poussés par le vent.

Enfin nous perdîmes de vue Plum Island et sur notre gauche apparut l'immense étendue de l'océan Atlantique. Notre route étroite se mit à monter en pente raide, et j'éprouvai un étrange malaise en regardant devant moi la crête solitaire où le chemin creusé d'ornières rencontrait le ciel. Comme si l'autobus allait poursuivre son ascension, quittant complètement le monde de la raison pour se perdre dans les arcanes inconnus des couches supérieures de l'atmosphère et du ciel indéchiffrables. L'odeur de la mer prit une signification inquiétante, et le chauffeur silencieux, la raideur de son dos voûté, sa tête étroite devinrent de plus en plus détestables. En l'observant je m'aperçus que l'arrière de sa tête était presque aussi chauve que son visage ; quelques rares mèches jaunes éparpillées sur une peau grise et rugueuse.

Arrivés au sommet, nous vîmes la vallée qui se déployait de l'autre côté, à l'endroit où le Manuxet rejoignait la mer au nord de la longue ligne de falaises qui culmine à Kingsport Head, puis oblique en direction de Cape Ann. A l'horizon lointain et brumeux je distinguai à peine le profil vertigineux du sommet, couronné par l'étrange vieille maison sur laquelle on a conté tant de légendes ; mais pour l'instant toute mon attention était retenue par le panorama le plus proche juste au-dessous de moi. J'étais, je le compris, face à face avec Innsmouth, la ville épiée par la rumeur.

Malgré sa grande étendue et la densité de ses constructions, la rareté des signes de vie y était de mauvais augure. Du fouillis des cheminées montait à peine un filet de fumée, et les trois grands clochers se dressaient, austères et dépouillés, sur l'horizon du côté de la mer. L'un d'eux perdait son faîte par morceaux, et ainsi qu'un autre il exhibait des trous noirs béants là où avaient été des cadrans d'horloge. L'accumulation de toits en croupe affaissés et de pignons pointus inspirait avec une désagréable évidence l'idée de ruines vermoulues, et, en approchant à mesure que la route descendait, je vis beaucoup de toits complètement effondrés. Il y avait aussi de grandes maisons carrées de style géorgien[1], avec des toits à arêtes, des lanterneaux et des galeries à balustrade. Elles se trouvaient pour la plupart loin de la mer, et une ou deux étaient en assez bon état. Je vis, s'en éloignant vers l'intérieur des terres, les rails rouillés et envahis par l'herbe du chemin de fer abandonné, avec les poteaux télégraphiques penchés, maintenant dépourvus de fils, et la voie à demi effacée des vieux wagons qui allaient à Rowley et Ipswich.

Le délabrement était pire près des quais, mais en leur centre même, j'aperçus le blanc campanile d'un bâtiment de brique assez bien conservé qui ressemblait à une petite usine. Le port, depuis longtemps ensablé, était protégé par une vieille digue de pierre ; j'y discernai les petites silhouettes de quelques marins assis, et à son extrémité ce qui semblait les fondations d'un phare disparu. Une langue de sable s'était formée à l'intérieur de cette barrière, et l'on y voyait des cabanes branlantes, des doris amarrés et des casiers à homards éparpillés. Il ne semblait y avoir d'eau profonde qu'à l'endroit où la rivière coulait à flots devant le bâtiment au campanile et obliquait vers le sud pour rejoindre l'océan au bout de la digue.

Çà et là les ruines des quais partaient du rivage pour s'achever en méconnaissable pourriture, et les plus éloignés au sud paraissaient les plus dégradés. Au large j'aperçus, malgré la marée haute, une longue ligne noire, presque à fleur d'eau, qui donnait l'impression d'une étrange malignité latente. Ce devait être, je le savais, le Récif du Diable. Tandis que je le regardais, le sentiment subtil, bizarre, qu'il me faisait signe vint s'ajouter à la menace repoussante ; et, curieusement, cette nuance nouvelle me troubla davantage que l'impression première.

Nous ne rencontrâmes personne sur la route, mais bientôt nous passâmes devant des fermes désertes plus ou moins en ruine. Puis je remarquai quelques maisons habitées aux fenêtres brisées bourrées de chiffons, aux cours jonchées de coquillages et de poissons morts. Une ou deux fois je vis des individus à l'air apathique travailler dans des jardins ingrats, ou chercher des clams sur la plage qui empestait le poisson, et des groupes d'enfants sales au

1. De l'époque des rois George d'Angleterre. *(N.d.T.)*

visage simiesque qui jouaient devant les seuils envahis de mauvaise herbe. Ces gens semblaient encore plus inquiétants que les bâtiments lugubres car presque tous présentaient des singularités de traits et d'attitude qui m'étaient instinctivement antipathiques sans que je sache les saisir ni les préciser. Je crus un instant que ce physique caractéristique me rappelait une image déjà vue, peut-être dans un livre, en des circonstances particulièrement horribles et attristantes ; mais ce pseudo-souvenir disparut très rapidement.

Comme l'autobus arrivait en terrain plat, je perçus le bruit régulier d'une chute d'eau qui rompait le silence anormal. Les maisons penchées et lépreuses, plus rapprochées, bordaient les deux côtés de la route, et prenaient un caractère plus urbain que celles que nous laissions derrière nous. En avant, la perspective s'était réduite à un décor de rue, où je vis les traces d'un ancien pavage et des bouts de trottoirs de brique. Toutes les maisons paraissaient désertes, et par endroits des brèches révélaient les restes de cheminées et de murs de cave des habitations écroulées. Partout régnait l'odeur de poisson la plus écœurante qu'on puisse imaginer.

Bientôt apparurent des carrefours et des bifurcations ; les rues de gauche menaient vers le rivage aux quartiers sordides non pavés et pourrissants, tandis que celles de droite gardaient encore l'image d'une splendeur défunte. Jusque-là je n'avais vu personne dans cette ville, mais il apparut alors quelques signes d'une population clairsemée – des rideaux aux fenêtres ici et là, une vieille voiture au bord d'un trottoir. Car les trottoirs et les pavés étaient de plus en plus visibles, et même si la plupart des maisons étaient plutôt anciennes – des constructions de bois et de brique du début du XIXe siècle –, elles restaient manifestement habitables. En moi, l'amateur d'antiquités oublia presque le dégoût olfactif comme le sentiment de menace et de répulsion, au milieu de cette riche et immuable survivance du passé.

Mais je ne devais pas atteindre ma destination sans ressentir un choc des plus pénibles. L'autobus était parvenu à une sorte de vaste carrefour ou de place en étoile, avec des églises des deux côtés, et au centre les restes en lambeaux d'une pelouse circulaire, et je regardais à ma droite un grand édifice à colonnes. La peinture autrefois blanche en était à présent grise, écaillée, et l'inscription noir et or sur le fronton était ternie au point que j'eus du mal à déchiffrer les mots « Ordre ésotérique de Dagon ». C'était donc là l'ancienne salle de réunion maçonnique désormais affectée à un culte dégradé. Tandis que je m'efforçais de lire cette inscription, mon attention fut distraite par les sons rauques d'une cloche fêlée qui sonnait de l'autre côté de la rue, et je me retournai vivement pour regarder par la vitre de la voiture tout près de moi.

Le son venait d'une église de pierre au clocher trapu, visiblement plus ancienne que la plupart des maisons, construite dans un style pseudo-gothique et dont le soubassement anormalement haut avait des fenêtres closes. L'horloge que j'apercevais avait perdu ses aiguilles, mais j'entendis la cloche enrouée sonner onze heures. Puis soudain toute idée de temps s'effaça devant une image fulgurante d'une extrême intensité et d'une horreur inexplicable, qui me saisit avant même que j'aie pu l'identifier. La porte du sous-sol était ouverte sur un rectangle de ténèbres. Et au moment où je la regardais, quelque chose passa ou sembla passer sur ce fond obscur, gravant dans mon esprit une impression fugitive de cauchemar d'autant plus affolante que l'analyse n'y pouvait déceler le moindre caractère cauchemardesque.

C'était un être vivant – le premier, à part le chauffeur, que j'aie vu depuis mon entrée dans la ville proprement dite – et si j'avais été plus calme je n'y aurais trouvé absolument rien de terrible. De toute évidence, je le compris un moment plus tard, c'était le pasteur, revêtu des curieux ornements sacerdotaux introduits sans doute depuis que l'Ordre de Dagon avait modifié le rituel des églises locales. Ce qui avait dû frapper mon premier regard inconscient et me pénétrer d'une horreur inexplicable, c'était la haute tiare qu'il portait, réplique presque parfaite de celle que m'avait montrée miss Tilton la veille au soir. Frappant mon imagination, elle avait prêté un caractère sinistre indéfinissable à un visage imprécis et à une silhouette, vêtue d'une robe et traînant les pieds. Je ne tardai pas à conclure que je n'avais eu aucune raison d'éprouver ce frisson pour un néfaste faux souvenir. N'était-il pas naturel qu'une secte locale adopte parmi ses tenues un modèle unique de coiffure familier à la communauté par quelque singularité – peut-être la découverte d'un trésor ?

Çà et là quelques jeunes gens apparurent sur les trottoirs – individus répugnants, seuls ou par petits groupes silencieux de deux ou trois. Le rez-de-chaussée des maisons croulantes abritait parfois de modestes boutiques aux enseignes minables, et je remarquai un ou deux camions arrêtés que nous dépassions bruyamment. Le bruit de chute d'eau devint de plus en plus net, et je vis presque aussitôt devant nous une rivière très encaissée, enjambée par un large pont à balustrade de fer au-delà duquel s'ouvrait une grande place. Pendant que nous le franchissions avec un bruit métallique, je regardai des deux côtés et j'aperçus des bâtiments d'usine sur le bord de l'escarpement herbeux ou un peu plus bas. Tout au fond de la gorge l'eau était très abondante, et je vis deux fortes chutes en amont à ma droite et au moins une en aval à ma gauche. A cet endroit le bruit était assourdissant. Puis nous débouchâmes sur la grande place semi-circulaire de l'autre côté de la rivière et nous nous arrêtâmes à main droite devant une grande bâtisse couronnée d'un belvédère, portant des restes de peinture jaune et une enseigne à demi effacée qui annonçait la *Maison Gilman.*

Trop heureux de descendre enfin de cet autobus, j'allai immédiatement déposer ma valise dans le hall sordide de l'hôtel. Je n'y trouvai qu'une seule personne – un homme d'un certain âge qui n'avait pas ce que j'avais fini par appeler « le masque d'Innsmouth » – et, me souvenant d'incidents bizarres qu'on avait signalés dans cet hôtel, je résolus de ne lui poser aucune des questions qui me préoccupaient. J'allai plutôt faire un tour sur la place, d'où l'autobus était déjà reparti, pour examiner l'endroit d'un œil attentif et critique.

L'espace libre pavé de pierres rondes était limité d'un côté par la ligne droite de la rivière, de l'autre par un demi-cercle de bâtiments de brique aux toits en pente datant de 1800 environ, d'où rayonnaient plusieurs rues vers le sud-est, le sud et le sud-ouest. Les réverbères étaient désespérément rares et petits – toujours des lampes à incandescence de faible puissance – et je me félicitai d'avoir prévu mon départ avant la nuit, même si je savais qu'il y aurait un beau clair de lune. Les bâtiments étaient tous en bon état et comptaient peut-être une douzaine de boutiques toujours en activité ; l'une d'elles était une épicerie, succursale de la First National, une autre un restaurant lugubre, suivi d'une pharmacie, du bureau d'un poissonnier en gros, et d'une autre encore à l'extrémité est de la place, près de la rivière, les bureaux de la seule industrie de la ville, la Compagnie d'affinage Marsh. Il y avait une dizaine de personnes, quatre ou cinq automobiles et camions arrêtés çà et là. Je me trouvais donc au cœur de la vie sociale d'Innsmouth. J'apercevais à l'est le bleu du port, sur lequel se détachaient les ruines de trois clochers géorgiens, superbes en leur temps. Et vers le littoral, sur l'autre berge de la rivière, le blanc campanile qui surmontait ce que je supposai être l'affinerie Marsh.

Pour une raison ou pour une autre, je commençai à l'épicerie mes premières investigations, le personnel d'une succursale ayant moins de chances d'être du pays. Celui qui s'en occupait seul était un garçon d'environ dix-sept ans, et je constatai avec plaisir l'air accueillant et la vivacité qui promettaient une information réconfortante. Il semblait ravi de parler, et je compris bientôt qu'il n'aimait pas cet endroit, son odeur de poisson ni ses habitants sournois. Quelques mots avec un étranger lui étaient un soulagement. Il venait d'Arkham, logeait chez une famille originaire d'Ipswich, et retournait chez lui chaque fois qu'il avait un moment de liberté. Ses parents regrettaient qu'il travaille à Innsmouth, mais la direction de la chaîne l'avait envoyé là et il ne voulait pas perdre son emploi.

Il n'y avait à Innsmouth, dit-il, ni bibliothèque municipale ni chambre de commerce, mais je saurais probablement m'orienter. La rue par laquelle j'étais arrivé était la Federal. A l'ouest se trouvaient les rues des anciens beaux quartiers – Broad, Washington, Lafayette et Adams Streets – et à l'est les taudis du côté de la mer. C'était là – le long de Main Street – que je trouverais les vieilles églises géorgiennes, mais elles étaient abandonnées depuis longtemps. Mieux valait ne pas se faire trop remarquer dans ces parages – surtout au nord de la rivière – car les gens étaient maussades et hostiles. Quelques étrangers avaient même disparu.

Certains endroits étaient presque territoire interdit,

comme il l'avait durement appris à ses dépens. Il ne fallait pas, par exemple, traîner près de l'affinerie Marsh, ni autour d'aucune église encore active ou de la salle à colonnes de l'Ordre de Dagon, à New Church Green. Ces églises très singulières – toutes formellement désavouées ailleurs par leurs confessions respectives – adoptaient, à ce qu'on disait, les rituels et les vêtements sacerdotaux les plus bizarres. Leur credo hétérodoxe et mystérieux faisait entrevoir de prodigieuses métamorphoses qui menaient à une sorte d'immortalité du corps, sur cette terre même. Le pasteur du jeune homme – le Dr Wallace d'Asbury M.E. Church [1] d'Arkham – lui avait solennellement recommandé de ne fréquenter aucune église à Innsmouth.

Quant aux habitants, il ne savait trop qu'en penser. Ils étaient aussi insaisissables et furtifs que les animaux qui vivent dans des terriers, et l'on se demandait bien comment ils pouvaient passer leur temps en dehors de leur activité intermittente de pêcheurs. A en juger par les quantités d'alcool de contrebande qu'ils consommaient, peut-être restaient-ils une bonne partie de la journée plongés dans une hébétude d'ivrogne. Ils semblaient se grouper dans une espèce de solidarité et de morne confrérie – méprisant le reste du monde comme s'ils avaient accès à d'autres sphères d'existence plus enviables. Physiquement, ils étaient vraiment épouvantables – surtout ces yeux fixes qu'on ne voyait jamais fermés – et leur voix faisait horreur. On les entendait avec dégoût psalmodier la nuit dans leurs églises, particulièrement pendant leurs fêtes et cérémonies de « renouveau » qui tombaient deux fois par an, le 30 avril et le 31 octobre.

Ils adoraient l'eau, et nageaient énormément dans la rivière et dans le port. Les courses de natation jusqu'au Récif du Diable étaient très fréquentes, et tous ceux qu'on y voyait semblaient tout à fait capables de prendre part à cette difficile épreuve. A bien y réfléchir, c'étaient plutôt les gens encore jeunes qu'on voyait en public, et parmi eux les aînés étaient le plus sujets aux malformations. Les exceptions, quand il y en avait, étaient en général des personnes sans aucune anomalie comme le vieil employé de l'hôtel. On pouvait se demander ce que devenait la

1. *M.E. Church : Methodist English Church. (N.d.T.)*

masse des vieilles gens, et si le « masque d'Innsmouth » n'était pas une étrange et insidieuse maladie qui aggravait son emprise à mesure que les années passaient.

Seul un mal peu commun pouvait évidemment provoquer chez un individu d'aussi graves et radicales transformations anatomiques après la maturité – affectant jusqu'à des éléments osseux fondamentaux tels que la forme du crâne – et pourtant, même cette particularité n'était pas plus déconcertante et inouïe que les signes visibles de la maladie dans leur ensemble. Il serait difficile, pensait le jeune homme, d'obtenir des conclusions précises sur ce point car on n'arrivait jamais à connaître personnellement les indigènes même après un long séjour à Innsmouth.

Il était persuadé que beaucoup de spécimens pires encore que les plus hideux qu'on rencontrait étaient tenus sous clé quelque part. On entendait parfois des bruits étranges. Les taudis croulants du front de mer au nord de la rivière communiquaient disait-on par des galeries secrètes, constituant une véritable réserve de monstres invisibles. De quel sang étranger étaient-ils – si c'était du sang ? impossible de le savoir. On cachait quelquefois certains individus particulièrement répugnants quand les représentants du gouvernement ou d'autres personnes du monde extérieur venaient à Innsmouth.

Il serait inutile, dit mon informateur, de poser aux indigènes des questions sur leur cité. Le seul qui consentirait à parler était un homme très âgé mais apparemment normal qui vivait à l'hospice tout en haut du quartier nord et passait son temps à aller et venir ou à flâner près de la caserne des pompiers. Ce personnage chenu, Zadok Allen, avait quatre-vingt-seize ans, perdait un peu la tête, et c'était l'ivrogne de la ville. Un être bizarre aux allures furtives, qui regardait sans cesse par-dessus son épaule comme s'il redoutait quelque chose, et qui refusait absolument, quand il était à jeun, de parler avec des étrangers. Mais aussi, il était incapable de résister à une offre de son poison favori ; et une fois ivre, il prodiguait à voix basse des débris de souvenirs stupéfiants.

Pourtant, on n'en tirait pas grand-chose d'utile ; car ses histoires, allusions folles et sans suite à des horreurs et à des merveilles incroyables, ne pouvaient venir que de sa propre imagination déréglée. Personne ne le croyait jamais, mais les gens de la ville n'aimaient pas le voir boire et parler avec des étrangers ; et il n'était pas toujours sans risque d'être vu en conversation avec lui. Les rumeurs et les chimères populaires les plus délirantes devaient en partie lui être attribuées.

Quelques habitants originaires d'ailleurs prétendaient de temps en temps avoir entr'aperçu des choses monstrueuses, mais entre les histoires du vieux Zadok et les difformités des citoyens, il n'était pas surprenant que naissent de telles illusions. Aucun d'eux ne s'attardait dehors à la tombée de la nuit car il était généralement admis que ce serait une imprudence. D'ailleurs, les rues étaient affreusement sombres.

Quant au commerce, l'abondance du poisson était assurément presque surnaturelle, mais les indigènes en profitaient de moins en moins. En outre, les prix baissaient et la concurrence allait croissant. Evidemment la seule industrie véritable de la ville était l'affinerie, dont les bureaux se trouvaient sur la place, à quelques maisons seulement de l'épicerie où nous étions. Le vieux Marsh ne se montrait jamais, mais il se rendait parfois à son usine dans une voiture fermée aux rideaux tirés.

Beaucoup de bruits couraient sur ce qu'il était devenu. Dans le temps ç'avait été un vrai dandy, et l'on prétendait qu'il portait encore la redingote de l'époque d'Edouard VII, curieusement adaptée à certaines déformations. Ses fils, qui dirigeaient autrefois le bureau sur la place, étaient devenus invisibles depuis longtemps, laissant la charge des affaires à la nouvelle génération. Eux et leurs sœurs avaient pris un air très bizarre, surtout les aînés ; et l'on disait que leur santé déclinait.

L'une des filles Marsh était une femme repoussante, à l'allure reptilienne, qui portait une profusion de bijoux appartenant manifestement à la même tradition exotique que la fameuse tiare. Mon informateur les avait remarqués plusieurs fois, et il avait entendu dire que cela venait d'un trésor secret de pirates ou de démons. Les pasteurs – ou les prêtres, ou quel que soit le nom qu'ils portaient à présent – avaient adopté comme coiffure une parure de ce genre, mais on les apercevait rarement. Le jeune homme n'en avait jamais vu d'autre spécimen, bien qu'il en existât beaucoup à Innsmouth, disait-on.

Les Marsh, comme les trois autres familles bien nées de la ville – les Waites, les Gilman et les Eliot –, vivaient très retirés. Ils habitaient d'immenses demeures le long de Washington Street, et plusieurs étaient soupçonnés d'abriter en cachette certains parents encore vivants à qui leur étrange aspect interdisait de paraître en public, et dont le décès avait été annoncé et enregistré.

M'ayant averti que beaucoup de rues avaient perdu leurs plaques, le jeune homme dessina à mon intention une carte, sommaire mais claire et appliquée, des traits les plus frappants de la ville. Après l'avoir examinée un moment, je sentis qu'elle me serait d'un grand secours, et je l'empochai avec les remerciements les plus vifs. Le seul restaurant que j'avais vu était si minable que j'achetai une bonne provision de biscuits au fromage et de gaufrettes au gingembre qui me tiendraient lieu de déjeuner. Je décidai de parcourir les rues principales, de parler à tous les non-indigènes que je pourrais rencontrer, et de prendre la voiture de huit heures pour Arkham. La ville, je le voyais bien, offrait un exemple extrême et significatif de déchéance collective ; mais n'étant pas sociologue je bornerai mes observations essentielles au domaine de l'architecture.

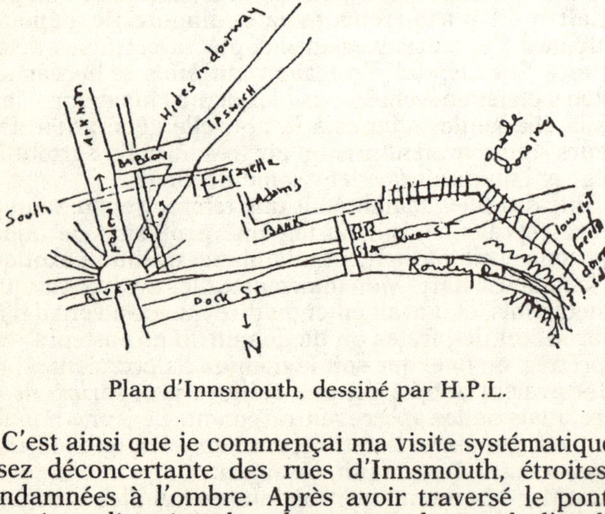

Plan d'Innsmouth, dessiné par H.P.L.

C'est ainsi que je commençai ma visite systématique et assez déconcertante des rues d'Innsmouth, étroites et condamnées à l'ombre. Après avoir traversé le pont et tourné en direction des chutes grondantes de l'aval, je passai tout près de l'affinerie Marsh, singulièrement silencieuse pour un bâtiment industriel. Elle se dressait sur l'escarpement qui dominait la rivière, près du pont et du large carrefour qui devait être l'ancien centre actif, remplacé après la Révolution par l'actuelle Town Square.

Franchissant de nouveau la gorge sur le pont de Main Street, je découvris un quartier tellement désert que j'en eus un frisson. Des groupes croulants de toits à deux pentes se découpaient sur le ciel en une fantastique dentelure, que dominait le sinistre clocher décapité d'une ancienne église. Certaines maisons de Main Street étaient occupées mais la plupart avaient été aveuglées par des planches clouées. Dans les ruelles adjacentes dépourvues de pavés je vis les fenêtres noires et béantes de bicoques abandonnées dont beaucoup penchaient selon des angles incroyables et périlleux par suite de l'écroulement d'une partie des fondations. Devant le regard fixe de ces fenêtres fantomatiques, il fallait du courage pour tourner vers l'est en direction du port. La terreur des maisons désertes croît certainement en progression géométrique et non arithmétique à mesure que ces maisons se multiplient pour former une cité totalement désolée. La vue de ces interminables avenues aussi vides et mortes que des yeux de poisson, la pensée de ces enfilades de compartiments noirs et menaçants voués aux toiles d'araignées, aux souvenirs et au ver vainqueur, réactivent des vestiges de peurs et de dégoûts que ne saurait dissiper la plus robuste philosophie.

Fish Street était aussi déserte que Main Street, mais en revanche elle gardait beaucoup d'entrepôts de brique et de pierre en excellent état. Water Street en était presque la réplique, sauf qu'elle présentait de larges brèches en direction de la mer à la place des quais détruits. Je ne voyais pas un être vivant, à part de rares pêcheurs au loin sur la digue, et je n'entendais pas d'autre bruit que le clapotis de la marée dans le port et le grondement des chutes du Manuxet. La ville agissait de plus en plus sur mes nerfs, et je regardai furtivement derrière moi en rebroussant chemin pour traverser le pont branlant de Water Street. Celui de Fish Street, comme l'indiquait mon plan, était en ruine.

Au nord de la rivière il y avait quelques traces de vie misérable – conserveries de poissons en pleine activité dans Water Street, fumées de cheminées et toits réparés ici et là, bruits de provenance indéterminée, silhouettes au pas traînant dans les rues mornes et les ruelles non pavées – mais cela me semblait encore plus oppressant que l'abandon du quartier sud. D'abord, les gens étaient plus hideux et anormaux que ceux du centre de la ville ; au point que plusieurs fois me revint désagréablement à l'esprit une question absolument invraisemblable dont je ne savais que faire. Sans aucun doute le sang étranger dans la population d'Innsmouth était-il ici plus présent que vers l'intérieur des terres – à moins que le « masque d'Innsmouth » ne soit une maladie plutôt qu'une tare héréditaire, auquel cas ce quartier abritait les lésions les plus graves.

Un détail qui me préoccupait était la répartition des quelques faibles bruits que j'entendais. Ils auraient dû bien sûr tous venir des maisons visiblement habitées, alors qu'en réalité ils étaient souvent plus forts derrière les façades les plus rigoureusement condamnées. Il y avait des craquements, des bruits de pas précipités et des sons rauques incertains ; je songeai avec inquiétude aux souterrains secrets qu'avait évoqués le jeune garçon de l'épicerie. Brusquement, je me surpris à me demander quelles pouvaient être les voix de ces gens. Je n'avais entendu parler personne jusqu'ici dans ce quartier, et sans savoir pourquoi je redoutais vivement de les entendre.

Je ne pris que le temps de regarder deux églises, belles mais en ruine, de Main Street et de Church Street, puis je quittai en hâte ces immondes taudis du front de mer. Logiquement j'aurais dû gagner New Church Green, mais, quelle qu'en fût la raison, je ne pus supporter l'idée de repasser devant l'église où j'avais aperçu la silhouette inexplicablement terrifiante du prêtre ou pasteur bizarrement couronné. D'ailleurs, le jeune homme m'avait dit que les églises, aussi bien que la salle de l'Ordre de Dagon, n'étaient pas des endroits sûrs pour des étrangers.

Je suivis donc Main Street en direction du nord jusqu'à Martin Street, puis, tournant vers l'intérieur des terres, je traversai sans dommage Federal Street au nord du Green, et pénétrai dans l'ancien quartier aristocratique du nord de Broad Street et des rues Washington, Lafayette et Adams. Bien que mal pavées et négligées, ces vieilles avenues ombragées d'ormes n'avaient pas perdu toute leur dignité. Elles sollicitaient l'une après l'autre mon attention ; la plupart étaient délabrées et aveuglées de planches au milieu de parcs à l'abandon, mais une ou deux dans chaque rue paraissaient habitées. Dans Washington Street il en restait quatre ou cinq à la suite en excellent état, entourées de pelouses et de jardins parfaitement entretenus. La plus somptueuse – dont les vastes parterres en terrasses s'étendaient jusqu'à Lafayette Street – appartenait probablement au vieux Marsh, le propriétaire contaminé de l'affinerie.

On ne voyait aucun être vivant dans ces rues, et je m'étonnai de l'absence totale de chats et de chiens à Innsmouth. Autre sujet de perplexité et de trouble, même dans certaines des demeures les mieux conservées, beaucoup de fenêtres du troisième étage et du grenier étaient hermétiquement condamnées. La dissimulation et le mystère semblaient régner universellement dans cette cité étrangère de silence et de mort, et je ne pouvais m'empêcher de me sentir épié de tous côtés par ces yeux fixes et sournois qui ne se fermaient jamais.

Je frissonnai en entendant une cloche fêlée sonner trois heures dans un clocher sur ma gauche. Je ne me rappelais que trop l'église trapue d'où ces sons provenaient. Suivant Washington Street jusqu'à la rivière, je me trouvai de nouveau devant une ancienne zone industrielle et commerciale ; je remarquai les ruines d'une usine en face, puis d'autres, et les restes d'une vieille gare et d'un pont de chemin de fer couvert au-delà, qui enjambait la gorge à ma droite.

Bien que ce pont douteux fût muni d'un panneau dissuasif, je m'y risquai et repassai sur la rive sud où un peu de vie réapparut. Des créatures furtives au pas traînant me jetèrent des regards énigmatiques, et des visages plus normaux m'examinèrent avec froideur et curiosité. Innsmouth devenait rapidement intolérable, et je tournai dans Paine Street en direction de la grand-place dans l'espoir de trouver un véhicule quelconque qui me ramènerait à Arkham avant l'heure de départ encore éloignée du sinistre autobus.

C'est alors que je vis à ma gauche la caserne de pompiers délabrée, et remarquai un vieillard rougeaud, à la barbe hirsute et aux yeux larmoyants, couvert de haillons indescriptibles, qui, assis devant sur un banc, bavardait avec deux pompiers en tenue négligée mais l'air normal.

Cela ne pouvait être que Zadok Allen, le nonagénaire alcoolique et à demi fou dont les histoires sur la vieille Innsmouth et son ombre étaient si hideuses et incroyables.

3

C'est sans doute quelque petit démon pervers – ou l'influence sardonique de sources obscures et secrètes – qui me fit ainsi changer mes projets. J'avais depuis longtemps résolu de limiter mes observations à la seule architecture, et je venais même de me précipiter vers la grand-place pour chercher un moyen rapide de quitter cette ville pourrissante de décadence et de mort ; mais la vue du vieux Zadok Allen avait fait prendre un nouveau cours à mon esprit et ralenti mon pas devenu hésitant.

On m'avait affirmé que le vieillard ne pouvait qu'insinuer des légendes extravagantes, décousues et incroyables, et l'on m'avait mis en garde contre le danger d'être vu par les indigènes en train de parler avec lui ; pourtant l'idée de ce vieux témoin du déclin de la ville, avec ses souvenirs qui remontaient aux premiers temps des vaisseaux et des fabriques, avait un attrait auquel toute ma raison ne pouvait résister. Après tout, les mythes les plus étranges et les plus fous ne sont souvent que des allégories ou des symboles fondés sur des réalités, et le vieux Zadok avait dû assister à tout ce qui s'était passé à Innsmouth au cours des quatre-vingt-dix dernières années. La curiosité m'exalta au mépris de la prudence et du bon sens, et, avec la présomption de la jeunesse, j'imaginais que je saurais dégager un noyau de vérité historique du débordement confus et délirant que je tirerais probablement de lui avec l'aide du whisky.

Je savais qu'il ne fallait pas l'aborder là tout de suite car les pompiers n'auraient pas manqué de s'interposer. Mieux valait commencer, me dis-je, par acheter de l'alcool de contrebande à un endroit où le garçon épicier m'avait dit qu'on en trouvait en quantité. Puis j'irais flâner sans but apparent près de la caserne des pompiers et je rencontrerais le vieux Zadok dès qu'il aurait entrepris une de ses fréquentes balades. Selon le jeune homme, il était très remuant et demeurait rarement assis plus d'une heure ou deux près de la caserne.

Je trouvai aisément, bien qu'au prix fort, une bouteille de whisky dans l'arrière-boutique d'un minable « Prix-unique », juste derrière la grand-place dans Eliot Street. L'individu malpropre qui me servit avait un peu la fixité du « masque d'Innsmouth », mais il fut plutôt poli à sa manière ; peut-être était-il habitué à recevoir des clients étrangers – camionneurs, trafiquants d'or ou autres – comme il en passait de temps en temps en ville.

En regagnant la grand-place, je constatai que la chance était avec moi car j'aperçus bel et bien – émergeant de Paine Street au coin de la *Maison Gilman* – la haute et maigre silhouette en loques du vieux Zadok Allen lui-même. Comme je l'avais prévu, j'attirai son attention en brandissant la bouteille que je venais d'acheter ; et je m'aperçus bientôt qu'il me suivait d'un pas traînant avec un air d'envie quand je tournai dans Waite Street pour gagner le quartier que je pensais le plus désert.

M'orientant grâce à la carte dessinée à l'épicerie, je me dirigeai vers la partie sud des quais entièrement abandonnée que j'avais déjà visitée. Je n'y avais aperçu que les pêcheurs au loin sur la digue ; et en m'éloignant un peu plus vers le sud je pouvais me mettre hors de leur vue, trouver de quoi m'asseoir sur quelque quai désert et interroger tout à loisir le vieux Zadok sans être observé. Avant d'atteindre Main Street j'entendis derrière moi un faible et poussif « Hé, m'sieur ! », et, me laissant rattraper, je permis au vieil homme de boire à la bouteille de copieuses lampées.

Je commençai à tâter le terrain en suivant Water Street pour tourner vers le sud au milieu d'une totale désolation de ruines vertigineuses, mais je m'aperçus que le vieux ne se laisserait pas délier la langue aussi vite que je l'espérais. Je vis enfin une brèche herbeuse ouverte vers la mer entre des murs de brique croulants, et au-delà l'étendue de maçonnerie et de terre d'un quai envahi de mauvaises herbes. Près de l'eau, des tas de pierres moussues offraient des sièges acceptables, et au nord un entrepôt délabré abritait l'endroit contre tous les regards. C'était à mon avis l'idéal pour un long entretien secret ; je guidai donc mon compagnon vers le passage et le fis asseoir parmi les pierres moussues. L'atmosphère d'abandon et de mort était macabre, et l'odeur de poisson presque intolérable ; mais j'avais décidé que rien ne m'arrêterait.

Il me restait quatre heures pour cette conversation si je voulais prendre l'autobus d'Arkham à huit heures et, tout en avalant mon frugal déjeuner, je commençai à octroyer un peu plus d'alcool au vieux buveur. J'eus soin cependant dans mes largesses de ne pas compromettre mon entreprise, car je n'avais pas envie que la volubilité alcoolique de Zadok s'éteigne dans l'hébétude. Au bout d'une heure, sa morosité sournoise sembla se dissiper, mais à ma vive déception il continua à esquiver mes questions sur Innsmouth et son ténébreux passé. Il bavardait à propos des nouvelles du jour, révélant une connaissance étendue de la presse et une tendance marquée à philosopher d'un ton de villageois sentencieux.

Vers la fin de la seconde heure, je craignis que mon litre de whisky ne soit insuffisant pour obtenir ce que je voulais, et je me demandai s'il ne valait pas mieux laisser là le vieux Zadok pour aller en chercher un autre. Mais à ce moment précis, le hasard fournit l'introduction que mes questions n'avaient su amener ; et le poussif radotage du vieux prit un tour tel que je me penchai vers lui et dressai l'oreille. Je tournais le dos à la mer et à son relent de poisson, mais il lui faisait face, et je ne sais ce qui attira son regard errant vers le profil bas et lointain du Récif du Diable, qui apparaissait nettement, presque fascinant, au-dessus des vagues. Cette vue sembla lui déplaire, car il se mit à égrener à mi-voix des jurons qui s'achevèrent en un murmure confidentiel et un regard entendu. Il se rapprocha de moi, saisit le revers de mon veston, puis émit d'une voix sifflante ces propos sur lesquels on ne pouvait se méprendre :

« C'est là qu'tout a commencé – c't endroit maudit de toute la malfaisance, là où commence l'eau profonde. La porte d'l'enfer – ça descend à pic jusqu'au fond, y a pas d'ligne de fond qui va jusque-là. C'est l'vieux cap'taine Obed qu'a tout fait – qu'a trouvé dans ces îles d'la mer du Sud des choses qui y ont pas fait d'bien.

« Dans c'temps-là ça allait mal pour tout le monde. L'commerce dégringolait, les usines avaient pus d'travail – même les nouvelles – et pis les meilleurs d'nos gars tués comme corsaires dans la guerre de 1812 ou péris avec le brick *Eliza* et le *Ranger* – qu'étaient tous les deux aux

Gilman. Obed Marsh, lui, il avait trois bateaux sur l'eau, le brigantin *Columbia*, l'brick *Hetty*, et la goélette *Sumatra Queen*. Y avait qu'lui qui faisait l'commerce avec les Antilles et l'Pacifique, quoique la goélette *Malay Pride*, qu'était à Esdras Martin, a fait un voyage encore en 28.

« Jamais y a eu personne comme le cap'taine Obed – c'vieux suppôt d'Satan ! Hi, hi ! Je m'souviens comme y parlait des pays d'là-bas, et y traitait tous les gens d'idiots d'aller au culte des chrétiens et d'supporter leur fardeau comme des agneaux bêlants. Y f'raient mieux de s'trouver des dieux comme ceux d'là-bas dans les Antilles – des dieux qui leur donneraient des pêches miraculeuses en échange d'leurs sacrifices, et qui répondraient comme y faut aux prières des gens.

« Matt Eliot, son second, causait pas mal non plus, seulement il était contre toutes ces manigances de païens. Y parlait d'une île à l'est de Tahiti où y avait des tas d'ruines en pierre si vieilles que personne savait rien dessus, pareil que sur Ponape, dans les Carolines, mais avec des figures sculptées comme les grandes statues d'l'île de Pâques. A côté y avait aussi une petite île volcanique où on trouvait d'autres ruines avec des sculptures différentes – des ruines tout usées comme si elles auraient été sous la mer aut'fois, et avec des images de monstres abominables tout partout.

« Eh ben, m'sieur, y disait Matt qu'tous les natifs du coin y-z-avaient tout l'poisson qu'y voulaient, et y portaient des bracelets et des anneaux au-dessus du coude et des couronnes, tout ça fait d'une drôle d'espèce d'or et plein d'images de monstres comme celles qu'étaient dessinées sur les ruines de la petite île – on aurait dit des grenouilles-poissons ou ben des poissons-grenouilles qu'étaient dans toutes les positions pareil que des êtres humains. Personne a jamais pu leur faire dire où y-z-avaient trouvé tout ça, et tous les aut' natifs se demandaient comment y faisaient pour trouver tant d'poisson même quand dans les îles y prenaient presque rien. Matt s'est d'mandé aussi, et l'cap'taine Obed pareil. En plus, Obed a r'marqué qu'un tas de beaux p'tits gars disparaissaient pour de bon d'une année su' l'aut' et qu'on voyait presque pas d'vieux dans l'pays. Et pis il a trouvé qu'y avait des gens qu'avaient l'air bougrement bizarres même pour des Canaques.

« Ben sûr c'est Obed qu'a trouvé la vérité sur ces païens.

J'sais pas comment qu'il a fait, mais y s'est mis à faire du troc pour avoir les choses en or qu'y portaient. Y leur a d'mandé d'où qu'a v'naient et si y pouvaient en avoir d'aut', et pour finir il a tiré les vers du nez à leur vieux chef – Walakea, ils l'appelaient. Personne d'aut' qu'Obed aurait jamais cru c'vieux démon jaune, mais l'cap'taine, y lisait dans les gens comme dans les livres. Hi, hi ! Personne veut jamais m'croire aujourd'hui quand j'dis tout ça, et vous non plus, j'suppose, jeune homme – pourtant à bien vous r'garder, vous avez des yeux qui savent lire, pareil qu'Obed. »

Le chuchotement du vieillard devint plus faible encore, et je me surpris à frissonner devant la terrible solennité et la sincérité de son ton, tout en sachant que son histoire ne pouvait être qu'un délire d'ivrogne.

« Eh ben, m'sieur, Obed il a appris qu'y avait des choses sur c'te terre que presque personne en a jamais entendu causer – et personne voudrait l'croire si on leur racontait. A c'qui paraît, ces Canaques sacrifiaient des tas d'leurs gars et d'leurs filles à des espèces de dieux qu'habitaient sous la mer, et y r'cevaient en échange des tas d'faveurs. Y rencontraient ces créatures sur la p'tite île aux ruines bizarres, et y paraît que ces images abominab' d'monstres grenouilles-poissons, ça s'rait l'portrait d'ces créatures. P'têt ben qu'c'est d'là qu'viennent les histoires de sirènes et tout c'qui s'ensuit. Y-z-auraient toutes sortes de villes au fond d'la mer, et ct'île s'rait sortie d'là. On dit qu'y avait des créatures vivantes dans les bâtiments d'pierre quand l'île est arrivée d'un seul coup à la surface. C'est comme ça qu'les Canaques y s'sont aperçus qu'a vivaient sous l'eau. Sitôt qu'y sont rev'nus d'leur peur, y leur ont causé par signes, et y-z-ont eu vite fait d'arranger un marché.

« Ces dieux-là y-z-aimaient les sacrifices humains. Y-z-en avaient déjà eu aut'fois, mais avec le temps y-z-avaient perdu l'contact avec le monde d'en haut. C'qu'y faisaient des victimes j'pourrais pas vous l'dire, et j'pense qu'Obed a pas été trop curieux là-d'sus. Mais les païens ça leur était bien égal vu qu'y-z-en voyaient de dures et qu'y-z-étaient prêts à tout. Y donneraient un certain nombre de jeunes gens aux créatures de la mer, deux fois l'an – à May-Eve et Hallowe'en[1], recta. Pis aussi des babioles qu'y faisaient en sculpture. Et les créatures étaient d'accord pour donner en échange des tas d'poissons – qu'a ram'naient d'tout partout en mer – et d'temps en temps des choses qu'avaient l'air en or.

« Ben comme ça, les indigènes rencontraient les créatures sur la p'tite île volcanique – y v'naient en pirogues avec les sacrifices et tout ça, et r'partaient avec les bijoux en espèce d'or qui leur rev'naient. Au début les créatures allaient jamais sur l'île principale, mais au bout d'un moment a-z-ont voulu v'nir. Y paraît qu'a-z-avaient envie d'fréquenter les gens pis d'faire des fêtes ensemble dans les grandes occasions – May-Eve et Hallowe'en. Vous voyez, a vivaient aussi ben dans l'eau qu'en dehors – des amphibies qu'on appelle, j'crois. Les Canaques y leur ont dit qu'les gens des aut'z-îles voudraient les nettoyer si y savaient qu'a v'naient comme ça, mais a-z-ont dit qu'a s'en moquaient pasqu'a pouvaient nettoyer toute la race humaine si on voulait les embêter – toute, sauf ceux qu'avaient certains signes comme s'en servaient aut'fois les Anciens disparus. Mais pour pas faire d'histoires, a s'cacheraient quand quelqu'un viendrait visiter l'île.

« Quand on a parlé d's'accoupler avec eux, ces poissons-crapauds, les Canaques s'sont un peu r'biffés, mais finalement y-z-ont appris quéque chose qui leur a fait changer d'avis. A c'qu'on dit, les humains sont comme qui dirait parents avec ces animaux marins – tout c'qu'est vivant s'rait v'nu d'la mer aut'fois, et y faudrait qu'un p'tit changement pour y r'tourner. Les créatures a-z-ont dit aux Canaques qu'si y mélangeaient leurs sangs, y naîtraient des enfants qu'auraient d'abord l'air humain, mais plus tard y d'viendraient d'plus en plus pareils à elles, pis à la fin y s'mettraient à l'eau pour aller r'joindre les autres au fond. Et l'important, jeune homme, c'est qu'ceux qui s'raient dev'nus des poissons et iraient dans l'eau *y mourraient jamais*. Ces créatures elles mouraient jamais sauf si on les tuait.

« Eh ben, m'sieur, quand Obed a connu ces gens des îles, y-z-étaient pleins de sang d'poisson des créatures du fond d'l'eau. Quand y prenaient d'l'âge et qu'ça commen-

1. La veille du 1er mai et celle de la Toussaint. *(N.d.T.)*

çait à s'voir, on les cachait jusqu'à c'qu'y-z-aient envie de s'mettre à l'eau et d's'en aller. Y en avait qu'étaient plus touchés qu'd'aut', et certains qui changeaient jamais assez pour aller dans l'eau ; mais ça s'passait presque toujours exactement comme les créatures avaient dit. Ceux qui r'semblaient aux créatures en naissant, y changeaient très tôt, mais ceux qu'étaient plus humains y restaient des fois sur l'île jusqu'à des soixante-dix ans, même si y s'essayaient à plonger au fond en attendant. En général, ceux qui s'mettaient à l'eau y r'venaient souvent en visite, c'qui fait qu'souvent un homme pouvait causer avec son cinq-fois-grand-père, qu'avait quitté la terre ferme au moins deux cents ans plus tôt.

« Y-z-avaient tous oublié la mort – sauf dans les guerres de pirogues avec les aut' gens des îles, les sacrifices aux dieux marins des grands fonds, les morsures de serpent, la peste et quéqu'mal aigu et galopant qui les prenait avant qu'y-z-aient pu s'met' à l'eau – y-z-attendaient seulement un changement qu'était dev'nu pas du tout horrible avec le temps. Y trouvaient qu'y-z-avaient ben assez pour c'qu'y donnaient – et j'crois qu'Obed a pensé pareil quand il a eu r'mâché un peu c'que l'vieux Walakea y avait dit. Walakea, lui, c'était un des rares qu'avaient pas une goutte de sang d'poisson, vu qu'il était d'une famille royale qui s'mariait qu'avec les familles royales des aut'îles.

« Il a appris à Obed plein d'rites et d'incantations qu'avaient rapport avec les créatures marines, et il y a fait voir des gens du village qu'avaient quasiment pus forme humaine. Malgré ça, il y a jamais montré un seul d'ces fameux dieux sortis tout dré d'la mer. A la fin y a donné un truc magique en plomb ou j'sais pas quoi, qui censément faisait monter les créatures poissons d'n'importe quel endroit d'la mer où qu'y pouvait y avoir un nid. Y suffisait d'le laisser tomber dans l'eau en disant la prière qu'y fallait. Walakea disait qu'y en avait partout dans le monde, et n'importe qui en cherchant bien pouvait trouver un nid et les faire monter s'y en avait besoin.

« Matt, il aimait pas tout ça, et y voulait empêcher Obed d'aller sur l'île ; mais l'cap'taine était âpre au gain et y voyait qu'y pouvait avoir ces choses dorées si bon marché qu'ça valait la peine d's'en faire une spécialité. C'trafic-là a continué pendant des années, et Obed a eu assez de c't'or pour démarrer son affinerie dans la vieille usine en décadence de Waite. Il a pas osé vend'les choses comme a-z-étaient, pasqu'on aurait posé des tas d'questions. Malgré tout, ses ouvriers en prenaient une de temps en temps pour la vendre, bien qu'y-z-aient juré de garder le secret ; et y laissait les femmes de sa famille porter d'ces bijoux un peu plus humains qu'les aut'.

« Ben, vers 38 – j'avais sept ans – Obed s'est aperçu qu'l'île avait été complètement nettoyée depuis son dernier voyage. A c'qui paraît les aut' indigènes avaient eu vent de c'qui s'passait, et y-z-avaient pris les choses en main. Faut croire qu'y d'vaient avoir ces vieux signes magiques qu'les créatures avaient dit qu'c'étaient les seules choses qu'a craignaient. Sans compter qu'ces Canaques doivent avoir des chances d'en attraper quand l'fond d'la mer vomit une île où qu'y a des ruines plus vieilles que l'déluge. Des gars pieux qu'c'était : y-z-avaient rien laissé d'bout ni su la grande île ni su la p'tite volcanique, sauf les ruines qu'étaient trop grosses pour qu'y les renversent. Dans des endroits y avait des petites pierres éparpillées – comme qui dirait des amulettes – avec quéque chose dessus pareil que c'qu'on appelle un svastika aujourd'hui. Sûr que c'étaient les signes des Anciens. Tous les gens nettoyés, pus trace des choses dorées, et pas un Canaque du pays a soufflé mot de c't'affaire. Y prétendaient même qu'y avait jamais eu personne sur l'île.

« Naturellement, ç'a été un coup dur pour Obed, vu qu'son commerce normal y n'allait pas très fort. C'était dur aussi pour Innsmouth, vu qu'dans c'temps d'la marine, c'qu'était bon pour l'cap'taine du bateau c'était bon pareil pour l'équipage. La plupart des gens d'la ville y-z-ont pris les temps difficiles résignés comme des moutons, mais ça tournait mal pour eux vu qu'la pêche donnait pus grand-chose et qu'les usines marchaient au ralenti.

« C'est là qu'Obed il a commencé à enguirlander les gens pasqu'y étaient trop bêlants et qu'y priaient un dieu chrétien qui leur donnait rien du tout. Il a dit qu'y connaissait des gens qui priaient des dieux qu'leur envoyaient c'qui leur était vraiment utile, et si y avait une bonne équipe de gars qui voulait s'met' avec lui, y pourrait p'têt s'adresser à certaines puissances pour avoir des tas de poissons et pas mal d'or. Ben sûr que ceux qui servaient sur la *Sumatra Queen* et qu'avaient vu l'île y savaient c'qu'y voulait dire, et y-z-avaient pas envie d'trafiquer avec ces créatures d'la mer comme y-z-avaient entendu raconter, mais ceux qui savaient pas d'quoi y r'tournait s'sont laissé manœuvrer par c'qu'Obed avait dit, et y lui ont d'mandé c'qui pouvait faire pour les m'ner à c'te r'ligion qui leur s'rait si utile. »

Ici le vieillard hésita, marmonna et tomba dans un silence maussade et craintif, jetant des coups d'œil inquiets par-dessus son épaule, puis se retournant pour attacher un regard fasciné sur le récif noir au loin. Il ne répondit pas quand je lui adressai la parole, et je compris qu'il faudrait lui laisser finir la bouteille. L'histoire insensée que j'entendais m'intéressait vivement car je supposais qu'elle contenait une sorte de grossière allégorie fondée sur l'étrangeté d'Innsmouth et élaborée par une imagination à la fois créatrice et pleine de réminiscences de légendes exotiques. Je ne crus pas un instant que le récit pût avoir aucune base réelle ; mais il n'en inspirait pas moins une véritable horreur, peut-être parce qu'il évoquait d'étranges bijoux manifestement identiques à l'abominable tiare que j'avais vue à Newburyport. Il était possible, après tout, que les parures viennent d'une île lointaine ; et qui sait si ces contes extravagants n'étaient pas des mensonges de feu Obed lui-même plutôt que ceux du vieil ivrogne.

Je tendis la bouteille à Zadok et il la vida jusqu'à la dernière goutte. C'était étonnant de le voir avaler tant de whisky, sans le moindre embarras dans sa voix haute et poussive. Il lécha le goulot de la bouteille qu'il glissa dans sa poche, puis se mit à dodeliner de la tête en murmurant doucement pour lui-même. Je me penchai pour essayer de saisir ses paroles, et je crus voir un sourire sardonique derrière sa moustache touffue et jaunie. Oui, il prononçait réellement des mots, et je réussis à en comprendre une bonne partie.

« Pauv Matt – Matt il avait toujours été cont' tout ça – il essayait d'met' les gens d'son côté, et y passait du temps à causer avec les pasteurs – rien à faire : l'pasteur congrégationaliste y l'ont chassé d'la ville, et l'méthodiste il est parti, on n'a jamais r'vu Resolved Babcock, le baptiste – l'Courroux d'Jéhovah – j'étais bougrement p'tiot, mais j'sais ben c'que j'ai vu et entendu – Dagon et Astaroth – Bélial et Belzébuth – l'Veau d'or et les idoles de Canaan et des Philistins – les abominations d'Babylone – *Mane, thecel, pharès...* »

Il s'interrompit à nouveau, et au regard bleu de ses yeux larmoyants je craignis qu'il ne fût bien près de l'hébétude. Mais comme je lui tapais doucement sur l'épaule, il se tourna vers moi avec une vivacité extraordinaire et lança quelques phrases plus sombres.

« Vous m'croyez pas, hein ? Hi, hi, hi ! – alors dites-moi donc, jeune homme, pourquoi l'cap'taine Obed et une vingtaine de drôles de gens allaient en canot jusqu'au Récif du Diable en plein milieu d'la nuit en chantant si fort qu'on les entendait dans toute la ville quand l'vent était dans l'bon sens ? Dites-moi ça un peu, hein ? Et dites-moi pourquoi Obed y j'tait toujours des choses lourdes dans l'eau profonde d'l'aut'côté du récif, là où ça descend à pic pareil qu'une falaise, si bas qu'on peut pas sonder l'fond ? Dites-moi c'qu'y faisait avec ces drôles de trucs magiques en plomb qu'Walakea y avait donnés ? Hein, mon gars ? Et quoi qu'y braillaient tous à May-Eve et pareil le Hallowe'en suivant ? Et pourquoi qu'les nouveaux pasteurs – des individus qu'étaient plutôt marins – portaient des robes pas ordinaires et mettaient sur eux d'ces choses dorées qu'Obed avait rapportées ? Hein ? »

Les yeux bleus mouillés étaient devenus féroces et fous, la barbe blanche souillée se hérissait, comme électrisée. Le vieux Zadok perçut sans doute mon mouvement de recul, car il se mit à glousser méchamment.

« Hi, hi, hi, hi ! Commencez à comprend', hein ? P'têt' ben qu'ça vous aurait plu d'êt' à ma place à c't'époque-là, quand j'voyais tout ça la nuit su'la mer, du belvédère qu'était en haut d'ma maison. Ah, j'peux vous l'dire, les p'tites marmites ont d'grandes oreilles, et j'perdais rien de c'qu'on racontait su' l'cap'taine Obed et ceux qu'allaient au récif ! Hi, hi, hi ! Aussi la nuit j'ai emporté au belvédère la lunette marine de mon p'pa et j'ai vu l'récif tout grouillant d'formes qu'ont vite plongé sitôt qu'la lune s'est l'vée. Obed et les aut' étaient dans un doris, mais ces formes a-z-ont plongé d'l'aut' côté dans l'eau profonde et a sont jamais r'montées... Ça vous aurait-y plu d'êt' un p'tit môme tout seul en haut d'un belvédère en train de r'garder ces formes *qu'étaient pas des formes humaines* ?... Hein ?... Hi, hi, hi, hi... »

Le vieillard devenait hystérique, et je me mis à frémir, pris d'une inquiétude indéfinissable. Il posa sur mon épaule une griffe noueuse, et il me sembla que son tremblement ne venait pas que de l'hilarité.

« Supposez qu'une nuit vous auriez vu quéque chose de lourd j'té du doris d'Obed d'l'aut' côté du récif, et qu'vous auriez appris, le lendemain, qu'un jeune gars avait disparu d'chez lui ? Hein ? Qui qu'a jamais r'vu Hiram Gilman ? Pas vrai ? Et Nick Pierce, et Luelly Waite, et Adoniram Saouthwick, et Henry Garrison ? Hein ? Hi, hi, hi, hi... Des formes qui causaient par signes avec leurs mains... ceux qu'avaient des vraies mains...

« Eh ben, m'sieur, c'est là qu'Obed a commencé à r'tomber sur ses pieds. On a vu ses trois filles porter ces choses en espèce d'or qu'personne leur avait vues avant, et la ch'minée d'l'usine s'est r'mise à fumer. Y en a eu d'aut' aussi qu'avaient l'air de prospérer – l'poisson s'est mis à grouiller dans l'port, y avait pus qu'à l'prend', et Dieu sait les cargaisons qu'on a expédiées à Newb'ryport, Arkham et Boston. C'est à c'moment-là qu'Obed a fait installer l'vieux branchement du ch'min d'fer. Y a des pêcheurs de Kingsport qu'ont entendu causer d'ces prises et y sont v'nus en sloop, mais y-z-ont été perdus corps et biens. Personne les a jamais r'vus. Et juste au même moment nos gens y-z-ont organisé l'Ordre ésotérique de Dagon, et y-z-ont acheté pour ça la salle maçonnique d'la Commanderie du Calvaire... Hi, hi, hi ! Matt Eliot qu'était maçon a essayé d'empêcher la vente, mais il a disparu à c'moment-là.

« R'marquez, j'dis pas qu'Obed voulait qu'tout soit pareil que sur c't'île canaque. J'crois pas qu'au début y voulait qu'y ait tout c'mélange pour avoir des jeunots qu'iraient à l'eau et d'viendraient poissons pour la vie éternelle. C'qu'y voulait c'étaient ces trucs en or, même si fallait les payer gros, et pendant quéque temps *eux aut'* y-z-ont pas d'mandé plus...

« Mais v'là qu'en 46 la ville a commencé à y r'garder et à réfléchir d'son côté. Trop d'gens disparus, trop d'sermons d'énergumènes aux assemblées du dimanche, trop d'racontars du fameux récif. J'crois qu'j'y ai été pour quéque chose en racontant à Selectman Mowry c'que j'avais vu du belvédère. Une nuit y-z-ont été tout un groupe à suivre la troupe d'Obed jusqu'au récif, et j'ai entendu des coups d'feu entre les doris. L'lendemain Obed et vingt-deux aut' y-z-étaient en prison, et tout l'monde s'demandait c'qui s'passait au juste et d'quoi on pourrait ben les accuser. Seigneur, si quéqu'un avait pu prévoir... deux s'maines plus tard, quand on avait rien j'té à la mer tout c'temps-là... »

Zadok donnant des signes de frayeur et de lassitude, je le laissai se taire pendant un moment, tout en regardant ma montre avec inquiétude. C'était la marée montante à présent et le bruit des vagues sembla le réveiller. J'étais heureux de ce reflux car avec les hautes eaux l'odeur de poisson serait sans doute moins forte. Je dressai l'oreille à nouveau pour saisir ses chuchotements.

« C'te nuit épouvantab'... j'les ai vus... j'étais en haut dans l'belvédère... y-z-étaient des foules... des essaims... tout partout su'l'récif et y sont r'montés à la nage dans l'port jusque dans l'Manuxet... Seigneur, c'qu'a pu arriver dans les rues d'Innsmouth c'te nuit-là... Y-z-ont s'coué not'porte, mais p'pa a pas voulu ouvrir... Pis y est sorti par la f'nêtre de la cuisine avec son mousquet pour chercher Selectman Mowry et voir c'qu'y pouvait faire... Des tas d'morts et d'mourants... des coups d'feu et des cris... On hurlait sur la vieille place et la grand-place et New Church Green... les portes d'la prison enfoncées... proclamation... trahison... On a dit qu'y avait eu la peste quand les gens sont v'nus et y-z-ont vu qu'y manquait la moitié des habitants... Y restait qu'ceux qu'étaient avec Obed et les créatures ou alors ceux qui s'tenaient tranquilles... jamais pus entendu causer d'mon p'pa... »

Le vieux haletait et suait à grosses gouttes. Son étreinte se resserra sur mon épaule.

« Tout était nettoyé dans la matinée – mais y avait des *traces*... Obed alors y prend comme qui dirait l'command'ment et y dit qu'ça va changer... *Eux aut'* y s'ront avec nous aux assemblées, et certaines maisons r'cevront des *hôtes*... *Eux* y voulaient qu'on s'mélange comme y-z-avaient fait avec les Canaques, et lui d'abord y s'croyait pas obligé d'les arrêter. Il était allé trop loin, Obed... il l'tait comme un fou pour ça. Y disait qu'y nous apportaient poisson et trésor, et qu'y-z-auraient tout c'qui leur f'rait envie...

« Y aurait rien changé en dehors, seulement y fallait pas broncher avec les étrangers si on comprenait notre intérêt. On a tous été obligés de faire le serment de Dagon, et après il y a eu un deuxième et un troisième serment, et quéques-uns chez nous les ont faits. Ceux qui rendraient des services spéciaux y-z-auraient des récompenses spéciales – d'l'or et des choses comme ça. Pas moyen de r'gimber vu qu'y en avait des millions au fond d'l'eau. Y-z-auraient pas comme ça nettoyé toute l'humanité, mais si y-z-étaient trahis et poussés à bout, y pouvaient faire du dégât. Nous on n'avait pas les vieilles magies pour les faire filer comme les gens de la mer du Sud y faisaient, et les Canaques avaient jamais voulu donner leurs secrets.

« Qu'on leur donne assez d'sacrifices, des babioles de sauvages et qu'on les r'çoive dans la ville quand y voudraient, et y s'tiendraient ben tranquilles. Y f'raient pas d'mal aux étrangers pasqu'y pourraient raconter des histoires à l'extérieur – à moins qu'y les espionnent. Tous ceux d'la troupe des fidèles – d'l'Ordre à Dagon – et les enfants, y mourraient jamais, mais y r'tourn'raient à not'mère Hydra et not'père Dagon d'où qu'on était tous venus aut'fois – *Iä ! Iä ! Cthulhu fhtagn ! Ph'nglui mglw'nafh Cthulhu R'lhel wgah-nagl fhtagn* – »

Le vieux Zadok tombait vite dans le délire et je retins mon souffle. Pauvre vieux, à quels pitoyables abîmes hallucinatoires avait été poussé ce cerveau fécond et imaginatif par son alcool, sa haine de la dégradation, de l'inconnu et de la maladie qui l'entouraient ! Il se mit à gémir, et les larmes coulèrent le long de ses joues ravinées jusque dans les profondeurs de sa barbe.

« Seigneur, c'que j'ai pu voir d'puis mes quinze ans – *Mane, mane, thecel, pharès !* – les gens qui disparaissaient, et ceux qui s'tuaient – ceux qui racontaient des choses à Arkham, à Ipswich ou ailleurs, on les traitait d'fous, pareil qu'vous m'traitez d'fou en c'moment – mais Seigneur, c'que j'ai vu ! Y m'auraient tué d'puis longtemps rapport à c'que j'sais, mais j'ai fait l'premier et l'second serment à Dagon avec Obed, aussi j'étais protégé sauf si un jury d'fidèles avait prouvé que j'racontais des choses exprès et en toute connaissance... mais j'aurais pas fait l'troisième – j's'rais putôt mort que d'faire ça...

« C'est d'venu pire vers le temps d'la guerre civile, *quand les enfants nés d'puis 46 ont commencé à grandir* – certains, du moins. J'étais trop effrayé – jamais j'ai rien r'gardé depuis ct'horrible nuit, et *eux*, j'en ai jamais vu d'près de toute ma vie. J'veux dire pas un pur sang. J'suis parti pour la guerre, et si j'avais eu un peu d'cran ou d'jugeote je s'rais jamais rev'nu, mais j'me s'rais établi loin d'ici. Mais les gens m'ont écrit qu'ça allait pas trop mal. J'pense que c'était à cause des troupes du gouvernement qu'étaient dans la ville d'puis 63. Après la guerre ç'a été ben aussi mal qu'avant. Les gens ont commencé à pus rien faire – les usines et les boutiques s'sont fermées – on a pus navigué et l'port s'est ensablé – l'chemin d'fer abandonné – mais *eux*... y-z-ont pas arrêté d'nager dans la rivière et ailleurs en v'nant de c'maudit récif d'Satan et on a condamné d'plus en plus d'fenêt' d'mansardes, et on a entendu d'plus en plus d'bruits dans les maisons où qu'on pensait qu'y avait personne...

« Les gens d'dehors y racontaient des histoires sur nous – z'avez dû en entendre pas mal, vu les questions qu'vous posez – des histoires sur c'qu'y-z-auraient vu par hasard, et ces drôles de bijoux qui viennent toujours d'on sait pas où et qu'sont pas tous fondus – mais y disent jamais rien d'sûr. Personne croit rien de rien. Y racontent qu'les choses dorées c'est du butin d'pirates, et qu'les gens d'Innsmouth ont du sang étranger ou la maladie ou j'sais pas quoi. Et pis ceux qui vivent ici y mettent à la porte autant d'étrangers qu'y peuvent, et y poussent l'restant à pas s'montrer trop curieux, surtout quand la nuit vient. Les bêtes reculent d'vant les créatures – les ch'vaux pire qu'les mules – mais d'puis qu'y a des autos tout va bien.

« En 46 l'cap'taine Obed il a pris une seconde femme *qu'personne en ville a jamais vue* – y en a qui disent qu'y voulait pas, mais qu'y a été forcé par ceux-là qu'il avait appelés – il a eu trois enfants avec elle – deux qu'ont disparu tout jeunes, pis une fille qu'avait l'air comme tout l'monde et qu'a été éduquée en Europe. Obed a réussi à la marier par ruse à un gars d'Arkham qui s'est douté de rien. Mais maintenant personne du dehors a pus jamais affaire avec les gens d'Innsmouth. Barnabas Marsh qui dirige l'affinerie à présent – c'est l'petit-fils d'Obed et d'sa première femme – l'fils d'Onesiphorus, son aîné, *mais sa mère c'en est encore une qu'on a jamais vue dehors*.

« A c't'heure Barnabas a ben changé. Y peut pus fermer les yeux, et l'est tout déformé. On dit qu'y met encore des habits, mais qu'y va bentôt s'met' à l'eau. P'têt' qu'il a déjà essayé – des fois y descendent par l'fond pour des p'tites magies avant d'y aller pour de bon. On l'a pas vu en public d'puis pas loin d'dix ans. J'me d'mande comment qu'sa pauv' femme a prend ça – elle est d'Ipswich, et les gens y-z-ont failli lyncher Barnabas quand y v'nait y faire sa cour v'là ben cinquante ans d'ça. Obed il est mort en 78, et tous ceux d'la génération d'après y sont partis maintenant – morts les enfants d'la première femme, et l'reste... Dieu sait... »

Le bruit de la marée montante était devenu très présent, et petit à petit il semblait changer l'humeur larmoyante du vieil homme en une crainte vigilante. Il s'arrêtait parfois pour jeter des regards inquiets par-dessus son épaule ou vers le récif, et malgré l'extravagante absurdité de son histoire, je commençai sans pouvoir m'en empêcher à partager sa vague appréhension. Sa voix se fit suraiguë, comme s'il tentait de se donner du courage en haussant le ton.

« Hé, vous, pourquoi qu'vous disez rien ? Ça vous plairait-y d'viv' dans c'te ville où tout est pourri et mourant, avec des monstres enfermés, qui rampent et bêlent, aboient et sautent dans l'noir des caves et des greniers n'importe où qu'vous allez ? Hein ? Ça vous plairait-y d'entend' hurler nuit après nuit dans les églises et la salle de l'Ordre à Dagon, *et savoir c'qui s'mélange dans ces hurlements* ? Ça vous plairait d'entend' c'qui vient de ct'affreux récif chaque May-Eve et Hallowmass ? Hein ? L'vieux est fou, pas vrai ? Eh ben, m'sieur, croyez-moi, *c'est pas l'pire* ! »

Zadok criait vraiment à présent, et la frénésie démente de sa voix me troublait plus que je ne saurais dire.

« L'diab' vous emporte, me r'gardez pas avec ces yeux-là – j'vous dis qu'Obed Marsh est en enfer, et y va y rester ! Hi, hi... en enfer j'vous dis ! Peut pas m'attraper – j'ai rien fait ni rien raconté à personne...

« Oh vous, jeune homme ? Ben, même si j'ai encore rien raconté à personne, j'vais l'faire maintenant ! Bougez pas et écoutez-moi, mon garçon – voilà c'que j'ai jamais raconté à personne... J'ai dit qu'j'avais pus espionné après c'te nuit – *mais j'ai trouvé des choses tout de même* !

« Vous voulez savoir c'que c'est qu'la véritab' abomination, hein ? Eh ben, voilà – c'est pas c'qu'y-z-ont fait ces diab' de poissons, *mais c'est c'qu'y vont faire* ! Y-z-apportent des choses d'là d'où y viennent pour met' dans la ville – y font ça d'puis des années, et y ralentissent ces derniers temps. Les maisons au nord d'la rivière entre

Water Street et Main Street a-z-en sont pleines – de ces démons et de c'qu'y-z-ont apporté – et quand y s'ront prêts... J'vous dis, *quand y s'ront prêts*... Z'avez entendu parler d'un *shoggoth* ?

« Hé, vous m'entendez ? J'vous dis, *j'connais ces choses-là – j'les ai vues une nuit quand...* EH-AHHHH-AH ! E'YAAHHHH... »

Le cri du vieillard fut d'une soudaineté si atroce et d'une horreur tellement inhumaine que je faillis m'évanouir. Ses yeux, fixés au-delà de moi sur la mer malodorante, lui sortaient positivement de la tête et son visage était un masque d'épouvante digne de la tragédie grecque. Sa griffe osseuse s'enfonça effroyablement dans mon épaule, et il ne fit pas un mouvement quand je tournai la tête pour chercher du regard ce qu'il avait pu apercevoir.

Il n'y avait pour moi rien de visible. Rien que la marée montante, et peut-être une série d'ondulations plus localisées que la longue ligne déferlante des brisants. Mais à présent Zadok me secouait, et je me retournai pour voir ce visage pétrifié par la peur se fondre en un chaos de paupières clignotantes et de mâchoire marmonnante. Presque aussitôt la voix lui revint – encore que ce ne fût qu'un murmure frémissant.

« *Allez-vous-en !* Allez-vous-en ! *Y nous ont vus* – sauvez vot'vie ! Faut pus attend' – *y savent maintenant.* Sauvez-vous – vite – *loin de c'te ville...* »

Une autre lourde vague s'écrasa sur la maçonnerie croulante du quai d'autrefois, et changea le chuchotement du vieux fou en un nouveau cri inhumain à vous glacer le sang.

« E-YAAHHHH !... YHAAAAAA !... »

Avant que j'aie pu rassembler mes esprits, il avait relâché son étreinte sur mon épaule pour se précipiter éperdument vers la rue, chancelant en direction du nord, de l'autre côté du mur en ruine de l'entrepôt.

Je jetai un coup d'œil sur la mer, mais il n'y avait rien. Et quand, revenu dans Water Street, je suivis la rue du regard vers le nord, il n'y restait pas trace de Zadok Allen.

4

Je ne saurais décrire l'état d'esprit dans lequel me laissa cet épisode atroce – à la fois fou et navrant, grotesque et terrifiant. Le garçon épicier m'y avait préparé, mais la réalité ne m'en avait pas moins jeté dans le trouble et la confusion. Malgré la puérilité de l'histoire, le sérieux et l'horreur insensés du vieux Zadok m'avaient communiqué une inquiétude grandissante qui s'ajoutait à ma répulsion première pour la ville et l'ombre de son insaisissable fléau.

Plus tard je pourrais analyser le récit et en tirer les éléments de base d'une allégorie historique ; pour l'instant je ne demandais qu'à l'oublier. Il était dangereusement tard – ma montre indiquait 7 h 15, et l'autobus pour Arkham quittait Town Square à huit heures – et je m'efforçai de ramener mes pensées à un souci aussi neutre et pratique que possible, tout en parcourant vivement les rues désertes de toits béants et de maisons chancelantes, pour rejoindre l'hôtel où j'avais laissé ma valise et où je trouverais mon bus.

Malgré la lumière dorée de fin d'après-midi qui donnait aux vieux toits et aux cheminées délabrées un air de paix et un charme mystérieux, je ne pouvais m'empêcher de jeter parfois un coup d'œil par-dessus mon épaule. Je serais vraiment ravi de quitter cette Innsmouth malodorante où régnait la terreur, et j'aurais bien voulu qu'il existe quelque autre véhicule que celui du sinistre Sargent. Pourtant je n'accélérai pas trop l'allure car il se trouvait à tous ces coins de rue silencieux des détails architecturaux dignes d'attention ; et je pouvais aisément, d'après mes calculs, faire le trajet en une demi-heure.

En étudiant la carte du jeune homme de l'épicerie à la recherche d'un itinéraire que je n'aurais pas encore suivi, je choisis Marsh Street au lieu de State Street pour gagner la grand-place. Au coin de Fall Street je commençai à voir çà et là des groupes de chuchoteurs furtifs, et en arrivant enfin sur la place je constatai que presque tous les flâneurs étaient rassemblés devant la porte de la *Maison Gilman*. J'eus l'impression que beaucoup d'yeux saillants, humides, immobiles me regardaient curieusement quand je demandai ma valise dans le hall, et j'espérai qu'aucun de ces êtres déplaisants ne partagerait la voiture avec moi.

L'autobus, plutôt en avance, arriva à grand bruit avec trois passagers un peu avant huit heures, et un individu à la mine patibulaire adressa sur le trottoir quelques mots inintelligibles au conducteur. Sargent jeta dehors un sac postal et un paquet de journaux, puis entra dans l'hôtel, tandis que les voyageurs – les mêmes que j'avais vus arriver à Newburyport ce matin-là – gagnaient le trottoir d'un pas traînant et échangeaient quelques vagues paroles gutturales avec un badaud dans une langue dont j'aurais juré que ce n'était pas de l'anglais. Je montai dans la voiture vide et pris la même place que j'avais occupée précédemment, mais à peine étais-je installé que Sargent reparut et se mit à marmonner d'une voix de gorge particulièrement répugnante.

Apparemment, je n'avais vraiment pas de chance. Quelque chose s'était détraqué dans le moteur, bien qu'il ait très bien marché depuis Newburyport, et l'autobus ne pourrait pas continuer jusqu'à Arkham. Non, on ne pouvait pas le réparer cette nuit, et il n'y avait pas d'autre moyen de transport à partir d'Innsmouth, pour Arkham ni ailleurs. Sargent était désolé mais je serais obligé de coucher au *Gilman*. On me ferait certainement un prix à la réception, mais il n'y avait pas d'autre solution. Quasi stupéfait de cet obstacle imprévu, et redoutant vivement la tombée de la nuit dans cette ville pourrissante à peine éclairée, je quittai l'autobus et rentrai dans le hall de l'hôtel où le gardien de nuit à l'air maussade et louche me proposa la chambre 428 à l'avant-dernier étage – grande mais sans eau courante – pour un dollar.

Malgré ce que j'avais entendu dire de cet hôtel à Newburyport, je signai le registre, donnai mon dollar, laissai l'employé prendre ma valise et suivis ce serviteur revêche et solitaire pour monter trois étages de marches grinçantes, en dépassant des couloirs poussiéreux qui semblaient entièrement déserts. Ma chambre, une pièce sombre à l'arrière de l'hôtel, avec deux fenêtres et maigrement pourvue de meubles bon marché, donnait sur une cour lugubre cernée encore par des bâtiments de brique, bas et apparemment abandonnés, et dominait un panorama de toits vétustes qui s'étendaient vers l'ouest en deçà d'une campagne marécageuse. Au bout du couloir se trouvait une salle de bains, décourageante relique avec son antique cuvette de marbre, un tub en fer-blanc, une ampoule électrique très faible, et des boiseries moisies autour des tuyauteries.

Comme il faisait encore jour, je descendis sur la place pour tâcher de trouver à dîner et je remarquai alors les coups d'œil bizarres que me jetaient les flâneurs douteux. L'épicerie étant fermée, je dus me rabattre sur le restaurant que j'avais d'abord évité ; il était tenu par un homme voûté à la tête étroite, aux yeux immobiles et sans expression, et une fille au nez plat et aux mains incroyablement épaisses et maladroites. On ne servait qu'au comptoir, et je fus soulagé en m'apercevant que presque tout venait manifestement de boîtes de conserve et de sachets. Je me contentai d'un bol de soupe aux légumes avec des crackers, et regagnai bientôt ma triste chambre au *Gilman*, où je pris un journal du soir et un magazine criblé de chiures de mouches auprès de l'employé revêche qui tenait un étalage branlant à côté de son bureau.

Quand le crépuscule s'assombrit, j'allumai la faible ampoule électrique au-dessus du modeste lit de fer, pour essayer autant que possible de continuer la lecture que j'avais commencée. Je jugeais opportun d'occuper sainement mon esprit plutôt que de le laisser ressasser les monstruosités de cette vieille ville en proie à la dégradation, tant que j'étais encore dans ses murs. L'histoire folle que m'avait racontée le vieil ivrogne ne me promettait pas de rêves très agréables, et je sentais qu'il me fallait écarter le plus possible de mon imagination le souvenir de ses yeux larmoyants et hagards.

Je ne devais pas non plus m'appesantir sur ce que l'inspecteur du travail avait dit à l'employé de la gare de Newburyport au sujet de l'hôtel *Gilman* et des voix de ses occupants nocturnes – ni là-dessus ni sur le visage sous la tiare dans l'entrée obscure de l'église ; ce visage dont ma pensée consciente ne pouvait expliquer l'horreur. Peut-être aurait-il été plus facile de détourner mes réflexions de ces sujets troublants si la chambre n'avait pas autant empesté le moisi. Cette odeur atroce, hideusement mêlée à celle du poisson qui régnait dans la ville, ramenait sans cesse l'imagination à la décomposition et à la mort.

Ce qui m'inquiétait aussi c'était l'absence de verrou à la porte de ma chambre. Il y en avait eu un, comme le prouvaient clairement les traces, mais on l'avait enlevé récemment. Sans doute était-il devenu inutilisable, comme tant d'autres choses dans ce bâtiment délabré. Dans ma nervosité, je me mis à chercher et je découvris sur la penderie un verrou visiblement de la même taille, à en juger par les traces, que celui de la porte. Pour détendre un peu l'atmosphère lourde, je m'occupai de le fixer sur l'emplacement vide à l'aide d'un petit nécessaire de trois pièces, dont un tournevis, que je portais sur mon trousseau de clés. Il s'adaptait parfaitement et je fus assez soulagé de savoir que je pourrais le fermer avant de me coucher. Je ne croyais pas en avoir réellement besoin, mais le moindre symbole de sécurité était le bienvenu dans un pareil endroit. Il y avait aussi des verrous aux portes de communication des deux chambres voisines, et je les poussai aussitôt.

Je ne me déshabillai pas, décidé à lire jusqu'au moment de m'endormir. Je m'allongerais alors après avoir ôté seulement mon veston, mon faux col et mes chaussures. Tirant une lampe électrique de ma valise, je la mis dans ma poche pour pouvoir consulter ma montre si je m'éveillais plus tard dans la nuit. Cependant, le sommeil ne vint pas ; et quand j'analysai mes pensées je m'aperçus non sans inquiétude que je prêtais l'oreille inconsciemment à quelque chose que je redoutais sans pouvoir le définir. L'histoire de l'inspecteur avait marqué mon imagination plus profondément que je ne le croyais. J'essayai à nouveau de lire, mais je dus reconnaître que je n'avançais pas.

Au bout d'un certain temps, je crus entendre craquer l'escalier et les couloirs comme sous des pas, et je supposai que les autres chambres commençaient à se remplir. Pourtant, il n'y avait pas de bruits de voix, et je fus frappé du caractère furtif de ces craquements. Cela me déplut, et je me demandai si je ne ferais pas mieux de ne pas dormir du tout. Cette ville abritait des gens bizarres, et l'on avait incontestablement noté plusieurs disparitions. Etait-ce là une de ces auberges où l'on tuait les voyageurs pour voler leur argent ? Je n'avais sûrement pas l'air très fortuné. Ou bien les habitants avaient-ils tant de haine pour les visiteurs curieux ? Mon intérêt évident de touriste, la fréquente consultation de la carte avaient-ils fait mauvaise impression ? Dans quel état nerveux étais-je donc pour échafauder ainsi des hypothèses sur quelques craquements fortuits ? Mais je n'en regrettais pas moins d'être sans arme.

Finalement, éprouvant une fatigue qui n'annonçait pas le sommeil, je tirai le verrou réinstallé sur la porte du couloir, éteignis la lumière, et me jetai sur le lit dur et défoncé – gardant veston, col, chaussures et tout. Dans le noir le moindre bruit nocturne prenait de l'importance, et un flot de pensées doublement désagréables m'envahit. Je regrettais d'avoir éteint la lumière, mais j'étais trop las pour me lever et aller la rallumer. Alors, après un long et lugubre intervalle, et le prélude de nouveaux craquements dans l'escalier et le couloir, vint ce bruit léger, terriblement reconnaissable, qui semblait la funeste justification de toutes mes frayeurs. A n'en pas douter, on essayait une clé – prudemment, furtivement, non sans hésitation – dans la serrure de ma porte.

Mes sensations, en identifiant ce signe d'un danger réel, furent peut-être moins violentes à cause des craintes vagues qui les avaient précédées. Bien que sans motif précis, je m'étais instinctivement tenu sur mes gardes – ce qui allait m'aider dans la nouvelle épreuve véritable, quelle qu'elle puisse être. Néanmoins ce progrès de la menace, d'abord vague prémonition puis réalité concrète, m'impressionna profondément, et je le ressentis comme un choc violent. Il ne me vint pas à l'idée que ce tâtonnement pouvait être une simple erreur. N'envisageant qu'une intention malveillante, je gardai un silence de mort, en attendant ce qu'allait faire l'intrus supposé.

Un moment plus tard, le cliquetis furtif cessa, et j'entendis qu'on pénétrait avec un passe-partout dans la chambre au nord de la mienne. Puis on essaya doucement la serrure de la porte qui donnait dans ma chambre. Le verrou résista, naturellement, et le plancher grinça quand le rôdeur quitta la pièce. Au bout d'un instant, un autre bruit discret m'apprit qu'on entrait dans la chambre au sud de la mienne. Puis nouveau tâtonnement sur le verrou de la porte de communication, et nouveau grincement d'un pas qui bat en retraite. Cette fois il s'éloigna dans le couloir, descendit l'escalier, et je compris que le rôdeur ayant constaté le verrouillage de mes portes renonçait à sa tentative pour un temps plus ou moins long, comme on le verrait plus tard.

La promptitude avec laquelle j'établis un plan d'action

prouve que j'avais dû inconsciemment craindre quelque menace et envisager depuis des heures les divers moyens d'y échapper. Dès l'abord je sentis que le tâtonneur invisible représentait un danger qu'il ne fallait ni affronter ni discuter, mais fuir le plus rapidement possible. La seule chose à faire était de quitter cet hôtel vivant, en toute hâte, et par une autre issue que l'escalier et le hall d'entrée.

M'étant levé sans bruit et dirigeant la lumière de ma lampe sur l'interrupteur, j'essayai d'allumer l'ampoule audessus du lit pour choisir quelques affaires à mettre dans mes poches avant de fuir sans valise. Mais rien ne se passa ; on avait donc coupé le courant. De toute évidence, un mouvement malfaisant et secret se préparait sur une grande échelle – lequel, au juste, je n'aurais su le dire. Tandis que je réfléchissais, la main sur l'interrupteur inutile, je perçus un craquement étouffé à l'étage au-dessous, et crus distinguer le bruit d'une conversation. Un instant plus tard j'étais moins sûr que ces sons graves fussent des voix, car ces aboiements rauques et ces coassements à peine articulés ressemblaient bien peu à un langage humain connu. Je songeai alors plus que jamais à ce que l'inspecteur du travail avait entendu la nuit dans cette maison moisie et pestilentielle.

Après avoir rempli mes poches à la lumière de ma lampe, je mis mon chapeau et me dirigeai sur la pointe des pieds vers les fenêtres pour examiner les moyens de descendre. En dépit des règlements en vigueur, il n'y avait pas d'échelle d'incendie de ce côté de l'hôtel, et je découvris que mes fenêtres ne donnaient que sur un à-pic de trois étages jusqu'à la cour pavée. A droite et à gauche cependant d'anciens bâtiments industriels en brique étaient contigus à l'hôtel ; leurs toits en pente montaient à une distance raisonnable qui permettait d'y sauter de mon quatrième étage. Pour atteindre l'un ou l'autre, il me faudrait être dans une chambre à deux portes de la mienne – soit au nord, soit au sud selon le cas – et je me mis aussitôt à calculer les chances que j'avais d'effectuer ce transfert.

Je ne pouvais me risquer à sortir dans le couloir ; on y entendrait sûrement le bruit de mes pas, et les difficultés pour entrer dans la chambre voulue seraient insurmontables. Je devrais passer, pour réaliser mon projet, par les portes de communication, de construction plus légère ; il faudrait en forcer les serrures et les verrous en me servant de mon épaule comme d'un bélier chaque fois qu'ils seraient fermés de l'intérieur. Ce qui me paraissait possible étant donné l'état de délabrement de l'hôtel et de ses installations ; mais je ne pourrais le faire sans bruit. Je devais compter uniquement sur ma rapidité, et sur la chance d'atteindre une fenêtre avant que les forces hostiles n'aient le temps de s'organiser pour ouvrir la bonne porte avec un passe-partout. Je barricadai ma porte sur le couloir avec la commode – que je poussai petit à petit pour faire le minimum de bruit.

Je me rendais bien compte que mes chances étaient très minces, et j'étais prêt à un désastre. Même si j'atteignais un toit voisin, le problème ne serait pas résolu, car il resterait à gagner le sol et à m'échapper de la ville. Le seul élément favorable était l'état d'abandon et de ruine des bâtiments contigus, et les nombreuses lucarnes obscures ouvertes sur chacun.

Ayant constaté sur le plan du garçon épicier qu'il valait mieux sortir de la ville par le sud, j'examinai d'abord la porte au sud de la chambre. Elle s'ouvrait dans ma direction, et je vis – après avoir tiré le verrou et trouvé en place d'autres fermetures – qu'elle serait trop difficile à forcer. Je renonçai donc à cette issue et poussai le lit tout contre pour prévenir toute attaque éventuelle venant de la chambre voisine. La porte nord s'ouvrait vers l'extérieur, et – bien que je l'aie trouvée fermée à clé ou au verrou de l'autre côté – c'était par elle que je devais passer. Si j'arrivais à sauter sur les toits des bâtiments de Paine Street et à descendre à terre sans encombre, je pourrais peut-être filer par la cour et les maisons voisines ou celles d'en face jusqu'à Washington ou Bates Street – à moins de sortir dans Paine Street et de tourner vers le sud pour retrouver Washington Street. De toute façon, mon but était de gagner Washington Street et de m'éloigner le plus vite possible des parages de la grand-place. J'aurais préféré éviter Paine Street, à cause de la caserne des pompiers qui restait peut-être ouverte toute la nuit.

En pensant à tout cela, je regardais au-dessous de moi la misérable mer de toits pourrissants, éclairés maintenant par les rayons d'une lune encore presque pleine. A droite la noire entaille de la gorge où coulait la rivière divisait le paysage ; les usines et la gare abandonnée s'y accrochaient de part et d'autre comme des bernacles. Au-delà, les rails rouillés et la route de Rowley traversaient une étendue marécageuse semée d'îlots de terrain plus haut et sec couvert de broussailles. A gauche, dans la campagne plus proche parcourue de cours d'eau, l'étroite route d'Ipswich luisait, blanche sous la lune. De ce côté de l'hôtel je ne pouvais pas voir la route du sud en direction d'Arkham que j'avais décidé de prendre.

Je me demandai, hésitant, si je devais attaquer la porte du sud, et comment le faire sans être entendu, lorsque je remarquai que les vagues bruits d'en dessous avaient fait place à de nouveaux grincements de marches plus marqués. Une lueur vacillante apparut à travers mon imposte, et le plancher du couloir gémit sous un pas pesant. Des sons étouffés, peut-être des voix, se rapprochèrent, et enfin on frappa vigoureusement à ma porte.

D'abord je retins seulement mon souffle et j'attendis. J'eus l'impression qu'il s'écoulait des éternités, et l'écœurante odeur de poisson des alentours s'aggrava soudain de façon alarmante. Puis on frappa de nouveau – sans arrêt et avec une insistance grandissante. Comprenant qu'il était temps d'agir, je tirai le verrou de la porte nord, rassemblant mes forces pour l'enfoncer. A l'extérieur les coups redoublaient, et j'espérai qu'ils couvriraient le bruit de mes efforts. Passant enfin à l'attaque, je me jetai à plusieurs reprises sur le mince panneau, l'épaule gauche en avant, sans souci des chocs ou de la douleur. La porte résista plus que je ne m'y attendais, mais je ne renonçai pas. Et cependant le tumulte au-dehors ne faisait que croître.

La porte de communication finit par céder, mais avec un tel fracas que dans le couloir on dut l'entendre. Immédiatement les coups devinrent un martèlement violent, tandis que des bruits de clés inquiétants résonnaient aux portes des chambres voisines. Me ruant dans celle que je venais d'ouvrir, je réussis à verrouiller la porte du couloir avant qu'on ne puisse l'ouvrir ; mais au même moment j'entendis un passe-partout grincer à la porte extérieure de la troisième chambre – celle dont j'avais espéré emprunter la fenêtre pour atteindre le toit au-dessous.

Je tombai un instant dans un complet désespoir, me voyant prisonnier dans une pièce dont aucune fenêtre ne m'offrait d'issue. Une vague d'horreur presque monstrueuse m'envahit et prêta sous la lumière de ma lampe de poche une terrible bien qu'inexplicable étrangeté aux traces de pas qu'avait laissées dans la poussière l'intrus qui, ici même, essayait tout à l'heure de pénétrer chez moi. Puis, poussé par un automatisme plus fort que le désespoir, je me dirigeai vers la porte de communication, prêt à l'enfoncer et – si je trouvais les fermetures intactes comme dans la seconde chambre – à verrouiller la porte du couloir avant qu'on ne l'ouvre de l'extérieur.

Un vrai hasard providentiel me donna ma revanche – car devant moi la porte n'était pas fermée à clé, mais était même entrouverte. A la seconde je l'avais franchie et bloquais du genou droit et de l'épaule la porte du couloir qui visiblement commençait à s'ouvrir vers l'intérieur. Ma pression prit l'assaillant au dépourvu et le panneau se referma sous mon effort, si bien que je n'eus qu'à faire glisser le verrou comme je l'avais fait avec l'autre porte. Je reprenais souffle lorsque j'entendis faiblir les coups sur les deux portes extérieures, tandis qu'un vacarme confus venait de la porte de communication consolidée par mon lit. De toute évidence, mes agresseurs étaient entrés en masse dans la chambre du sud et se préparaient à une attaque de flanc. Au même instant, un passe-partout pénétrait dans la serrure de la chambre nord contiguë, et je compris qu'un danger plus immédiat me menaçait.

La porte de communication vers le nord était grande ouverte, mais il n'était plus temps de défendre celle du couloir. Je dus me contenter de fermer et de verrouiller la porte restée ouverte et celle qui lui faisait vis-à-vis – poussant un lit contre l'une, une commode contre l'autre, et une table de toilette devant l'entrée du couloir. Je ne pouvais me fier qu'à ces obstacles de fortune pour me protéger jusqu'à ce que je franchisse la fenêtre et gagne le toit du bâtiment de Paine Street. Mais même à ce moment critique mon horreur ne venait pas de la faiblesse de mes moyens de défense. Je frissonnais parce que aucun de mes poursuivants, en dehors de quelques hideux halètements, grognements et de faibles aboiements de temps à autre, n'émettait un son vocal net ou intelligible.

Tandis que je déplaçais les meubles et me ruais vers les fenêtres, j'entendis dans le couloir un bruit terrifiant : des pas précipités en direction de la chambre au nord de la mienne, alors que les coups avaient cessé du côté sud.

Manifestement, la plupart de mes adversaires allaient concentrer leurs forces contre la fragile porte de communication dont ils savaient qu'elle menait directement à moi. Dehors, la lune baignait le faîtage du bâtiment au-dessous, et je vis que le saut serait terriblement risqué à cause de la pente abrupte sur laquelle je devais atterrir. Dans ces conditions, je choisis pour m'échapper la plus au sud des deux fenêtres ; je prévoyais de retomber sur le versant intérieur du toit et de gagner la lucarne la plus proche. Une fois dans l'une des constructions de brique délabrées, je devais m'attendre à une poursuite ; mais j'espérais pouvoir descendre et m'esquiver en passant de l'une à l'autre des entrées béantes autour de la cour obscure, rejoindre enfin Washington Street et me glisser hors de la ville en direction du sud.

Le tumulte devant la porte de communication nord était devenu terrifiant, et je vis que le mince panneau commençait à se fendre. Les assiégeants avaient sans doute apporté un objet pesant en guise de bélier. Néanmoins le lit tenait bon ; ce qui me laissait encore une faible chance de réussir mon évasion. En ouvrant la fenêtre, je remarquai qu'elle était flanquée d'un lourd rideau de velours suspendu à une tringle par des anneaux de cuivre, et aussi qu'il y avait à l'extérieur de gros crochets pour attacher les volets. Voyant là un moyen d'éviter un saut dangereux, je tirai d'un coup sec et fis tomber à terre rideau, tringle et le reste ; puis j'accrochai vivement deux des anneaux au crochet du volet et jetai l'étoffe au-dehors. Les lourds plis tombaient largement jusqu'au toit, et je jugeai qu'anneaux et crochet pourraient supporter mon poids. Alors, enjambant la fenêtre et descendant le long de l'échelle de corde improvisée, je laissai à jamais derrière moi la bâtisse malsaine et grouillante d'horreurs de l'hôtel *Gilman*.

J'atterris sans dommage sur les ardoises disjointes du toit pentu, et réussis à gagner le trou noir de la lucarne sans glisser une seule fois. En levant les yeux vers la fenêtre que je venais de quitter, je vis qu'elle était toujours obscure, mais plus loin au nord, entre les cheminées croulantes, je discernai des lumières de mauvais augure qui brillaient dans la salle de l'Ordre de Dagon, l'église baptiste et celle des congrégationalistes que je me rappelais en frissonnant. Ne voyant personne en bas dans la cour, j'espérai avoir une chance de fuir avant le déclenchement d'une alerte générale. A la lueur de ma lampe électrique, je constatai à travers la lucarne qu'il n'y avait pas de marches pour descendre. La distance n'était pas grande, toutefois, si bien que je grimpai sur le bord et me laissai tomber ; je me retrouvai sur un plancher poussiéreux encombré de caisses et de tonneaux vermoulus.

L'endroit était lugubre, mais je ne me souciais plus de ce genre d'impression et je gagnai aussitôt l'escalier révélé par ma lampe – après un bref coup d'œil à ma montre qui indiquait deux heures du matin. Les marches grinçaient mais paraissaient assez solides et je les descendis quatre à quatre, après un second étage qui avait l'air d'une grange, jusqu'au rez-de-chaussée. C'était le désert complet, et seul l'écho répondit au bruit de mes pas. J'atteignis enfin le couloir inférieur, au bout duquel un rectangle faiblement éclairé indiquait l'entrée en ruine sur Paine Street. Me dirigeant dans le sens opposé, je trouvai la porte de derrière également ouverte et, dégringolant cinq marches de pierre, je me retrouvai sur les pavés herbeux de la cour.

Les rayons de la lune n'arrivaient pas jusque-là, mais j'y voyais juste assez pour me passer de ma lampe. Certaines fenêtres de l'hôtel *Gilman* étaient maigrement éclairées et je crus entendre des bruits confus à l'intérieur. Avançant en silence du côté de Washington Street, je distinguai plusieurs entrées ouvertes et m'engageai dans la plus proche. Il faisait noir dans le corridor, et quand j'arrivai à l'autre bout je m'aperçus que la porte de la rue était hermétiquement close. Résolu à essayer un autre bâtiment, je revins sur mes pas à tâtons vers la cour, mais je m'arrêtai net tout près de l'entrée.

Par une porte ouverte de l'hôtel *Gilman* se déversait une énorme foule de silhouettes douteuses – des lanternes dansaient dans les ténèbres, et d'horribles voix coassantes échangeaient des cris étouffés en un langage qui n'avait rien d'anglais. Ces formes se déplaçaient de manière hésitante, et je compris à mon grand soulagement qu'elles ignoraient où j'étais allé ; je n'en ressentis pas moins à leur vue un frisson d'horreur. Leurs traits étaient indiscernables, mais la démarche traînante, ramassée, était affreusement repoussante. Et, pire que tout, je remarquai que l'une d'elles, vêtue d'une robe bizarre, portait à n'en pas douter une haute tiare dont le dessin ne m'était que trop familier. Tandis qu'elles se répandaient dans la cour, je sentis redoubler mes craintes. Et si je ne trouvais aucune issue à ce bâtiment du côté de la rue ? L'odeur de poisson était détestable, et je m'étonnais de pouvoir la supporter sans défaillir. Tâtonnant de nouveau vers la rue, j'ouvris une porte dans le couloir et me trouvai dans une pièce vide aux volets clos mais sans châssis de fenêtres. Guidé par les rayons de ma lampe, je réussis à ouvrir ces volets ; en un instant je sautai dehors et refermai soigneusement l'ouverture comme je l'avais trouvée.

J'étais maintenant dans Washington Street, et je ne vis d'abord âme qui vive ni d'autre clarté que celle de la lune. Pourtant j'entendais au loin, venant de plusieurs directions, le son de voix rauques, de pas, et une curieuse espèce de trottinement très distinct des bruits de pas. Manifestement, je n'avais pas de temps à perdre. Mon orientation était claire et je me réjouis de voir éteints tous les réverbères, comme c'est souvent l'usage les nuits de pleine lune dans les régions rurales défavorisées. Certains des bruits provenaient du sud, et pourtant je persistai à vouloir fuir dans cette direction. Il y aurait sûrement quantité d'entrées désertes pour m'abriter si je rencontrais une personne ou un groupe aux allures de poursuivants.

Je marchais vite, en silence, près des maisons en ruine. Bien que sans chapeau et décoiffé après ma descente laborieuse, je ne paraissais pas spécialement remarquable ; et je pouvais passer inaperçu s'il me fallait par hasard croiser quelqu'un. A la hauteur de Bates Street je m'enfonçai dans un vestibule béant tandis que deux silhouettes au pas traînant traversaient la rue devant moi, mais je me remis bientôt en route vers le grand carrefour où Eliot Street coupe obliquement Washington Street à son intersection avec South Street. Sans avoir jamais vu cet endroit, je l'avais jugé dangereux sur la carte du garçon épicier ; et la lune devait y donner en plein. Il était impossible de l'éviter, car tout autre itinéraire impliquerait des détours, donc d'autres risques de découverte et une perte de temps. Il ne me restait qu'à le traverser hardiment et sans me cacher, en imitant de mon mieux le pas traînant caractéristique des gens d'Innsmouth, et avec l'espoir de ne rencontrer personne, du moins aucun de mes poursuivants.

Dans quelle mesure la poursuite était-elle organisée et en fait quel était exactement son but, je n'en avais aucune idée. Il semblait régner en ville une activité inaccoutumée, mais je pensais que la nouvelle de ma fuite du *Gilman* ne s'était pas encore répandue. Naturellement il me faudrait bientôt quitter Washington Street pour quelque autre rue en direction du sud car cette bande de l'hôtel ne manquerait pas de se lancer à mes trousses. Je devais avoir laissé des traces dans la poussière du dernier vieux bâtiment, révélant ainsi comment j'avais gagné la rue.

Le carrefour était, et je l'avais prévu, inondé de clarté lunaire ; je vis en son centre les restes d'une pelouse entourée d'une grille de fer. Heureusement, il n'y avait personne alentour, mais un étrange grondement ou bourdonnement s'amplifiait du côté de la grand-place. South Street, très large et légèrement en pente, descendait directement jusqu'aux quais et offrait une vue dégagée sur la mer, et j'espérais que personne ne regarderait de là-bas tandis que je traverserais sous la lune.

J'avançai sans encombre, et aucun nouveau bruit ne me fit supposer qu'on m'avait observé. Jetant un coup d'œil autour de moi, je ralentis involontairement un instant pour admirer au bout de la rue la mer somptueuse dans tout l'éclat du clair de lune. Au-delà de la digue j'aperçus le vague profil noir du Récif du Diable, et je ne pus m'empêcher de penser à toutes les hideuses légendes que j'avais entendues pendant les dernières trente-quatre heures – et qui représentaient ce roc déchiqueté comme une vraie porte vers des mondes d'une horreur insondable et d'une inimaginable monstruosité.

Alors, sans avertissement, se produisit une série d'éclairs sur le lointain récif. Précis et indiscutables, ils éveillèrent dans mon esprit une terreur tout à fait irrationnelle. Mes muscles se tendirent en un réflexe de fuite, que ne retinrent qu'une sorte de prudence inconsciente et une fascination quasi hypnotique. Et pour empirer les choses, jaillissait maintenant, du haut du belvédère de l'hôtel *Gilman*, qui s'élevait derrière moi au nord-est, une suite de lueurs analogues mais différemment espacées qui ne pouvaient être qu'une réponse au premier signal.

Maîtrisant mes muscles, et me rendant compte à nouveau à quel point j'étais en vue, je repris mon allure vive tout en feignant de traîner les pieds ; et je ne cessai de surveiller l'infernal et menaçant récif tant que South Street m'ouvrait sa perspective sur la mer. Je ne savais que penser de ce que j'avais vu ; à moins qu'il ne s'agît d'un rite étrange lié au Récif du Diable, ou de quelque groupe débarqué d'un bateau sur ce sinistre roc. J'obliquai vers la gauche en contournant l'ancienne pelouse, sans quitter des yeux l'océan qui resplendissait sous la lumière spectrale de la lune d'été, ni le mystérieux spectacle de ces signaux inconnus et inexplicables.

C'est alors que j'éprouvai l'impression la plus horrible de tout ce que j'avais ressenti – celle qui anéantit mon dernier vestige de sang-froid et me lança frénétiquement vers le sud, le long des noires entrées béantes et des fenêtres au regard fixe de poisson, en cette rue déserte de cauchemar. Car, à mieux regarder, je m'aperçus que les eaux éclairées par la lune entre le récif et le rivage étaient loin d'être vides. Elles fourmillaient d'une horde grouillante de formes qui y nageaient en direction de la ville ; même à cette distance et en un seul regard j'avais compris que les têtes qui dansaient sur l'eau et les bras qui battaient l'air étaient étrangers et anormaux au point qu'on pouvait à peine le dire ou le formuler consciemment.

Ma course folle ne me mena pas même au bout du pâté de maisons, car j'entendis à ma gauche quelque chose comme la clameur d'une poursuite organisée : des bruits de pas, des sons gutturaux et un ronflement de moteur suivant Federal Street vers le sud. En une seconde tous mes projets furent entièrement renversés – si la route du sud était bloquée devant moi, il fallait évidemment sortir d'Innsmouth par un autre chemin. Je m'arrêtai et me réfugiai dans une entrée ouverte, me félicitant d'avoir franchi le carrefour éclairé par la lune avant que ces poursuivants n'aient descendu la rue parallèle.

Ma seconde réflexion fut moins rassurante. Puisqu'ils prenaient une autre rue, il était clair qu'ils ne suivaient pas directement mes traces. Ils ne m'avaient pas vu, mais obéissaient à un plan général conçu pour empêcher ma fuite. Ce qui signifiait que toutes les routes partant d'Innsmouth étaient également surveillées, car les habitants n'avaient pu savoir quelle voie je comptais emprunter. Dans ce cas, il me faudrait battre en retraite à travers la campagne en évitant toutes les routes ; mais comment faire dans cette région entièrement marécageuse et sillonnée de cours d'eau ? J'eus un moment le vertige – à la fois de désespoir et à cause d'une brusque recrudescence de l'inévitable odeur de poisson.

Puis je pensai à la ligne de chemin de fer abandonnée pour Rowley, dont la solide voie de terre empierrée et envahie d'herbe s'étendait encore au nord-ouest à partir de la gare en ruine, au bord de la gorge où coulait la rivière. Il restait une chance pour que les gens de la ville n'y aient pas songé ; son état d'abandon, les ronces qui l'obstruaient la rendant presque impraticable, c'était bien le chemin le moins engageant que pût choisir un fugitif. Je l'avais vue distinctement de ma fenêtre à l'hôtel, et je savais où la trouver. Le début de son parcours était malheureusement visible en grande partie depuis la route de Rowley, et des sommets de la ville elle-même ; mais on pouvait peut-être passer inaperçu en rampant à travers les broussailles. De toute façon, c'était ma seule chance de salut, et je n'avais d'autre choix que de l'essayer.

M'enfonçant dans le couloir de mon refuge désert, je consultai une fois de plus la carte du garçon épicier à la lueur de ma lampe électrique. Le problème immédiat était de rejoindre l'ancienne voie ferrée ; et je vis alors que le plus sûr était d'aller tout droit jusqu'à Babson Street, puis à l'ouest vers Lafayette Street – en contournant sans le traverser un espace découvert comme celui que j'avais franchi – et de repartir vers le nord et l'ouest en zigzaguant par les rues Lafayette, Bates, Adams et Bank – cette dernière longeait la gorge de la rivière – pour arriver à la gare abandonnée et croulante que j'avais vue de ma fenêtre. Si j'avais choisi Babson Street, c'est que je ne voulais ni retraverser le premier espace découvert ni commencer mon itinéraire vers l'ouest par un croisement aussi large que celui de South Street.

Repartant de nouveau, je gagnai le trottoir de droite pour me glisser dans Babson Street le plus discrètement possible. Le bruit persistait dans Federal Street, et en jetant un coup d'œil derrière moi je crus voir une lumière près du bâtiment par lequel je m'étais enfui. Impatient de quitter Washington Street, je me mis à trotter, espérant que personne ne m'observait. Presque au coin de Babson Street, je remarquai avec inquiétude qu'une des maisons était habitée, comme en témoignaient les rideaux à la fenêtre ; mais il n'y avait pas de lumière à l'intérieur, et je la dépassai sans catastrophe.

Dans Babson Street, qui coupait Federal Street et pouvait donc me révéler aux patrouilleurs, je rasai les murs des immeubles inégaux et affaissés, m'arrêtant deux fois dans une entrée car la rumeur derrière moi s'amplifiait par moments. Devant, l'espace découvert brillait sous la lune, vaste et désert, mais mon itinéraire ne m'obligeait pas à l'affronter. Lors de ma seconde pause je discernai une nouvelle répartition des bruits confus ; ayant risqué un regard prudent hors de mon abri, je vis une automobile franchir le carrefour à toute vitesse, et remonter Eliot Street, qui à cet endroit coupe à la fois les rues Babson et Lafayette.

Pendant que je guettais, suffoqué par une nouvelle vague de l'odeur de poisson, après une courte accalmie, j'aperçus une troupe de formes grossières et ramassées qui allaient dans la même direction à pas traînants ou bondissants ; je compris qu'elles devaient être chargées de surveiller la route d'Ipswich, qui est un prolongement d'Eliot Street. Deux de ces silhouettes portaient des robes volumineuses, et l'une d'elles un diadème pointu qui miroitait, blanc sous la lune. Sa démarche était si bizarre qu'elle me donna le frisson – car il me sembla qu'elle *sautillait*.

Je repris ma route dès que la dernière silhouette fut hors de vue, me précipitai pour tourner au coin dans Lafayette Street, et traversai Eliot Street en toute hâte de peur d'y trouver encore des traînards du groupe. J'entendis un vacarme et des coassements au loin du côté de la grand-place, mais je passai sans encombre. Je redoutais plus que tout de retraverser la large South Street toute baignée de lune – avec sa perspective sur la mer – et je dus m'armer de courage pour en venir à bout. Quelqu'un pouvait fort bien m'observer, et s'il restait des attardés dans Eliot Street ils ne manqueraient pas de m'apercevoir d'un côté ou de l'autre. Au dernier moment je jugeai qu'il valait mieux ralentir ma course et franchir l'obstacle, comme auparavant, de la démarche traînante d'une bonne partie des indigènes d'Innsmouth.

Lorsque la mer apparut de nouveau – à ma droite cette fois –, j'étais à peu près décidé à ne pas la regarder du tout. Mais je ne pus résister ; je jetai un coup d'œil de côté en avançant de mon pas emprunté vers des ombres protectrices. Pas de navire en vue, comme je m'y attendais plus ou moins. La première chose qui me sauta aux yeux fut un petit canot qui se dirigeait vers les quais abandonnés, chargé d'un objet volumineux recouvert d'une bâche. Ainsi entrevus, même de loin, ses rameurs semblaient particulièrement repoussants. Il y avait encore plusieurs nageurs, et sur le lointain récif noir, une faible lueur immobile, différente du signal clignotant vu précédemment, et d'une couleur singulière que je ne pouvais identifier. Devant moi, à droite, au-dessus des toits en pente, se dessinait le haut belvédère de l'hôtel *Gilman*, mais il était complètement sombre. L'odeur de poisson, dissipée un moment par une brise bienfaisante, revenait maintenant avec une insupportable virulence.

Je n'avais pas atteint l'autre côté de la rue quand j'entendis, venant du nord, une bande qui descendait Washington Street en grondant. Comme ils atteignaient le large carrefour où m'avait saisi la première fois le spectacle de la mer sous la lune, je les vis distinctement à quelques maisons de distance – et je fus horrifié des déformations bestiales de leurs visages et de leur allure ramassée de sous-humanité canine. Un homme marchait absolument comme un singe, ses longs bras touchant fréquemment le sol, tandis qu'un autre – en robe et tiare – avait l'air d'avancer à cloche-pied. C'était bien, pensai-je, ceux que j'avais vus dans la cour du *Gilman* – et qui par conséquent devaient suivre ma piste de plus près. Voyant certaines silhouettes se retourner pour regarder dans ma direction, je fus pétrifié de terreur, et je réussis pourtant à garder avec naturel le pas traînant que j'avais adopté. Aujourd'hui encore, j'ignore s'ils me virent ou non. Si oui, mon stratagème dut les tromper, car ils traversèrent le carrefour baigné de lune sans infléchir leur parcours – toujours coassant et jacassant dans un détestable jargon guttural qui ne me rappelait rien de connu.

Revenu dans l'ombre, je repris mon petit trot paisible le long des maisons penchées et décrépies qui ouvraient sur la nuit leurs yeux vides. Ayant gagné le trottoir ouest, je pris au premier tournant Bates Street, où je serrai de près les bâtiments du côté sud. Je dépassai deux maisons qui paraissaient habitées, l'une faiblement éclairée à l'étage supérieur, mais je ne rencontrai pas d'obstacle. Arrivé dans Adams Street, je me sentis beaucoup plus en sécurité, et ce fut un choc quand un homme sortit en titubant d'une entrée obscure juste en face de moi. Heureusement, il était beaucoup trop ivre pour être une menace ; je parvins donc sain et sauf aux lugubres ruines des entrepôts de Bank Street.

Rien ne bougeait dans cette rue morte près de la gorge de la rivière, et le grondement des chutes couvrait le bruit de mes pas. Il y avait encore une trotte jusqu'à l'ancienne gare, et les grands murs de brique des entrepôts autour de moi semblaient, je ne sais pourquoi, plus effrayants que les façades des maisons privées. Je vis enfin le vieux bâtiment à arcades – ou ce qui en restait – et me dirigeai aussitôt vers les rails, qui partaient de l'autre extrémité de la gare.

Ils étaient intacts sous la rouille, et la moitié à peine des traverses avaient pourri. Il était très difficile de marcher ou de courir sur une surface pareille ; mais je fis de mon mieux, et parvins dans l'ensemble à une allure convenable. Sur une certaine distance la ligne longeait le bord de la gorge, puis je finis par atteindre le long pont couvert où elle franchissait l'abîme à une hauteur vertigineuse. L'état de ce pont déterminerait mon étape suivante. Si c'était humainement possible, je l'utiliserais ; sinon, je risquais d'errer encore dans les rues à la recherche de la plus proche passerelle praticable.

La grande étendue du vieux pont, qui rappelait une grange, baignait dans le clair de lune spectral, et je vis que les traverses étaient saines à l'intérieur, au moins sur quelques pieds. Y pénétrant, j'allumai ma lampe électrique, et je faillis être renversé par une nuée de chauves-souris qui me dépassèrent en battant des ailes. Arrivé à mi-chemin, je craignis d'être arrêté par une brèche dangereuse ; mais finalement je risquai un saut désespéré qui, heureusement, réussit.

Je fus heureux de revoir la lune en sortant du sinistre tunnel. La vieille ligne traversait River Street au niveau du sol, puis tournait dans une région de plus en plus rurale où l'abominable odeur de poisson d'Innsmouth se faisait de moins en moins sentir. Là, l'épaisseur des mauvaises herbes et des ronces me retarda et déchira cruellement mes vêtements, mais je ne m'en plaignis pas car elles m'assuraient une protection en cas de danger. Je savais que la plus grande partie de mon parcours était visible depuis la route de Rowley.

Vinrent très vite les terres marécageuses où passait l'unique voie sur un remblai herbeux aux plantes folles plus clairsemées. Puis une sorte d'île plus élevée, que la ligne franchissait dans une tranchée peu profonde obstruée de ronces et de buissons. Je fus heureux de cet abri momentané, sachant la route de Rowley terriblement proche, comme je l'avais vu de ma fenêtre. Au bout de la tranchée, elle coupait la voie pour s'en éloigner à bonne distance ; en attendant il me fallait être extrêmement prudent. J'avais acquis maintenant l'heureuse certitude que la voie elle-même n'était pas surveillée.

Avant d'aborder la tranchée, je jetai un coup d'œil derrière moi, et n'aperçus aucun poursuivant. Les vieux clochers et les toits de la croulante Innsmouth luisaient, éthérés et pleins de charme sous la lune jaune magicienne, et je songeai à ce qu'ils avaient dû être autrefois avant d'être gagnés par les ténèbres. Puis, comme mon regard s'écartait de la ville vers l'intérieur des terres, un spectacle moins paisible attira mon attention et me tint immobile un instant.

Ce que je vis – ou crus voir – c'était l'inquiétante impression d'un mouvement sinueux, loin vers le sud, qui me donna à penser qu'une immense troupe pouvait se déverser hors de la cité sur la route d'Ipswich. La distance était grande et je ne distinguais aucun détail ; mais cette colonne mouvante me fit horreur. Elle serpentait trop et brillait d'un éclat trop vif sous les rayons de la lune qui maintenant déclinait à l'ouest. On devinait un bruit, aussi, bien que le vent soufflât en sens contraire – comme un grattement bestial et un mugissement pire que le grognement des hordes que j'avais surprises récemment.

Toutes sortes d'hypothèses déplaisantes me traversèrent l'esprit. Je pensais à ces cas extrêmes d'Innsmouth qu'on cachait, disait-on, dans les vieilles tanières croulantes proches du port. Je songeais encore aux nageurs innommables que j'avais entrevus. Si je comptais les groupes aperçus jusqu'ici, et ceux qui surveillaient sans doute les autres routes, mes poursuivants étaient singulièrement nombreux pour une ville aussi dépeuplée qu'Innsmouth.

D'où pouvait venir l'effectif considérable de cette colonne lointaine ? Ces antiques labyrinthes non explorés fourmillaient-ils d'une vie monstrueuse, non répertoriée, insoupçonnée ? Ou quelque navire invisible avait-il réellement débarqué une légion d'étrangers inconnus sur ce récif infernal ? Qui étaient-ils ? Pourquoi étaient-ils là ? Si une troupe pareille gardait la route d'Ipswich, les patrouilles sur les autres routes avaient-elles aussi été renforcées ?

Je m'étais engagé dans la tranchée broussailleuse et je me frayais lentement un chemin lorsque cette maudite odeur de poisson s'imposa de nouveau. Le vent avait-il brusquement tourné à l'est, et soufflait-il de la mer en passant sur la ville ? Sans doute, puisque je commençais à entendre d'affreux murmures gutturaux venant de ce côté jusqu'alors silencieux. Un autre son aussi – une espèce d'énorme sautillement ou trottinement mou – qui me rappelait les plus détestables images, me fit penser contre toute logique à cette colonne odieusement ondulante, là-bas sur la route d'Ipswich.

Alors la puanteur et les bruits grandirent ensemble, au point que je m'arrêtai en tremblant, me félicitant de la protection de la tranchée. C'était là, en effet, que la route de Rowley passait au plus près de la vieille voie avant de la traverser et de s'éloigner vers l'ouest. Quelque chose approchait sur cette route, et il me faudrait faire le mort jusqu'à ce que cela passe et disparaisse au loin. Dieu merci, ces créatures n'employaient pas de chiens pour la traque – peut-être aurait-elle été impossible avec l'odeur de poisson qui régnait dans les parages. Blotti dans les buissons de la brèche sablonneuse, je me sentais à peu près en sécurité, tout en sachant que les patrouilleurs allaient traverser la voie à cent yards à peine devant moi. Je pourrais les voir, mais eux, à moins d'un miracle diabolique, ne soupçonneraient pas ma présence.

Brusquement, je fus pris de crainte à l'idée de les regarder passer. Devant ce lieu tout proche éclairé par la lune où ils allaient déferler, il me vint l'idée singulière qu'il serait irrémédiablement pollué. Ce seraient peut-être les pires de tous les anormaux d'Innsmouth – qui aurait envie de se rappeler une chose pareille ?

La puanteur devenait atroce, et les bruits s'enflaient en un vacarme bestial de coassements, d'aboiements et de hurlements sans le moindre rapport avec la parole humaine. Etait-ce vraiment la voix de mes persécuteurs ? Avaient-ils des chiens après tout ? Pourtant je n'avais vu à Innsmouth aucun de ces animaux inférieurs. Ces sauts mous ou ces tapotements étaient monstrueux – je ne supporterais pas la vue des créatures dégénérées qui les produisaient. Je garderais les yeux fermés tant qu'elles n'auraient pas disparu vers l'ouest. La horde était tout près maintenant – elle infectait l'air de ses rauques grognements, le sol tremblait presque au rythme étranger de sa marche. J'en perdais le souffle, et je fis appel à toutes les ressources de ma volonté pour tenir mes paupières baissées.

Aujourd'hui encore je ne saurais dire si ce qui suivit fut une hideuse réalité ou une hallucination de cauchemar. L'action du gouvernement, à la suite de mes appels frénétiques, tendrait à confirmer la monstrueuse vérité ; mais une hallucination n'a-t-elle pu se répéter sous l'influence quasi hypnotique de cette vieille ville hantée et maudite ? De tels lieux ont d'étranges vertus, et l'héritage de légendes démentes pourrait bien avoir affecté plus d'une imagination humaine parmi ces rues mortes et empestées, ces rangs serrés de toits pourrissants et de clochers croulants. N'est-il pas possible que le germe d'une véritable folie contagieuse se cache dans les profondeurs de cette ombre qui plane sur Innsmouth ? Qui peut être sûr de la réalité après avoir entendu des histoires comme celle du vieux Zadok Allen ? Les envoyés du gouvernement n'ont jamais retrouvé le pauvre Zadok, et n'ont aucune idée de ce qu'il a bien pu devenir. Où finit la folie, où commence la réalité ? Ma toute dernière crainte elle-même ne serait-elle qu'une illusion ?

Mais il faut que j'essaie de raconter ce que je crus voir cette nuit-là sous l'ironique lune jaune – ce que je vis déferler en sautillant sur la route de Rowley, en plein devant moi tandis que je me blottissais dans les ronces sauvages de cette tranchée du chemin de fer abandonné. Naturellement, ma résolution de garder les yeux fermés avait échoué. C'était à prévoir – qui aurait pu se tapir en aveugle pendant qu'une légion de monstres aboyants et coassants venus d'on ne sait où clopinait ignoblement cent yards plus loin ?

Je me croyais prêt au pire, et j'aurais dû l'être étant donné tout ce que j'avais déjà vu. Mes autres poursuivants abominablement déformés ne devaient-ils pas me préparer à affronter un redoublement de monstruosité, à considérer des formes qui n'auraient plus rien de normal ? Je n'ouvris les yeux que lorsque la rauque clameur éclata manifestement juste en face de moi. Je compris alors qu'une partie importante de la troupe se trouvait bien en vue là où les flancs de la tranchée s'abaissaient pour laisser la route traverser la voie – et je ne pus m'empêcher plus longtemps de découvrir quelle horreur avait à m'offrir cette lune jaune et provocante.

Ce fut la fin, pour ce qui me reste à vivre sur cette terre, de toute paix, de toute confiance en l'intégrité de la Nature et de l'esprit humain. Rien de ce que j'avais pu imaginer – même en ajoutant foi mot pour mot au récit dément du vieux Zadok – n'était en aucune façon comparable à la réalité démoniaque, impie, que je vis ou que je crus voir. J'ai tenté de suggérer ce qu'elle était pour différer l'horreur de l'écrire sans détour. Se peut-il que cette planète ait vraiment engendré semblables créatures ; que des yeux humains aient vu en chair et en os ce que l'homme n'a connu jusqu'ici que dans les fantasmes de la fièvre et les légendes sans consistance ?

Pourtant je les vis en un flot ininterrompu – clopinant, sautillant, coassant, chevrotant –, houle inhumaine sous le clair de lune spectral, malfaisante sarabande d'un fantastique cauchemar. Certains étaient coiffés de hautes tiares faites de cette espèce d'or blanchâtre inconnu... d'autres vêtus d'étranges robes... et l'un, qui ouvrait la marche, portait une veste noire épouvantablement bossue, un pantalon rayé et un feutre perché sur la chose informe qui lui servait de tête...

Je crois que leur couleur dominante était un vert grisâtre, mais ils avaient le ventre blanc. Ils semblaient en général luisants et lisses, à part une échine écailleuse. Leurs formes rappelaient l'anthropoïde, avec une tête de poisson aux yeux prodigieusement saillants qui ne se fermaient jamais. De chaque côté du cou palpitaient des ouïes, et leurs longues pattes étaient palmées. Ils avançaient par bonds irréguliers, tantôt sur deux pattes, tantôt sur quatre. Je fus plutôt soulagé qu'ils n'aient pas plus de quatre membres. Leurs voix, qui tenaient du coassement et de l'aboi, et qui servaient évidemment de langage articulé, prenaient toutes les sombres nuances de l'expression dont leur face immobile était privée.

A part leur monstruosité ils ne m'étaient pas inconnus. Je ne le savais que trop – le souvenir de la funeste tiare de Newburyport n'était-il pas encore présent ? –, c'étaient là les maudits poissons-grenouilles du motif indescriptible – horribles et bien vivants – et les voyant je comprenais aussi ce que m'avait rappelé si effroyablement le prêtre voûté avec sa tiare dans la sombre crypte de l'église. Combien étaient-ils ? Il me semblait qu'il y en avait des nuées – encore mon coup d'œil rapide n'avait-il pu m'en montrer qu'une toute petite partie. Un instant plus tard tout s'effaçait dans un miséricordieux évanouissement ; le premier de ma vie.

5

Ce fut une douce pluie qui me réveilla en plein jour de ma léthargie dans les broussailles de la tranchée, et quand je gagnai la route en chancelant je ne vis pas trace de pas dans la boue fraîche. L'odeur de poisson aussi avait disparu. Les toits en ruine d'Innsmouth et ses clochers effondrés se dessinaient en gris vers le sud-est, mais je n'aperçus pas un seul être vivant dans l'étendue désolée des marécages salés d'alentour. Ma montre, qui marchait encore, m'apprit qu'il était plus de midi.

La réalité de ce que j'avais vécu était extrêmement douteuse dans mon esprit, mais je sentais au fond de tout cela comme une présence hideuse. Il me fallait échapper à cette ville maudite – et je commençai à mettre à l'épreuve mes facultés de locomotion, plutôt lasses et engourdies. Malgré la faiblesse, la faim, l'horreur et l'hébétude, je me trouvai au bout d'un certain temps capable de marcher ; je m'acheminai donc lentement sur la route de Rowley. Avant le soir j'étais au village, où je pus enfin dîner et me procurer des vêtements convenables. Je pris le train de nuit pour Arkham, et le lendemain je m'entretins longuement et sérieusement avec les autorités ; je fis de même un peu plus tard à Boston. Le public connaît bien à présent le résultat de ces conversations – et je souhaite, pour la sauvegarde de la normalité, qu'il n'y ait plus rien à ajouter. Peut-être est-ce la folie qui me saisit, à moins qu'une horreur plus grande – ou une plus grande merveille – ne me soit réservée.

Comme on peut l'imaginer, je renonçai à presque tout

était déplorable. Ce souci avait été probablement la cause majeure de la mort de sa mère deux ans auparavant.

Mon grand-père et Walter, son fils veuf, vivaient seuls à présent dans la maison de Cleveland, mais les souvenirs d'autrefois y restaient pesants. Elle me déplaisait toujours, et je m'efforçai de mener mes recherches le plus rapidement possible. Mon grand-père me fournit en abondance récits et traditions sur les Williamson ; pour les Orne j'eus recours à mon oncle Walter, qui mit à ma disposition le contenu de tous ses dossiers, y compris notes, lettres, coupures de presse, souvenirs de famille, photographies et miniatures.

Ce fut en parcourant les lettres et les portraits du côté Orne que je me mis à éprouver une sorte de terreur de ma propre ascendance. Je l'ai dit, ma grand-mère et mon oncle Douglas m'avaient toujours inquiété. Maintenant, des années après leur mort, je regardais leurs effigies avec un sentiment nettement aggravé de répulsion et d'éloignement, mais peu à peu une sorte d'horrible *comparaison* s'imposa à mon subconscient, malgré le refus tenace de mon esprit conscient d'en admettre le moindre soupçon. De toute évidence, l'expression caractéristique de ces visages me suggérait maintenant une chose qu'ils ne sous-entendaient pas avant - une chose qui déclencherait une folle panique si j'y pensais trop franchement.

Le choc fut pire quand mon oncle me montra les bijoux des Orne déposés dans le coffre-fort d'une banque de la ville basse. Certains étaient raffinés et évocateurs, mais il y avait un coffret de vieilles pièces étranges venant de ma mystérieuse arrière-grand-mère, et que mon oncle hésitait à montrer. Les motifs, disait-il, en étaient grotesques, presque répugnants, et, à sa connaissance, ils n'avaient jamais été portés en public ; mais ma grand-mère prenait plaisir à les regarder. De vagues légendes leur attribuaient des propriétés maléfiques, et la gouvernante française de mon arrière-grand-mère disait qu'il ne fallait pas les porter en Nouvelle-Angleterre, tandis qu'en Europe on le pouvait sans risque.

En déballant les objets lentement, à contrecœur, mon oncle me pria instamment de ne pas me laisser impressionner par la bizarrerie et souvent la hideur des dessins. Des artistes et des archéologues qui les avaient vus les jugeaient d'un travail exotique raffiné au plus haut point, mais aucun ne semblait capable d'identifier leur métal ni de les rattacher à une tradition artistique précise. Il y avait deux bracelets, une tiare et une sorte de pectoral ; ce dernier portait en haut relief des figures d'une extravagance presque intolérable.

Pendant cette description j'avais réussi à maîtriser mes émotions, mais mon visage devait trahir ma terreur grandissante. Mon oncle parut soucieux, et s'interrompit pour m'observer. Je lui fis signe de continuer, et il s'exécuta, plus réticent que jamais. Il attendait visiblement ma réaction quand la tiare apparut la première, mais je doute qu'il ait prévu ce qui arriva. Je ne l'avais pas prévu non plus, car je me croyais tout à fait préparé à ce que seraient ces bijoux. Ce qui arriva, c'est que je m'évanouis sans mot dire, comme je l'avais fait dans cette tranchée de voie ferrée obstruée par les broussailles, un an auparavant.

Depuis ce jour ma vie a été un cauchemar de sombres méditations et de craintes, mais je ne sais pas davantage quelle est la part de la folie et celle de la hideuse vérité. Mon arrière-grand-mère était une Marsh d'origine inconnue dont le mari vivait à Arkham – et le vieux Zadok n'avait-il pas dit que la fille d'Obed Marsh née d'une mère monstrueuse avait été mariée par ruse à un homme d'Arkham ! Qu'est-ce que le vieil ivrogne avait marmonné sur la ressemblance de mes yeux et de ceux du capitaine Obed ? A Arkham aussi, le conservateur m'avait dit que j'avais les yeux des Marsh. Obed était-il mon propre arrière-grand-père ? Qui donc, alors – ou *quoi* – pouvait bien être mon arrière-grand-mère ? Mais peut-être tout cela n'était-il que folie. Ces parures d'or blanchâtre pouvaient avoir été achetées à un marin d'Innsmouth par le père de mon arrière-grand-mère, quel qu'il fût. Ce regard fixe dans le visage de ma grand-mère et de l'oncle suicidé pouvait n'être que pure imagination de ma part – surexcitée par la malédiction d'Innsmouth qui avait si sombrement coloré mes chimères. Mais pourquoi mon oncle s'était-il tué après une recherche généalogique en Nouvelle-Angleterre ?

Pendant plus de deux ans je combattis ces réflexions avec un certain succès. Mon père me procura une situation dans une compagnie d'assurances, et je m'enterrai dans la routine le plus profondément possible. Pourtant, durant l'hiver 1930-1931, les rêves commencèrent. Ils furent d'abord très espacés et insidieux, puis de plus en plus nombreux et frappants au fil des semaines. De grandes étendues liquides s'ouvraient devant moi, et j'errais à travers de gigantesques portiques engloutis et des labyrinthes de murs cyclopéens envahis d'herbes en compagnie de poissons grotesques. Ensuite apparurent les *autres formes*, qui me remplissaient d'une horreur sans nom lorsque je m'éveillais. Mais au cours des rêves elles ne m'inspiraient aucune crainte – j'étais des leurs ; je portais leurs ornements inhumains, je parcourais leurs routes aquatiques et je récitais de monstrueuses prières dans leurs détestables temples du fond de la mer.

J'en rêvais bien plus que je n'en pouvais retenir, mais même ce que je me rappelais chaque matin suffirait à me faire passer pour un fou ou un génie si j'osais tout écrire. Je sentais qu'une effroyable influence cherchait à m'arracher progressivement au monde raisonnable de la vie normale pour me plonger dans des abîmes innommables de ténèbres et d'inconnu ; tous ces phénomènes m'affectaient durement. Ma santé et ma physionomie se dégradèrent régulièrement, jusqu'au jour où je dus enfin renoncer à ma situation pour adopter la vie immobile et recluse d'un malade. Une bizarre affection nerveuse s'était emparée de moi, et j'étais par moments presque incapable de fermer les yeux.

C'est alors que je commençai à m'examiner devant la glace avec une inquiétude croissante. Les lents ravages de la maladie ne sont pas agréables à observer, mais, dans mon cas, l'altération était plus subtile et plus déconcertante. Mon père parut s'en apercevoir, lui aussi, car il se mit à me regarder curieusement, presque avec effroi. Que m'arrivait-il ? Serait-il possible que j'en vienne à ressembler à ma grand-mère et à mon oncle Douglas ?

Une nuit je fis un rêve terrifiant dans lequel je rencontrais mon aïeule au fond de la mer. Elle habitait un palais phosphorescent aux multiples terrasses, aux jardins d'étranges coraux lépreux et de grotesques efflorescences bractéales, et elle m'accueillit avec une chaleur qui n'allait peut-être pas sans ironie. Elle avait changé – comme changent ceux qui prennent goût à l'eau – et me dit qu'elle n'était jamais morte. Bien mieux, elle était allée en un lieu dont son fils mort avait eu connaissance, et elle avait plongé dans un royaume dont les merveilles l'attendaient lui aussi – mais qu'il avait rejeté d'un coup de pistolet. Ce serait également mon royaume – je ne pouvais y échapper. Je ne mourrais jamais, mais je vivrais avec ceux qui existaient déjà bien avant que l'homme ne foule la terre.

Je rencontrai aussi ce qui avait été sa grand-mère. Pendant quatre-vingt mille ans Pth'thya-l'yi avait vécu dans Y'ha-nthlei, où elle était revenue à la mort d'Obed Marsh. Y'ha-nthlei ne fut pas détruit quand les hommes de la surface de la terre firent exploser dans la mer leurs armes de mort. On n'a jamais pu détruire Ceux des Profondeurs, même si la magie paléogène des Anciens oubliés a pu parfois les tenir en échec. Pour le moment, ils se reposaient ; mais quelque jour, s'ils se souvenaient, ils monteraient à nouveau prélever le tribut que le Grand Cthulhu désirait ardemment. Ce serait la prochaine fois une cité plus importante qu'Innsmouth. Ils avaient projeté de s'étendre et avaient apporté là-haut ce qui les y aiderait ; maintenant il leur fallait attendre une fois de plus. Je devrais faire pénitence pour avoir provoqué la mort des hommes de la surface, mais la peine serait légère. Tel fut le rêve dans lequel je vis un *shoggoth* pour la première fois, et ce spectacle me réveilla, hurlant d'épouvante. Ce matin-là le miroir m'apprit irrévocablement que j'avais désormais *le masque d'Innsmouth*.

Jusqu'ici je ne me suis pas tué comme mon oncle Douglas. J'ai acheté un pistolet automatique et j'ai failli sauter le pas, mais certains rêves m'en ont dissuadé. Les pires degrés de l'horreur s'atténuent, et je me sens étrangement attiré par les profondeurs inconnues de la mer au lieu de les craindre. J'entends et je fais des choses bizarres dans mon sommeil puis je m'éveille avec une sorte d'exaltation et non plus de terreur. Je ne crois pas avoir besoin d'attendre la complète métamorphose comme la plupart l'ont fait. Sinon, mon père m'enfermerait probablement dans une maison de santé de la même façon que mon pauvre petit cousin. Des splendeurs inouïes et stupéfiantes m'attendent dans ces profondeurs, et j'irai bientôt à leur recherche. *Iä-R'lyeh ! Cthulhu fhtagn ! Iä ! Iä !* Non, je ne me tuerai pas – on ne peut pas m'obliger à me tuer !

Je vais tout préparer pour que mon cousin s'échappe de cet asile de Canton, et nous irons ensemble à Innsmouth dans l'ombre des prodiges. Nous nagerons jusqu'à ce récif qui médite dans la mer, nous plongerons à travers de noirs abîmes jusqu'à la cyclopéenne Y'ha-nthlei aux mille colonnes, dans ce repaire de Ceux des Profondeurs, et nous y vivrons à jamais dans l'émerveillement et la gloire.

LA MAISON DE LA SORCIÈRE

Etaient-ce les rêves qui avaient amené la fièvre ou la fièvre les rêves, Walter Gilman n'en savait rien. Derrière tout cela était tapie l'horreur sourde, purulente, de la vieille ville, et de l'abominable mansarde moisie, à l'abri d'un pignon, où il étudiait, écrivait et se colletait avec les chiffres et les formules quand il ne se retournait pas dans son maigre lit de fer. Son oreille devenait d'une sensibilité surnaturelle, intolérable, aussi avait-il depuis longtemps arrêté sur la cheminée la pauvre pendule dont le tic-tac finissait par lui sembler un fracas d'artillerie. La nuit, les mouvements indistincts de la ville obscure au-dehors, les sinistres galopades de rats dans les cloisons vermoulues, et le craquement des poutres invisibles de la maison séculaire lui donnaient à eux seuls l'impression d'un pandémonium de stridences. Les ténèbres grouillaient toujours de sons inexplicables – et pourtant il tremblait parfois que ces bruits-là ne cessent pour faire place à certains autres, plus assourdis, qu'il soupçonnait de rôder derrière eux.

Il vivait dans l'immuable cité d'Arkham, hantée de légendes, où les toits en croupe tanguent et ploient les uns contre les autres au-dessus des greniers où se cachaient les sorcières pour échapper aux soldats du roi, dans le sombre passé de la province. Aucun endroit de cette ville n'était plus imprégné de souvenirs macabres que la chambre au pignon où il logeait – car c'étaient cette maison, cette chambre qui avaient abrité aussi la vieille Keziah Mason, dont nul n'a jamais pu expliquer l'évasion *in extremis* de la prison de Salem. C'était en 1692 – le geôlier devenu fou bredouilla qu'un petit animal à fourrure, aux crocs blancs, s'était échappé de la cellule de Keziah, et Cotton Mather lui-même fut incapable d'interpréter les courbes et les angles barbouillés sur la pierre grise des murs avec un liquide rouge visqueux.

Peut-être Gilman aurait-il dû moins s'acharner dans ses études. Le calcul non euclidien et la physique quantique suffisent à fatiguer n'importe quel cerveau ; et quand on y ajoute le folklore, en essayant de déceler un étrange arrière-plan de réalité à plusieurs dimensions sous les allusions morbides des légendes gothiques et les récits extravagants chuchotés au coin de la cheminée, peut-on s'attendre à éviter le surmenage intellectuel ? Gilman venait de Haverhill, mais ce fut seulement à Arkham, après son inscription à l'université, qu'il commença à associer ses mathématiques aux légendes fantastiques de la magie ancienne. Quelque chose dans l'air de la vénérable ville travailla obscurément son imagination. Les professeurs de Miskatonic lui avaient vivement conseillé de se détendre, allégeant à dessein son programme sur certains points. Par ailleurs, ils l'avaient empêché de consulter les vieux livres suspects traitant de secrets interdits qu'on gardait sous clé dans une cave à la bibliothèque de l'université. Autant de précautions qui vinrent trop tard, de sorte que Gilman eut de terribles aperçus du redoutable *Necronomicon* d'Abdul Alhazred, du fragmentaire *Livre d'Eibon*, et du livre interdit de von Juntz, *Unaussprechlichen Kulten*, à mettre en corrélation avec ses formules abstraites sur les propriétés de l'espace et les relations entre les dimensions connues et inconnues.

Il savait que sa chambre se trouvait dans la vieille Maison de la Sorcière – en fait c'était pour cela qu'il l'avait prise. On trouvait dans les archives du comté d'Essex beaucoup de documents sur le procès de Keziah Mason, et ce qu'elle avait avoué sous la contrainte devant le tribunal d'Oyer et Terminer[1] avait fasciné Gilman plus que de raison. Elle parlait au juge Hathorne de lignes et de courbes qu'on pouvait tracer pour indiquer les voies qui menaient à travers les murs à des espaces différents au-delà du nôtre, et elle laissait entendre qu'on utilisait fréquemment ces lignes et ces courbes lors de certaines assemblées nocturnes dans la sombre vallée de la Pierre Blanche de l'autre côté de Meadow Hill et sur l'île déserte de la rivière. Elle avait aussi parlé de l'Homme Noir, du

1. En vieux français dans le texte. Ancienne procédure expéditive qui prévoyait interrogatoire et jugement dans la même séance. *(N.d.T.)*

serment qu'elle avait prêté et de son nouveau nom secret, Nahab. Puis, ayant tracé ces formules sur les murs de sa cellule, elle avait disparu.

Gilman, qui croyait d'étranges choses au sujet de Keziah, avait éprouvé une émotion bizarre en apprenant que sa demeure était encore debout après plus de deux cent trente-cinq ans. Quand il sut quelles rumeurs couraient en secret à Arkham sur la présence persistante de Keziah dans la vieille maison et les rues étroites, les marques irrégulières de dents humaines laissées sur certains dormeurs dans telle ou telle maison, les cris d'enfants entendus vers la veille du Premier-Mai et de la Toussaint, la puanteur souvent observée dans le grenier de la vieille maison après ces périodes redoutables, enfin le petit animal velu aux dents aiguës qui hantait le bâtiment délabré et la ville, venant flairer curieusement les gens aux heures noires d'avant l'aube, alors il résolut de s'y installer à tout prix. Il fut aisé d'y obtenir une chambre ; car la maison, ayant mauvaise réputation, était difficile à louer, et vouée depuis longtemps aux petits loyers. Gilman n'aurait su dire ce qu'il espérait y trouver, il savait seulement qu'il voulait habiter la demeure où on ne sait quelle circonstance avait donné, plus ou moins soudainement, à une vieille femme quelconque du XVIIe siècle l'intuition de perspectives mathématiques qui dépassaient peut-être les recherches modernes les plus poussées de Planck, de Heisenberg, d'Einstein et de Sitter.

Il examina la charpente et le plâtre des murs pour y chercher des traces de dessins secrets à tous les endroits accessibles où le papier s'était décollé, et en une semaine il parvint à se faire donner la mansarde est où l'on prétendait que Keziah préparait ses sortilèges. Elle était libre dès son arrivée – car personne ne tenait jamais à y rester longtemps – mais le propriétaire polonais avait renoncé à la louer. Pourtant il n'arriva rien de particulier à Gilman jusqu'à l'époque de la fièvre. Aucune ombre de Keziah ne traversa les mornes couloirs et les logements, aucun petit animal velu ne se glissa pour le flairer dans son aire lugubre, et pas le moindre signe des incantations de la sorcière ne vint récompenser sa recherche incessante. Il allait parfois se promener dans l'obscur labyrinthe des ruelles non pavées aux relents de moisissure où de mystérieuses maisons brunes, sans âge, penchées et chancelantes, le lorgnaient ironiquement à travers d'étroites fenêtres à petits carreaux. Il savait que d'étranges choses s'étaient produites là autrefois, et une vague impression, derrière les apparences, suggérait que tout, de ce monstrueux passé – au moins dans les venelles les plus étroites, les plus sombres et tortueuses –, n'était pas complètement mort. Il alla aussi une ou deux fois en barque jusqu'à l'île malfamée de la rivière, et fit un croquis des angles singuliers formés par les alignements moussus de pierres levées grises, dont l'origine était si mystérieuse et d'une si lointaine antiquité.

La chambre de Gilman était de bonne taille mais d'une forme bizarrement irrégulière ; le mur nord s'inclinait sensiblement vers l'intérieur de la pièce, d'un bout à l'autre, tandis que le plafond bas descendait en pente douce dans la même direction. A part un trou de rat évident et les traces d'autres trous qu'on avait bouchés, il n'y avait pas d'accès – ni vestiges de quelque moyen de passage – menant à l'espace qui devait exister entre le mur oblique et la muraille extérieure verticale sur la face nord de la maison, bien que celle-ci vue du dehors révélât l'emplacement d'une fenêtre condamnée depuis très longtemps. La soupente au-dessus du plafond – qui devait avoir un plancher oblique – était également inaccessible. Lorsque Gilman grimpa sur une échelle jusqu'à la partie horizontale du grenier, couverte de toiles d'araignées, audessus du reste de la mansarde, il découvrit les marques d'une ancienne ouverture, hermétiquement close de lourdes planches fixées par les solides chevilles de bois familières aux charpentiers de l'époque coloniale. Mais aucun effort de persuasion ne put décider l'impassible propriétaire à le laisser explorer aucun de ces deux espaces clos.

A mesure que le temps passait, sa fascination grandit pour le mur et le plafond anormaux de sa chambre ; car il commença à lire dans leurs angles étranges une signification mathématique qui semblait offrir de vagues indices concernant leur but. La vieille Keziah, se dit-il, devait avoir d'excellentes raisons d'habiter une pièce aux angles singuliers ; n'était-ce pas grâce à certains angles qu'elle prétendait franchir les limites du monde spatial que nous connaissons ? Son intérêt se détourna peu à peu des vides inexplorés derrière les surfaces obliques, puisqu'il apparaissait maintenant que le propos de ces surfaces s'adressait au côté où il se trouvait déjà.

La menace de fièvre cérébrale et les rêves s'annoncèrent au début de février. Depuis quelque temps, les angles bizarres de la chambre de Gilman semblaient avoir sur lui un effet étrange, presque hypnotique ; et tandis qu'avançait le triste hiver, il se surprit à fixer de plus en plus intensément le coin où le plafond incliné vers le bas rejoignait le mur incliné vers l'intérieur. A peu près à la même époque, son incapacité à se concentrer sur ses études universitaires l'inquiéta énormément, et son appréhension avant l'examen de fin de semestre devint extrême. Mais la sensibilité excessive de son ouïe n'était pas moins gênante. La vie était devenue une perpétuelle et intolérable cacophonie, à laquelle s'ajoutait constamment la terrifiante impression que d'*autres* sons – peut-être venus de régions au-delà de la vie – attendaient, vibrant juste au seuil de l'audible. Si outrés que puissent être les bruits réels, ceux des rats dans les vieilles cloisons étaient les pires. Leur grattement semblait parfois non seulement furtif mais voulu. Quand il venait du mur oblique nord il s'y mêlait une sorte de cliquetis sec – et lorsqu'il semblait sortir de la soupente fermée depuis un siècle au-dessus du plafond oblique, Gilman se raidissait comme s'il redoutait quelque horreur qui n'attendait que le moment de s'abattre pour l'engloutir complètement.

Les rêves outrepassaient toutes les bornes de la raison, et Gilman y devinait la résultante de ses études conjointes en mathématiques et en folklore. Il avait trop médité sur les régions imprécises que ses formules lui faisaient pressentir au-delà des trois dimensions connues, et sur la possibilité que la vieille Keziah – guidée par on ne sait quelle influence – en ait réellement découvert la clé. Les archives jaunies du comté rapportant son témoignage et celui de ses accusateurs suggéraient diaboliquement des notions étrangères à l'expérience humaine – et les descriptions du redoutable petit être velu qui lui servait de démon familier étaient terriblement réalistes malgré leurs détails incroyables.

Cette créature, pas plus grosse qu'un rat de bonne taille, et que les gens de la ville appelaient curieusement « Brown Jenkin », devait être le fruit d'un cas remarquable d'hallucination collective, car en 1692 onze personnes affirmaient l'avoir aperçue. Il courait aussi des rumeurs récentes qui déroutaient et troublaient par leur concordance. Les témoins parlaient d'un animal à long poil, au corps de rat, mais dont la tête barbue aux dents pointues exprimait une malveillance humaine tandis que ses pattes ressemblaient à de minuscules mains d'homme. Il servait de messager entre Keziah et le diable, se nourrissant du sang de la sorcière – qu'il suçait comme un vampire. Sa voix était une sorte de gloussement répugnant et il parlait toutes les langues. Parmi les étranges monstruosités que Gilman voyait en rêve, rien ne lui inspirait plus de terreur et d'écœurement que cet avorton hybride et impie, dont l'image traversait ses visions sous une forme mille fois plus détestable que tout ce que lui avaient fait imaginer à l'état de veille les vieux témoignages et les modernes on-dit.

Les rêves de Gilman étaient en général des plongées à travers des abîmes infinis de crépuscule indiciblement coloré et de sons au déconcertant désordre ; des abîmes dont les propriétés physiques et gravitationnelles, comme les relations avec sa propre essence, échappaient à toute tentative d'explication. Il ne marchait ni ne grimpait, ne volait ni ne nageait, sans non plus ramper ni se tortiller ; mais il faisait toujours l'expérience d'un mode de déplacement mi-volontaire et mi-involontaire. Il pouvait difficilement juger de sa propre position, car la vue de ses bras, de ses jambes et de son torse semblait toujours empêchée par une étrange perturbation de la perspective ; mais il sentait que son organisme et ses facultés subissaient d'une manière ou d'une autre une prodigieuse mutation et une propulsion oblique – non sans certains rapports grotesques avec ses proportions et ses moyens normaux.

Les abîmes, loin d'être vides, étaient peuplés de masses de substance aux nuances inconnues, présentant des angles indescriptibles, dont les unes semblaient organiques et d'autres inorganiques. Quelques-uns des objets organiques pouvaient éveiller de vagues souvenirs au fond de sa mémoire, bien qu'il ne parvînt pas à former une idée consciente de ce que par dérision ils lui rappelaient ou lui suggéraient. Dans les rêves plus récents, il commença à distinguer des catégories selon lesquelles les objets organiques semblaient se répartir, et qui impliquaient, pour chaque cas, des espèces radicalement différentes de comportement et de motivation. L'une de ces catégories lui parut réunir des objets un peu moins illogiques et aberrants que les autres dans leurs mouvements.

Tous ces objets – organiques ou non – échappaient totalement à la description ou même à la compréhension. Gilman comparait quelquefois les masses inorganiques à des prismes, des labyrinthes, des grappes de cubes et de plans, des constructions cyclopéennes ; et les êtres organiques le frappaient diversement comme des groupes de bulles, de pieuvres, de mille-pattes, d'idoles hindoues vivantes et d'arabesques compliquées saisies d'une sorte d'animation ophidienne. Tout ce qu'il voyait était indescriptiblement menaçant et horrible ; et chaque fois qu'une des entités organiques semblait par ses mouvements déceler sa présence, il éprouvait une peur atroce, profonde, qui généralement le réveillait en sursaut. Il n'en savait pas plus sur le déplacement des entités organiques que sur le principe de ses propres mouvements. Avec le temps, il observa un nouveau mystère : certaines entités avaient tendance à apparaître brusquement dans le vide, ou à disparaître totalement avec la même soudaineté. Le tumulte de cris, de grondements qui envahissait les abîmes défiait toute analyse quant à la hauteur, au timbre ou au rythme ; mais il semblait synchrone avec de vagues changements dans l'apparence de tous les objets indéterminés, organiques ou inorganiques. Gilman redoutait sans cesse qu'il n'atteigne quelque intolérable degré d'intensité au cours de l'une ou l'autre de ses mystérieuses fluctuations qui revenaient toujours, impitoyablement.

Mais ce n'était pas dans ces tourbillons de totale étrangeté qu'il voyait Brown Jenkin. L'épouvantable petit monstre était réservé à des rêves plus clairs et plus saisissants qui l'attaquaient au moment même où il allait sombrer au plus profond du sommeil. Couché dans le noir, il luttait pour rester éveillé quand une faible lueur dansante faisait miroiter la chambre séculaire, soulignant d'une brume violette la convergence des plans obliques qui avait capté insidieusement son esprit. L'horreur surgissait du trou de rat dans le coin de la pièce et trottinait vers lui sur le plancher aux larges lames affaissées, son petit visage humain barbu exprimant une hideuse avidité – mais heureusement, ce rêve se dissipait toujours avant que la bête ne fût à portée de fourrer son museau contre lui. Elle avait des canines atrocement longues et acérées. Gilman s'efforçait chaque jour de boucher le trou de rat, mais chaque nuit les occupants réels des cloisons rongeaient l'obstacle, quel qu'il fût. Il avait une fois prié le propriétaire d'y clouer une plaque de fer-blanc, mais la nuit suivante les rats creusaient un nouveau trou – et ce faisant ils poussèrent ou traînèrent dans la chambre un drôle de petit os.

Gilman ne parla pas de sa fièvre au médecin, sachant qu'il ne pourrait pas passer ses examens si on l'envoyait à l'infirmerie alors qu'il avait besoin de tout son temps pour réviser. En fait, il échoua en calcul différentiel et en études supérieures de psychologie générale, mais il garda l'espoir de rattraper le temps perdu avant la fin du trimestre. Ce fut en mars que survint un élément nouveau dans les rêves plus clairs du premier sommeil, et la figure cauchemardesque de Brown Jenkin s'accompagna d'une forme floue qui en vint peu à peu à évoquer une vieille femme voûtée. Cette innovation l'inquiétant plus qu'il n'aurait su le dire, il finit par conclure que c'était l'image d'une vieille mégère qu'il avait réellement rencontrée deux fois dans l'obscur labyrinthe des ruelles proches des quais abandonnés. A chacune de ces apparitions, le regard fixe, malveillant, sardonique et apparemment sans but de la sorcière l'avait fait frissonner, surtout la première fois, lorsqu'un énorme rat traversant comme une flèche l'entrée ombreuse d'une venelle toute proche le fit sans raison songer à Brown Jenkin. A présent, se dit-il, ces peurs nerveuses se reflétaient dans ses rêves désordonnés.

Que la vieille maison eût une influence néfaste, il ne pouvait le nier ; mais les traces de sa curiosité morbide du début l'y retenaient. Il se disait que seule la fièvre était responsable de ses chimères nocturnes, et que la fin de l'accès le libérerait des monstrueuses visions. Elles étaient, néanmoins, abominablement frappantes, convaincantes, et il lui restait au réveil le sentiment d'avoir éprouvé beaucoup plus de choses qu'il ne se le rappelait. Il avait l'atroce certitude d'avoir parlé dans ces rêves oubliés avec Brown Jenkin et la vieille femme, qui le pressaient de venir avec eux pour rencontrer un troisième personnage doué d'une puissance supérieure.

Vers la fin de mars, il se remit aux mathématiques, mais les autres matières l'ennuyaient de plus en plus. Il s'était découvert un don intuitif pour résoudre les équations riemanniennes, et stupéfiait le Pr Upham par sa compréhension des problèmes de la quatrième dimension et d'autres qui laissaient sans voix tout le reste de la classe. Un après-midi, il y eut une discussion sur l'existence possible de courbures insolites de l'espace, et de points théoriques d'approche ou même de contact entre notre partie du cosmos et diverses autres régions aussi éloignées que les étoiles les plus lointaines ou les abîmes transgalactiques eux-mêmes – ou même aussi fabuleusement distantes que les unités cosmiques expérimentalement concevables au-delà du continuum espace-temps einsteinien. Gilman traita ce thème avec une aisance qui remplit d'admiration toute l'assistance, même si certaines de ses hypothèses proposées à titre d'exemple ne firent qu'encourager les perpétuels bavardages sur la bizarrerie de sa nervosité et de sa solitude. Ce qui fit hocher la tête aux étudiants fut le ton sérieux de sa théorie selon laquelle un homme – doué de connaissances mathématiques dépassant de l'avis général toutes les probabilités d'acquisition humaine – pourrait passer volontairement de la terre à tout autre corps céleste situé à l'un d'une infinité de points précis du modèle cosmique.

Un tel passage, dit-il, ne demanderait que deux étapes ; d'abord la sortie de la sphère à trois dimensions que nous connaissons, et ensuite le retour à la sphère à trois dimensions en un autre point, peut-être à une distance infinie. Que cela pût être réalisé sans perdre la vie était concevable dans beaucoup de cas. Tout être de n'importe quelle région de l'espace à trois dimensions pouvait probablement survivre dans la quatrième dimension ; et sa survie lors de la seconde étape dépendrait de la région étrangère de l'espace à trois dimensions qu'il choisirait pour sa rentrée. Les habitants de certaines planètes pouvaient vivre sur certaines autres – même si celles-ci appartenaient à des galaxies différentes, ou à des phases dimensionnellement similaires d'autres continuums espace-temps – bien que naturellement il doive exister des quantités considérables de corps ou de zones d'espace inhabitables les uns pour les autres, même s'ils sont mathématiquement juxtaposés.

Il était possible aussi que les habitants d'un monde de dimensions données puissent survivre à l'entrée dans beaucoup de mondes inconnus et incompréhensibles à dimensions supplémentaires ou indéfiniment multipliées – qu'ils soient à l'intérieur ou à l'extérieur du continuum espace-temps donné – et que la réciproque soit également vraie. C'était là un sujet de conjectures, bien qu'on puisse être à peu près certain que le type de mutation impliqué par le passage d'un système dimensionnel donné au système suivant plus élevé n'entraînerait pas la destruction de l'intégrité biologique telle que nous l'entendons. Gilman ne trouva pas d'arguments très clairs pour étayer cette dernière hypothèse, mais son imprécision sur ce point fut largement compensée par sa clarté sur d'autres sujets complexes. Le Pr Upham goûta particulièrement sa démonstration de la parenté des mathématiques supérieures avec certains moments du savoir magique transmis à travers les âges depuis une indicible antiquité – humaine ou préhumaine – où la connaissance du cosmos et de ses lois était plus vaste que la nôtre.

Vers le 1er avril, Gilman s'inquiéta sérieusement car son état fébrile persistait. Il fut aussi contrarié d'apprendre par d'autres locataires qu'il était somnambule. Il quittait souvent son lit, disait-on, et l'occupant de la chambre en dessous entendait craquer son plancher à certaines heures de la nuit. Cet homme prétendait qu'on marchait également avec des chaussures ; mais il se trompait sûrement puisque Gilman retrouvait toujours le matin ses souliers ainsi que tous ses effets exactement à leur place. On pouvait s'attendre à toutes sortes d'illusions auditives dans cette vieille maison malsaine – Gilman lui-même n'était-il pas certain de percevoir, même en plein jour, d'autres bruits que les grattements de rats, venant des vides obscurs de l'autre côté du mur oblique et au-dessus du plafond en pente ? Son oreille d'une sensibilité maladive commençait à surprendre des pas étouffés en haut dans la soupente condamnée depuis toujours, et l'impression en était parfois d'un réalisme angoissant.

Cependant il se savait devenu somnambule car à deux reprises on avait trouvé sa chambre vide la nuit, bien que ses vêtements n'aient pas bougé. Il avait là-dessus le témoignage de Frank Elwood, le seul de ses camarades que la pauvreté obligeait à loger dans cette maison sordide et malfamée. Elwood ayant travaillé bien après minuit était monté lui demander son aide pour une équation différentielle. Après avoir frappé sans obtenir de réponse, il s'était permis d'ouvrir la porte non verrouillée, pensant dans son cruel embarras que son hôte ne lui en voudrait pas d'avoir été doucement réveillé. Mais Gilman n'était pas là – et informé de ce qui s'était passé il se demanda où il avait bien pu aller, pieds nus, en pyjama. Il résolut d'approfondir la question si le phénomène se reproduisait, et songea à répandre de la farine sur le plancher du corridor pour voir où le conduirait la trace de ses pas. La porte était la seule issue envisageable, car l'étroite fenêtre ne menait nulle part où l'on pût poser le pied.

A mesure qu'avril passait, son ouïe aiguisée par la fièvre fut importunée par les prières gémissantes d'un monteur de métiers à tisser, un superstitieux qui demeurait au rez-de-chaussée et qu'on appelait Joe Mazurewicz. Il racontait de longues histoires incohérentes à propos du fantôme de la vieille Keziah et de la bête fureteuse aux longs poils et aux crocs aigus, qui le hantaient si atrocement parfois que seul son crucifix d'argent – donné tout exprès par le père Iwanicki de l'église Saint-Stanislas – lui procurait quelque répit. Il priait à présent parce que le sabbat des sorcières approchait. La veille du Premier-Mai, c'était la nuit de Walpurgis, où les plus noirs suppôts de l'enfer parcouraient la terre et où tous les esclaves de Satan s'assemblaient pour des rites et des forfaits innommables. C'était toujours un moment terrible à Arkham, même si les gens de Miskatonic Avenue et de High ou Saltonstall Street prétendaient n'en rien savoir. Il se ferait des horreurs – et un ou deux enfants disparaîtraient probablement. Joe savait tout cela, car dans son pays natal sa grand-mère tenait ses histoires de sa propre aïeule. C'était le temps de prier et d'égrener son chapelet. Depuis trois mois Keziah et Brown Jenkin n'approchaient pas de la chambre de Joe, ni de celle de Paul Choynski, ni d'aucune autre – et cela ne présageait rien de bon lorsqu'ils se tenaient ainsi à distance. Ils devaient préparer un mauvais coup.

Le 16 avril, Gilman passa chez un médecin, et fut surpris d'apprendre que sa température n'était pas si élevée qu'il l'avait craint. Le docteur le soumit à un interrogatoire serré et lui conseilla de voir un spécialiste des maladies nerveuses. Réflexion faite, il se félicita de n'avoir pas consulté le médecin de l'université, plus curieux encore. Le vieux Waldron, qui avait déjà fait réduire ses activités, l'aurait mis au repos – et c'était impossible alors qu'il sentait si proches les extraordinaires solutions de ses équations. Il était certainement tout près de la frontière entre l'univers connu et la quatrième dimension, et qui sait jusqu'où il irait ?

Mais au moment même où ces pensées lui venaient à l'esprit, il se demanda d'où il tenait son étrange confiance. Ce sentiment redoutable d'imminence n'était-il dû qu'aux formules dont il couvrait des pages jour après jour ? Les pas imaginaires, doux, furtifs, là-haut dans la soupente condamnée minaient sa volonté. Il avait aussi maintenant l'impression grandissante qu'on cherchait sans cesse à le persuader de faire une chose abominable à laquelle il ne pouvait se résoudre. Et que signifiait ce somnambulisme ? Où allait-il parfois la nuit ? Qu'étaient ces sons faiblement suggérés qui de temps à autre semblaient filtrer au travers du désordre affolant des bruits identifiables, même en plein jour, en pleine conscience ? Leur rythme ne correspondait à rien de connu sur terre, sinon peut-être à la cadence d'une ou deux psalmodies de sabbat dont on ne doit pas parler, et il craignait quelquefois que ce ne fût un écho du tumulte de grondements et de cris qui emplissaient les abîmes totalement étrangers du rêve.

Cependant, les rêves, eux, devenaient atroces. Dans la phase préliminaire plus claire, la vieille sorcière était d'une netteté infernale, et Gilman savait que c'était bien elle qui l'avait effrayé dans le quartier des taudis. On ne pouvait se méprendre sur son dos voûté, son long nez, son menton ridé, et ses informes vêtements bruns étaient bien ceux qu'il se rappelait. Son visage exprimait hideusement la jubilation mauvaise, et quand il s'éveilla il entendait encore une voix croassante qui persuadait et menaçait. Il devait, disait-elle, rencontrer l'Homme Noir et les accompagner tous devant le trône d'Azathoth au cœur de l'ultime Chaos. Il devait signer de son sang le livre d'Azathoth et adopter un nouveau nom secret à présent que ses recherches indépendantes étaient allées si loin. Ce qui l'empêchait de les suivre, elle, Brown Jenkin et les autres devant le trône du Chaos, où les flûtes au son maigre jouent avec indifférence, c'était qu'ayant vu le nom « Azathoth » dans le *Necronomicon,* il le tenait pour un mal primordial dont l'horreur défiait toute description.

La vieille surgissait toujours du vide près de l'angle où l'oblique vers le bas rejoignait l'oblique vers l'intérieur. Elle semblait se cristalliser en un point plus proche du plafond que du plancher, et elle était chaque nuit un peu plus proche et plus distincte avant que le rêve ne change. Brown Jenkin lui aussi se rapprochait à la fin, et ses crocs blanc jaunâtre luisaient terriblement dans cette mystérieuse phosphorescence violette. Son détestable gloussement suraigu se gravait de plus en plus dans la tête de Gilman, qui se rappelait au matin comment il avait prononcé les mots « Azathoth » et « Nyarlathotep ».

Dans les rêves plus profonds tout se précisait également, et Gilman sentait que les abîmes crépusculaires autour de lui étaient ceux de la quatrième dimension. Ces entités organiques dont les mouvements paraissaient moins manifestement aberrants et gratuits devaient être des projections de formes vivantes de notre planète, y compris d'êtres humains. Quant aux autres, il n'osait pas même s'interroger sur ce qu'elles pouvaient être dans la ou les sphères dimensionnelles auxquelles elles appartenaient. Deux des êtres mouvants les moins déroutants – un assez gros agrégat de bulles iridescentes plus ou moins sphériques et un polyèdre beaucoup plus petit aux couleurs inconnues et dont les angles changeaient à vue d'œil – semblaient remarquer sa présence, le suivant ou flottant devant lui tandis qu'il évoluait parmi les prismes gigantesques, les labyrinthes, les grappes de cubes et de plans, les constructions cyclopéennes ; et tout le temps le tumulte de cris et de grondements ne faisait que croître, comme s'il eût approché d'un monstrueux paroxysme d'une intolérable intensité.

Dans la nuit de 19 au 20 avril survint un fait nouveau. Gilman se déplaçait un peu malgré lui dans les abîmes crépusculaires, précédé de l'agrégat de bulles et du petit polyèdre flottants, quand il fut frappé par des angles étrangement réguliers formés par les arêtes d'une gigantesque grappe de prismes à côté de lui. En une seconde il se retrouva hors de l'abîme, tremblant sur le flanc d'une colline rocailleuse baignée d'une intense lumière verte. Il était pieds nus, en vêtements de nuit, et quand il essaya de marcher il s'aperçut qu'il pouvait à peine lever un pied.

Un tourbillon de vapeur dérobait tout à sa vue au-delà du sol en pente, et il se contracta à l'idée des sons qui pourraient s'élever de cette vapeur.

Puis il vit deux silhouettes ramper laborieusement vers lui : la vieille femme et le petit être velu. La mégère fit effort pour se mettre à genoux et croisa les bras d'une façon singulière, tandis que Brown Jenkin désignait une certaine direction, d'une patte hideusement anthropoïde qu'il élevait avec une visible difficulté. Poussé par une impulsion dont il ignorait l'origine, Gilman se traîna dans le sens indiqué par l'angle des bras de la vieille et de la patte du petit monstre, et il n'avait pas fait trois pas qu'il se retrouvait dans les abîmes nébuleux. Les formes géométriques grouillaient autour de lui, et il se mit à tomber vertigineusement, interminablement. Pour finir, il se réveilla sur son lit dans la mansarde aux angles déments de la vieille maison mystérieuse.

Se sentant bon à rien ce matin-là, il n'assista à aucun de ses cours. Un attrait inconnu orientait ses yeux sans motif apparent, de sorte qu'un espace vide sur le plancher retenait invinciblement son regard. A mesure que le temps passait, le point de convergence de ses yeux aveugles se déplaça, et vers midi il avait surmonté l'impulsion de fixer le vide. A deux heures il sortit pour aller déjeuner, et en parcourant les étroites ruelles de la ville, il se surprit à tourner toujours au sud-est. Il dut se forcer pour s'arrêter dans une cafétéria de Church Street, et après le repas, il ressentit l'étrange attirance, plus puissante encore.

Tout compte fait, il lui faudrait consulter un neurologue – peut-être y avait-il un rapport avec son somnambulisme –, mais en attendant il pourrait au moins essayer de rompre cet envoûtement morbide. Sans doute réussirait-il encore à échapper au magnétisme ; il se dirigea donc résolument dans le sens contraire et remonta péniblement Garrison Street vers le nord. Lorsqu'il atteignit le pont sur le Miskatonic, il fut pris d'une sueur froide, et se cramponna à la rampe de fer pour regarder en amont l'île malfamée dont les antiques alignements de pierres levées ruminaient leur morosité sous le soleil de l'après-midi.

Brusquement, il sursauta. Car il y avait sur cette île désolée une silhouette vivante clairement distincte, et un second coup d'œil lui apprit que c'était certainement la bizarre vieille dont la sinistre image avait un effet si désastreux sur ses rêves. Près d'elle les hautes herbes bougeaient, comme si quelque autre créature s'y glissait sur le sol. Au moment où la vieille se tourna vers lui, il quitta précipitamment le pont pour aller se réfugier dans les ruelles labyrinthiques des quais de la ville. Malgré l'éloignement de l'île, il sentait qu'un mal invincible et monstrueux pouvait émaner du regard sardonique de cette créature voûtée, sans âge, vêtue de brun.

L'attrait du sud-est persistait, et il fallut à Gilman une formidable énergie pour se traîner jusqu'à la vieille maison et monter l'escalier branlant. Pendant des heures il demeura assis, silencieux, désœuvré, et ses yeux peu à peu se tournèrent vers l'ouest. A six heures, son oreille sensible perçut les prières gémissantes de Joe Mazurewicz deux étages en dessous, et, désespéré, il prit son chapeau pour repartir dans les rues dorées par le couchant, se laissant mener par l'impulsion qui l'entraînait désormais droit au sud. Une heure plus tard, la nuit le trouva en pleine campagne au-delà de Hangman's Brook, à la lueur des étoiles printanières qui scintillaient devant lui. Son envie de marcher se muait doucement en un ardent désir de bondir dans l'espace en un élan surnaturel, et il comprit brusquement où était la source de ce magnétisme.

Elle était dans le ciel. Un point précis parmi les étoiles avait un droit sur lui et le réclamait. Cela se trouvait apparemment entre Hydra et Argo Navis [1], et il comprit qu'il était poussé dans cette direction depuis son réveil peu de temps après l'aube. Dans la matinée, ce point se trouvait sous ses pieds ; l'après-midi il montait au sud-est, et maintenant il était à peu près au sud mais poursuivait sa course vers l'ouest. Que signifiait ce nouveau phénomène ? Allait-il devenir fou ? Combien de temps cela durerait-il ? Rassemblant à nouveau son courage, Gilman se retourna et regagna péniblement la sinistre vieille maison.

Mazurewicz l'attendait à la porte, à la fois impatient et réticent, pour lui chuchoter une rumeur superstitieuse toute fraîche. Il s'agissait du « feu des sorcières ». Joe ayant fait la fête la veille au soir – c'était le jour des Patriotes au Massachusetts – était rentré après minuit. Levant

1. Le navire *Argo* sur lequel Jason partit avec les Argonautes à la recherche de la Toison d'or. L'Hydre et Argo sont des constellations de l'hémisphère Sud. *(N.d.T.)*

les yeux sur la façade de la maison, il crut d'abord que la fenêtre de Gilman était obscure ; puis il aperçut la lueur violette à l'intérieur. Il voulait avertir le gentleman, car tout le monde savait à Arkham que c'était la lumière magique de Keziah qui accompagnait Brown Jenkin et le fantôme de la vieille elle-même. Il n'en avait encore jamais parlé, mais il le fallait maintenant parce que cela signifiait que Keziah et son démon familier hantaient le jeune homme. Comme Paul Choynski et Dombrowski, le propriétaire, il avait cru voir à plusieurs reprises cette lumière filtrer par les crevasses de la soupente condamnée au-dessus de la chambre du jeune gentleman, mais ils avaient tous convenu de ne rien dire. Pourtant, le gentleman ferait mieux de prendre une autre chambre et de demander un crucifix à quelque bon prêtre comme le père Iwanicki.

Tandis que l'homme continuait à radoter, Gilman sentit une terreur sans nom le saisir à la gorge. Il avait beau savoir que Joe devait être à moitié soûl quand il était rentré la nuit précédente, cette mention de la lumière violette à la fenêtre de la mansarde prenait un sens effroyable. Cette sorte de lueur chatoyante dansait toujours autour de la vieille femme et du petit être velu dans les rêves clairs et saisissants qui servaient d'introduction à sa plongée dans les abîmes inconnus, et penser qu'une autre personne pût voir à l'état de veille la luminescence onirique était absolument irrecevable pour la raison. Mais où le bonhomme aurait-il pris une idée aussi bizarre ? Gilman lui-même aurait-il parlé dans son sommeil tout en parcourant la maison ? Joe affirmait que non – mais il faudrait s'en assurer. Peut-être Frank Elwood saurait-il quelque chose, bien qu'il lui coûtât de l'interroger.

La fièvre – les rêves déments – le somnambulisme – les illusions de l'ouïe – le magnétisme d'un point dans le ciel – et maintenant ce doute d'avoir en dormant dit quelque folie ! Il fallait interrompre les études, voir un neurologue, et se prendre en main. En arrivant au deuxième étage, il s'arrêta devant la porte d'Elwood mais le jeune homme était absent. Il continua à contrecœur jusqu'à sa mansarde et s'assit dans le noir. Son regard était toujours attiré vers le sud, et il se surprit en outre à tendre l'oreille, à l'affût de quelque bruit dans le grenier fermé au-dessus, en imaginant plus ou moins qu'une néfaste lueur violette filtrait à travers une fissure minuscule dans le bas plafond oblique.

Cette nuit-là, pendant son sommeil, la lumière violette se répandit sur lui, plus intense que jamais, et la vieille sorcière ainsi que le petit monstre velu – s'approchant encore davantage – se moquèrent de lui avec des gestes démoniaques et des glapissements inhumains. Il fut heureux de sombrer dans les abîmes crépusculaires au vague grondement, malgré la présence obsédante du conglomérat de bulles iridescentes et du petit polyèdre kaléidoscopique qui l'irritait et l'inquiétait. Puis vint le changement avec l'apparition au-dessus et au-dessous de lui d'immenses plans convergents d'une substance glissante – changement qui s'acheva dans un délire fulgurant, un torrent de lumière inconnue d'outre-monde, où le jaune, le carmin, l'indigo se mêlaient follement, inextricablement.

Il était à moitié couché sur une haute terrasse aux balustrades fantastiques dominant une jungle illimitée d'incroyables pics barbares, de plans en équilibre, de dômes, de minarets, de disques horizontaux posés sur des faîtes, et d'innombrables formes plus extravagantes encore – certaines de pierre, d'autres de métal – qui resplendissaient magnifiquement sous l'éclat brûlant d'un ciel polychrome. Levant les yeux, il vit trois formidables disques de flamme, chacun d'une teinte différente, et à différentes hauteurs au-dessus d'un horizon courbe infiniment lointain de montagnes basses. Derrière lui les gradins des plus hautes terrasses s'élevaient dans le ciel aussi loin que pouvait aller son regard. La ville en bas s'étendait à perte de vue, et il espéra qu'il n'en monterait aucun son.

Le dallage d'où il se releva sans effort était fait d'une pierre veinée, polie, qu'il fut incapable d'identifier, et les carreaux étaient taillés selon des angles singuliers qui lui parurent moins asymétriques que dictés par une symétrie surnaturelle dont il ne pouvait saisir les lois. La balustrade, à hauteur de poitrine, était raffinée et fabuleusement ouvragée, tandis que le long de la rampe se succédaient à de courts intervalles des figurines grotesques d'un travail exquis. Elles semblaient faites, comme la balustrade elle-même, d'une sorte de métal luisant dont la couleur était indiscernable dans ce chaos éblouissant. Elles représentaient un corps strié en forme de tonneau portant de minces bras horizontaux divergeant comme les rayons d'une roue autour d'un anneau central, et des protubérances ou bulbes verticaux prolongeant le sommet et la base du tonneau. Chacune de ces protubérances était le moyeu d'un système de cinq longs bras plats effilés en triangle, disposés comme ceux d'une étoile de mer – presque horizontalement, mais légèrement incurvés à l'opposé du tonneau central. La base de la protubérance inférieure tenait à la longue rampe par un point si frêle que plusieurs figurines s'en étaient détachées et manquaient. Elles mesuraient environ quatre pouces et demi de haut, et les bras pointus leur donnaient un diamètre maximum de deux pouces et demi.

Lorsque Gilman se leva, les dalles parurent brûlantes à ses pieds nus. Il était absolument seul, et son premier mouvement fut de marcher jusqu'à la balustrade pour contempler la vue vertigineuse de l'interminable cité cyclopéenne presque deux mille pieds plus bas. Prêtant l'oreille, il crut entendre un tumulte rythmé de faibles voix flûtées, musicales, d'un registre tonal très étendu, qui montait des rues étroites au-dessous de lui, et il regretta de ne pouvoir discerner leurs habitants. Devant le paysage, la tête lui tourna au bout d'un moment, au point qu'il serait tombé sur le dallage s'il ne s'était instinctivement cramponné à la superbe balustrade. Sa main droite tomba sur l'une des figurines, dont le contact parut lui rendre un peu son aplomb. Mais ce fut trop pour la finesse exotique de la ferronnerie, et la statuette hérissée de pointes se brisa net sous son étreinte. Encore étourdi, il continua de la serrer tandis que son autre main trouvait une prise sur la rampe lisse.

Alors son ouïe hypersensible perçut une présence derrière lui, et il se retourna pour regarder à l'autre bout de la terrasse nue. Cinq silhouettes approchaient doucement bien que sans précautions apparentes, dont deux étaient la sinistre vieille et le petit animal velu aux terribles dents. Les trois autres lui firent perdre conscience – car ces entités vivantes de huit pieds de haut étaient exactement semblables aux figurines hérissées de la balustrade, et se déplaçaient en agitant comme des araignées la série inférieure de leurs bras d'étoile de mer.

Gilman se réveilla dans son lit, trempé d'une sueur froide, avec une sensation de brûlure au visage, aux mains et aux pieds. Se levant d'un bond, il se lava et s'habilla en toute hâte, comme s'il lui fallait à tout prix quitter la maison le plus vite possible. Il ne savait pas où il voulait aller, mais il sentait que cette fois encore il devrait sacrifier ses cours. L'étrange attrait vers ce point du ciel entre Hydra et Argo avait disparu, mais un autre plus puissant encore prenait sa place. Il lui fallait à présent aller vers le nord – infiniment au nord. Il redoutait de traverser le pont d'où l'on voyait l'île déserte du Miskatonic, aussi prit-il celui de Peabody Avenue. Il trébucha très souvent, car ses yeux et ses oreilles étaient rivés sur un point extrêmement élevé dans le ciel bleu et vide.

Au bout d'une heure environ, ayant retrouvé un peu son sang-froid, il s'aperçut qu'il était loin de la ville. Autour de lui s'étendait le morne désert des marécages salés, et devant lui la route étroite menait à Innsmouth – la vieille cité à moitié abandonnée que les gens d'Arkham répugnaient si étrangement à visiter. Bien que l'attrait du nord n'ait pas diminué, il y résista comme il l'avait fait à l'autre, et découvrit finalement qu'il arrivait presque à les équilibrer. Il revint péniblement en ville, prit un café à un comptoir et se traîna à la bibliothèque publique où il feuilleta sans but les magazines. Il rencontra des amis qui s'étonnèrent de le voir brûlé par le soleil, mais il ne leur dit rien de sa promenade. A trois heures il alla déjeuner dans un restaurant, constatant dans l'intervalle que le magnétisme s'était atténué ou peut-être partagé. Après cela il tua le temps dans un cinéma bon marché, à revoir indéfiniment le même stupide spectacle sans y prêter la moindre attention.

Vers neuf heures du soir, il prit machinalement le chemin du retour et entra d'un pas hésitant dans la vieille maison. Joe Mazurewicz gémissait d'inintelligibles prières, et Gilman se hâta de monter à sa mansarde sans s'arrêter pour voir si Elwood était là. Dès qu'il eut allumé l'électricité, ce fut le choc. A la faible lumière de l'ampoule il vit aussitôt sur la table ce qui n'aurait pas dû s'y trouver, et un second regard ne laissa aucune place au doute. Couchée sur le flanc – car elle ne pouvait tenir debout seule –, c'était la figurine exotique hérissée de pointes que dans son rêve monstrueux il avait détachée de la fabuleuse balustrade. Aucun détail ne manquait. Le corps strié en forme de tonneau, les minces bras rayonnants, les protubérances à chaque extrémité, et les branches plates d'étoile de mer, légèrement incurvées, qui partaient de ces protubérances – tout y était. A la lumière électrique, la couleur semblait une sorte de gris irisé veiné de vert, et Gilman dans sa stupéfaction et son horreur s'aperçut que l'une des protubérances s'achevait par une cassure déchiquetée à l'endroit où elle était d'abord fixée à la rampe de son rêve.

Seul l'état d'hébétude auquel il était enclin l'empêcha de hurler. Cette fusion du rêve et de la réalité était intolérable. Encore sous le choc, il saisit l'objet hérissé et descendit en chancelant chez Dombrowski, le propriétaire. Les prières gémissantes du superstitieux monteur de métiers résonnaient toujours dans les couloirs moisis, mais Gilman ne s'en souciait plus. Le propriétaire était là et le reçut aimablement. Non, il n'avait jamais vu cet objet et ne savait rien à son sujet. Mais sa femme lui avait dit qu'elle avait trouvé une drôle de chose en étain dans un des lits en faisant les chambres à midi, et c'était peut-être ça. Dombrowski l'appela et elle arriva en se dandinant. Oui, c'était bien ça. Elle l'avait trouvé dans le lit du jeune gentleman – du côté du mur. Ça lui avait paru très bizarre, mais bien sûr le jeune gentleman avait des tas de choses bizarres dans sa chambre – des livres, des bibelots et puis des dessins et des notes sur des papiers. Elle ne savait rien du tout là-dessus.

Gilman remonta donc l'escalier, l'esprit bouleversé, convaincu qu'il rêvait encore ou que son somnambulisme poussé à un degré incroyable l'avait entraîné à des déprédations dans des lieux inconnus. Où avait-il pris cet objet invraisemblable ? Il ne se rappelait pas l'avoir vu dans aucun musée d'Arkham. Cela s'était produit quelque part pourtant ; et son image, lorsqu'il s'en était emparé dans son sommeil, avait dû susciter l'étrange rêve de la terrasse et de sa balustrade. Demain il mènerait une enquête prudente – et verrait peut-être un neurologue.

En attendant il essaierait de garder des traces de son somnambulisme. Dans l'escalier et sur le palier du premier il sema un peu de farine qu'il avait empruntée au propriétaire en lui avouant franchement son intention. Il s'était arrêté au passage à la porte d'Elwood, mais il n'avait pas vu de lumière chez lui. Une fois dans sa chambre, il posa sur la table l'objet bardé de pointes, et totalement épuisé physiquement et mentalement, il se coucha sans prendre le temps de se déshabiller. Dans le grenier fermé au-dessus du plafond oblique il crut entendre un faible grattement et un pas feutré, mais il était trop troublé pour y prendre garde. Le mystérieux attrait du nord redevenait très puissant, bien qu'il semblât venir maintenant d'un point situé plus bas dans le ciel.

Dans l'éblouissante lumière violette du rêve, la vieille femme et le monstre velu aux dents longues revinrent et plus distinctement que jamais. Cette fois ils l'atteignirent réellement, et il se sentit saisi par les griffes desséchées de la sorcière. Il fut tiré du lit, jeté dans l'espace vide, et pendant un moment il entendit un grondement rythmé et vit grouiller autour de lui les fluctuations crépusculaires des abîmes confus. Mais ce fut très court car il se retrouva bientôt dans un petit espace rudimentaire, aveugle, où des poutres et des planches grossières se rejoignaient au faîte juste au-dessus de sa tête, et un curieux plancher s'abaissait obliquement sous ses pieds. Posés d'aplomb sur des étais, des meubles bas pleins de livres à tous les degrés d'antiquité et de désintégration, et au milieu une table et un banc, apparemment cloués sur place. De petits objets de forme et de nature inconnues étaient rangés sur le haut des rayons, et dans l'ardente lumière violette Gilman crut voir un double de la forme hérissée de pointes qui lui avait posé une si cruelle énigme. Sur la gauche, le plancher s'interrompait brusquement au bord d'un gouffre noir, triangulaire, d'où émergea bientôt, après une série de petits bruits secs, le détestable petit monstre velu aux crocs jaunes et au visage d'homme barbu.

La mégère au sourire grimaçant étreignait toujours sa victime, et devant la table était assis un personnage que Gilman n'avait jamais vu – un homme grand, maigre, d'un noir d'encre mais sans aucun caractère négroïde ; totalement chauve et imberbe, il portait pour tout vêtement une robe informe d'une lourde étoffe noire. La table et le banc dissimulaient ses pieds, mais il devait être chaussé, car on entendait un bruit sec chaque fois qu'il changeait de position. L'homme ne parlait pas et ses traits minces et réguliers étaient absolument dépourvus d'expression. Il désignait seulement un livre d'une taille prodigieuse qui était ouvert sur la table, tandis que la mégère fourrait une énorme plume d'oie grise dans la main droite de Gilman. Sur tout cela pesait un climat de peur affolant, qui fut à son paroxysme lorsque le monstre velu grimpa aux vêtements du dormeur jusqu'à ses épaules puis descendit le long de son bras gauche, et enfin le mordit brusquement au poignet juste au-dessous de sa manche. Au moment même où le sang jaillissait de la blessure, Gilman s'évanouit.

Il se réveilla le matin du 22 avec une douleur au poignet gauche, et vit que sa manche était brune de sang séché. Ses souvenirs étaient très confus, mais la scène avec l'Homme Noir dans l'espace inconnu se détachait de façon frappante. Les rats avaient dû le mordre pendant son sommeil, suscitant le coup de théâtre de son effroyable rêve. Ayant ouvert la porte, il constata que la farine était intacte sur le plancher du couloir, à part les larges empreintes du gros lourdaud qui logeait à l'autre bout du grenier. Il ne s'agissait donc pas de somnambulisme cette fois. Mais il fallait faire quelque chose au sujet de ces rats. Il en parlerait à son propriétaire. De nouveau il tenta de boucher le trou à la base du mur oblique, en y enfonçant un chandelier qui semblait à peu près de la bonne taille. Ses oreilles bourdonnaient abominablement comme si elles gardaient l'écho de quelque horrible bruit entendu dans ses rêves.

Tout en se levant et en changeant de vêtements, il essaya de se rappeler ce qu'il avait rêvé après la scène dans l'espace illuminé de violet, mais rien de précis ne prenait corps dans son esprit. Cette scène elle-même devait se rapporter au grenier condamné au-dessus de sa tête, qui avait d'abord assailli son imagination avec tant de violence, mais les dernières impressions étaient faibles et nébuleuses. C'étaient des évocations des vagues abîmes crépusculaires, et au-delà d'eux, d'abîmes plus vastes et plus noirs encore – où étaient absentes toutes suggestions immuables de formes. Il y avait été conduit par le conglomérat de bulles et le petit polyèdre toujours sur ses talons ; mais, comme lui-même, ils s'étaient changés en mèche de brume laiteuse, à peine lumineuse dans ce vide plus lointain des ultimes ténèbres. Quelque chose les y avait précédés – un flocon plus gros qui se condensait par moments en ébauches de formes indéfinissables, et il lui sembla qu'au lieu d'avancer en ligne droite, ils avaient suivi les courbes et les spirales étrangères d'un tourbillon de l'éther soumis à des lois inconnues de la physique et des mathématiques de tout cosmos imaginable. Finalement, s'étaient esquissées d'immenses ombres bondissantes, une monstrueuse pulsation mi-auditive, et la modulation aigre et monotone d'une flûte invisible – mais ce fut tout. Gilman jugea que cette dernière idée lui était venue de ce qu'il avait lu dans le *Necronomicon* au sujet d'Azathoth, l'entité sans esprit qui régit l'espace et le temps depuis un trône noir curieusement entouré au centre du Chaos.

Lorsque son poignet sanglant fut lavé, la blessure se révéla insignifiante, et Gilman fut intrigué par la disposition des deux minuscules morsures. Il lui vint à l'esprit qu'il n'y avait pas de sang sur le dessus-de-lit où il s'était étendu – et c'était surprenant étant donné l'importance des taches sur sa manche et sa peau. Avait-il marché dans sa chambre pendant son sommeil, et le rat l'avait-il mordu alors qu'il était assis sur une chaise ou arrêté dans quelque position moins prévisible ? Il chercha dans tous les coins des taches ou des traînées brunes, mais n'en trouva aucune. Il vaudrait mieux, se dit-il, répandre la farine à l'intérieur de la pièce autant qu'à l'extérieur – bien qu'au fond son somnambulisme ne fût plus à démontrer. Il savait qu'il marchait la nuit – et toute la question maintenant était d'y mettre fin. Il fallait demander son aide à Frank Elwood. Les étranges appels de l'espace paraissaient atténués ce matin, mais un autre sentiment les remplaçait, encore plus inexplicable. C'était une impulsion confuse et pressante à fuir sa situation actuelle, sans la moindre idée de la direction précise qu'il voulait suivre pour s'échapper. En prenant sur la table la figurine hérissée, il s'imagina que le vieil attrait du nord reprenait un peu de force ; mais il n'en fut pas moins entièrement dominé par le nouveau désir si déconcertant.

Il descendit l'image armée de pointes chez Elwood, se cuirassant contre les jérémiades du monteur de métiers qui s'élevaient du rez-de-chaussée. Elwood était là, Dieu merci, et se montra passionné. Ils avaient le temps de bavarder un peu avant de sortir pour le petit déjeuner et l'université. Gilman s'empressa donc de donner libre cours à ses derniers rêves et à ses craintes. Son hôte fut très compréhensif et convint qu'il fallait agir. Il fut frappé des traits tirés, de l'air égaré de son visiteur, et remarqua l'étonnant coup de soleil que d'autres avaient déjà trouvé anormal la semaine précédente. Néanmoins, il avait peu de chose à dire. Il n'avait pas été témoin des crises de somnambulisme de Gilman, et ne savait rien de la singulière figure. Un soir, pourtant, il avait entendu une conversation entre Mazurewicz et le Canadien français qui logeait juste au-dessous de Gilman. Ils se confiaient leurs terribles craintes à l'approche de la nuit de Walpurgis, dans quelques jours seulement, et échangeaient des commentaires apitoyés sur le pauvre jeune homme condamné. Desrochers, le voisin du dessous, parlait des bruits de pas entendus la nuit chez Gilman, avec et sans chaussures, et de la lumière violette qu'il avait vue un soir où il était monté à pas de loup pour regarder par le trou de serrure de Gilman. Mais quand il avait aperçu cette lumière par les fentes autour de la porte, il n'avait plus osé regarder, disait-il à Mazurewicz. Il avait aussi entendu parler à voix basse – et comme il se préparait à donner des détails ses propos étaient devenus un murmure inaudible.

Elwood ne pouvait imaginer ce qu'avaient raconté ces deux bavards superstitieux, mais il supposait que leur imagination avait été excitée d'abord par les déambulations et les bavardages nocturnes de Gilman endormi, et ensuite par la proximité de la veille du Premier-Mai, traditionnellement redoutée. De toute évidence Gilman parlait dans son sommeil, et le guet de Desrochers devant le trou de serrure montrait bien que l'histoire fantastique de la lueur violette du rêve s'était répandue. Ces gens simples imaginaient vite qu'ils avaient vu les choses bizarres dont ils avaient entendu parler. Quant au plan d'action – Gilman devrait descendre dans la chambre d'Elwood et éviter de dormir seul. Elwood, s'il était éveillé, l'alerterait chaque fois qu'il se mettrait à parler ou à se lever en dormant. Il devrait aussi voir sans tarder un spécialiste. En attendant, ils iraient présenter la figurine hérissée dans les divers musées et à certains professeurs, tâchant de l'identifier, en prétendant l'avoir trouvée dans une décharge publique. Et puis Dombrowski devrait s'occuper d'empoisonner tous ces rats dans les murs.

Réconforté par la compagnie d'Elwood, Gilman assista aux cours ce jour-là. D'étranges impulsions le tourmentaient encore, mais il réussit admirablement à les écarter. Pendant ses heures de liberté il montra la bizarre figurine à plusieurs professeurs, qui tous s'y intéressèrent vivement, sans qu'aucun puisse jeter la moindre lumière sur sa nature ou son origine. Il dormit cette nuit-là sur un lit de camp qu'Elwood avait fait monter par le propriétaire dans la chambre du deuxième étage, et pour la première fois depuis des semaines il fut délivré de tout rêve inquiétant. Mais la fièvre persistait, et les lamentations du monteur de métiers avaient une influence démoralisante.

Pendant les quelques jours suivants, Gilman jouit d'une protection presque parfaite contre les phénomènes morbides. Il n'avait manifesté, disait Elwood, aucune tendance à parler ou à se lever pendant son sommeil ; et entre-temps le propriétaire avait mis de la mort-aux-rats partout. Le seul élément de trouble était le bavardage des étrangers superstitieux, dont l'imagination était surchauffée. Mazurewicz insistait sans cesse pour qu'il se procure un crucifix, et il finit par lui en imposer un qui, disait-il, avait été béni par le bon père Iwanicki. Desrochers, lui aussi, avait son mot à dire – en fait il affirmait avoir entendu des pas furtifs dans la chambre maintenant vacante au-dessus de lui pendant la première et la deuxième nuit où Gilman était absent. Paul Choynski croyait entendre des bruits dans les couloirs et l'escalier, et soutenait qu'on avait essayé d'ouvrir doucement sa porte, tandis que Mrs Dombrowski jurait qu'elle avait vu Brown Jenkin pour la première fois depuis la Toussaint. Mais ces témoignages naïfs n'avaient pas grand sens, et Gilman laissa le crucifix de métal bon marché négligemment pendu au buffet de son hôte.

Pendant trois jours, Gilman et Elwood firent le tour des musées de la ville pour tenter d'identifier l'étrange statuette à pointes, mais toujours sans succès. Partout cependant elle éveilla un profond intérêt ; car sa totale étrangeté était un défi formidable pour la curiosité des scientifiques. L'un des petits bras rayonnants fut détaché et soumis à une analyse chimique, dont les résultats demeurent un sujet de discussion dans le milieu universitaire. Le Pr Ellery trouva dans l'étonnant alliage du platine, du fer et du tellure ; mais il s'y mêlait au moins trois autres éléments d'un poids atomique élevé que la chimie s'avérait absolument incapable de classer. Non seulement ils ne correspondaient à aucun élément connu, mais pas même aux places vacantes réservées aux éléments probables dans la classification périodique. Aujourd'hui encore le mystère reste entier, et la figurine est exposée au musée de l'université de Miskatonic.

Le matin du 27 avril, un nouveau trou de rats apparut dans la chambre que partageait Gilman, mais Dombrowski l'obtura le jour même. Le poison restait sans effet, car les grattements et les galopades dans les murs étaient pratiquement inchangés. Elwood rentra tard cette nuit-là, et Gilman l'attendit. Il ne voulait pas s'endormir seul dans une chambre – d'autant plus qu'il avait cru apercevoir au crépuscule la répugnante vieille dont l'image s'était si horriblement imposée dans ses rêves. Il se demanda qui elle était, et ce qui près d'elle remuait une boîte de conserve sur un tas d'ordures à l'entrée d'une cour sordide. La mégère avait paru le remarquer et l'avait lorgné méchamment – ou peut-être se l'était-il imaginé.

Le lendemain, les jeunes gens se sentirent tous deux très fatigués, et se dirent qu'ils dormiraient comme des souches dès la nuit tombée. Dans la soirée, plutôt somnolents, ils discutèrent des recherches mathématiques qui avaient absorbé Gilman si complètement, dangereusement peut-être, s'interrogeant sur de probables rapports mystérieux avec la magie ancienne et le folklore. Ils parlèrent de Keziah Mason, et Elwood reconnut que Gilman avait scientifiquement de bonnes raisons de penser qu'elle était tombée sur un savoir inconnu de grande portée. Les cultes interdits auxquels appartenaient ces sorcières détenaient et transmettaient souvent des secrets surprenants qui remontaient à des temps immémoriaux ; il n'était pas impossible que Keziah connût réellement l'art de franchir les frontières dimensionnelles. La tradition souligne la vanité des barrières matérielles pour arrêter les déplacements d'une sorcière ; et qui sait d'où viennent les vieilles histoires de chevauchées nocturnes sur un manche à balai ?

Restait à prouver qu'un mathématicien moderne pût acquérir des pouvoirs semblables en poursuivant seul ses recherches. La réussite, ajoutait Gilman, pouvait mener à des situations périlleuses et inconcevables ; car nul n'était capable de prévoir quelles seraient les conditions de vie dans une dimension voisine mais normalement inaccessible. D'autre part, les perspectives pittoresques étaient fantastiques. Dans certaines zones de l'espace, le temps peut-être n'existait pas, et à condition d'y entrer et d'y demeurer on pourrait conserver indéfiniment sa vie et son âge ; ne jamais subir le métabolisme organique ni ses dégradations, sauf les petits risques encourus au cours des visites à son propre monde ou à des mondes comparables. On pourrait, par exemple, passer dans une dimension intemporelle et en ressortir aussi jeune qu'auparavant à quelque époque lointaine de l'histoire terrestre.

Quelqu'un y était-il jamais parvenu ? Il était bien difficile d'en juger avec plus ou moins de certitude. Les vieilles légendes sont vagues et ambiguës, et dans les temps historiques toutes les tentatives pour franchir les vides interdits semblent compliquées par de singulières et terribles alliances avec des êtres et des messagers venus d'ailleurs. Il y avait la figure immémoriale du représentant ou de l'envoyé de puissances cachées et redoutables – l'Homme Noir du culte des sorcières, et le Nyarlathotep du *Necronomicon*. Il existait aussi le problème déroutant des moindres émissaires ou intermédiaires – les quasi-animaux et les hybrides bizarres que les légendes décrivent comme les familiers des sorcières. En allant se coucher, tombant de sommeil, incapables de discuter davantage, Gilman et Elwood entendirent Joe Mazurewicz qui rentrait à la maison en titubant, à moitié ivre, et l'ardeur désespérée de ses prières gémissantes les fit frémir.

Cette nuit-là Gilman revit la lumière violette. Il avait entendu dans son rêve des bruits de griffes et de dents rongeuses dans les cloisons, et il lui sembla qu'un maladroit cherchait à tâtons le loquet. Puis il vit approcher sur le tapis la vieille femme et le petit monstre velu. Le visage de la harpie rayonnait d'une jubilation inhumaine, et la petite infection aux dents jaunes gloussait en désignant ironiquement au bout de la chambre Elwood qui dormait à poings fermés dans l'autre lit. Paralysé de terreur, Gilman n'eut pas même la force de crier. Comme la première fois, la hideuse mégère le saisit aux épaules, le tira de ses draps et le jeta dans l'espace vide. De nouveau l'infini hurlant des abîmes crépusculaires étincela devant lui, mais une seconde plus tard il se vit dans une ruelle inconnue, sombre, boueuse et puante, dont les vieilles maisons aux murs pourrissants se dressaient de tous les côtés.

L'Homme Noir était là, vêtu de sa robe, tel qu'il l'avait vu sous le toit pointu dans l'autre rêve, tandis que la vieille, plus proche, grimaçait avec un geste impérieux. Brown Jenkin, pris d'une sorte d'affectueux enjouement, se frottait aux chevilles de l'Homme Noir, en grande partie dissimulées par la boue épaisse. L'Homme Noir montra sans un mot une entrée obscure qui s'ouvrit sur la droite. La mégère grimaçante s'y engouffra, traînant Gilman à sa suite par sa manche de pyjama. Il y eut un escalier nauséabond aux craquements sinistres, où la vieille semblait répandre une vague lueur violette ; et enfin une porte donnant sur un palier. La sorcière tâta le loquet, ouvrit la porte et, faisant signe à Gilman de l'attendre, disparut dans les ténèbres.

L'oreille hypersensible du jeune homme perçut une affreuse plainte étouffée, et presque aussitôt la mégère sortit de la pièce portant une petite forme inerte qu'elle tendit au rêveur comme pour lui ordonner de la porter. La vue de cette forme et l'expression de son visage rompirent le sortilège. Trop hébété encore pour crier, il se précipita imprudemment dans l'escalier fétide et dehors dans la boue ; seul l'arrêta l'Homme Noir qui attendait et le prit à la gorge. Avant de perdre connaissance, il entendit, atténué, le gloussement aigu du petit monstre aux crocs acérés.

Le matin du 29, Gilman s'éveilla dans un maelström d'horreur. Au moment même où il ouvrit les yeux, il comprit qu'il se passait une chose effroyable, car il était à nouveau dans sa vieille mansarde au plafond et au mur obliques, affalé sur le lit maintenant défait. Sa gorge était inexplicablement douloureuse, et quand il fit effort pour s'asseoir, il constata avec une terreur grandissante que ses pieds et le bas de son pyjama étaient souillés de boue séchée. Sur le moment ses souvenirs restèrent désespérément brumeux, mais il ne put douter d'avoir marché dans son sommeil. Elwood était trop profondément endormi pour l'entendre et l'arrêter. Le plancher portait de confuses empreintes boueuses, mais bizarrement elles n'arrivaient pas jusqu'à la porte. Plus Gilman les considérait, plus il les trouvait étranges ; car outre les siennes, qu'il reconnaissait, il en était de plus petites, presque rondes – telles que pourraient en faire les pieds d'un grand siège ou d'une table, sauf que la plupart avaient tendance à se diviser par moitié. Il y avait encore de curieuses traces boueuses, celles de pattes de rat qui sortaient d'un nouveau trou et y rentraient. Gilman fut frappé de stupeur et craignit de devenir fou lorsque, gagnant le seuil en chancelant, il s'aperçut qu'il n'y avait aucune trace de boue dans le couloir. A mesure qu'il se rappelait son rêve hideux il s'affolait davantage, et les lugubres litanies de Joe Mazurewicz deux étages en dessous ajoutaient à son désespoir.

Descendant chez Elwood, il le tira enfin de son sommeil et lui raconta dans quelle situation il s'était retrouvé, mais son hôte n'avait aucune idée de ce qui avait pu se passer. Où Gilman était-il allé, comment était-il rentré dans sa chambre sans laisser de trace dans le couloir, et comment les empreintes boueuses qui évoquaient des pieds de meubles s'étaient-elles mêlées aux siennes dans la mansarde, cela dépassait l'imagination. Il y avait encore ces marques sur sa gorge, sombres, livides, comme s'il avait voulu s'étrangler. Il y posa les mains, mais elles n'y correspondaient pas même approximativement. Pendant qu'ils parlaient, Desrochers passa pour dire qu'il avait entendu un fracas épouvantable au-dessus de sa tête en pleine nuit. Non, il n'y avait eu personne dans l'escalier après minuit – mais juste avant il avait surpris des pas légers dans la mansarde, et une descente furtive qui ne lui avaient pas plu. Il ajouta que cette période de l'année était très néfaste à Arkham. Le jeune gentleman ferait sûrement mieux de porter le crucifix que Joe Mazurewicz lui avait donné. Même de jour on n'était pas en sécurité, car après l'aube il y avait eu des bruits étranges dans la maison – surtout le son grêle d'un pleur d'enfant vite étouffé.

Gilman suivit machinalement les cours ce matin-là, sans apporter aucune attention soutenue à ses études. Dans l'expectative, en proie à une atroce appréhension, il semblait s'attendre à recevoir un coup mortel. A midi il déjeunait au foyer de l'université quand, attendant le dessert, il ramassa un journal sur le siège voisin. Mais il oublia le dessert ; un article en première page le laissa sans force, le regard fou, à peine capable de régler son addition et de regagner en vacillant la chambre d'Elwood.

Il s'était produit un mystérieux enlèvement la nuit précédente dans le passage Orne, et l'enfant de deux ans d'une blanchisseuse un peu simple nommée Anastasia Wolejko avait complètement disparu. La mère, disait-on, le redoutait depuis un certain temps ; mais les raisons qu'elle donnait de ses craintes étaient si grotesques que personne ne les prit au sérieux. Elle prétendait avoir vu Brown Jenkin autour de la maison à plusieurs reprises depuis le début de mars, et elle avait compris, par ses grimaces et ses gloussements, que le petit Ladislas était marqué pour le sacrifice de l'épouvantable sabbat de la nuit de Walpurgis. Elle avait demandé à sa voisine Marie Czanek de venir coucher dans la chambre pour essayer de protéger l'enfant, mais Marie n'avait pas osé. Elle ne pouvait pas en parler à la police, qui ne croyait jamais ce genre de choses. Chaque année, aussi loin que remontassent ses souvenirs, des enfants avaient disparu de la même manière. Et son ami Pete Stowacki ne l'aiderait pas parce qu'il voulait se débarrasser de l'enfant de toute façon.

Mais ce qui donna des sueurs froides à Gilman fut la déclaration de deux fêtards qui étaient passés devant l'entrée du passage aussitôt après minuit. Ils reconnaissaient qu'ils étaient ivres, mais juraient tous deux avoir vu un trio bizarrement vêtu entrer furtivement dans le passage obscur. Il y avait, disaient-ils, un immense nègre en robe, une petite vieille en guenilles et un jeune Blanc en pyjama. La vieille traînait le jeune homme, tandis qu'aux pieds du nègre un rat apprivoisé se frottait en allant et venant dans la boue brune.

Gilman demeura assis tout l'après-midi sous le choc, et Elwood – qui avait entre-temps vu les journaux et en avait tiré de terribles conjectures – le trouva ainsi en rentrant. Cette fois ils ne pouvaient douter ni l'un ni l'autre qu'un piège hideux fût sur le point de se refermer sur eux. Entre les fantasmes du cauchemar et les réalités du monde objectif, il se nouait une relation monstrueuse, inimaginable, et seule une prodigieuse vigilance pouvait encore en prévenir les plus sinistres effets. Gilman devrait tôt ou tard consulter un spécialiste, mais le moment était mal choisi, alors que tous les journaux étaient pleins de cette affaire de rapt.

Ce qui s'était produit réellement restait un mystère insupportable, et pendant un certain temps Gilman et Elwood échangèrent à voix basse les théories les plus extravagantes. Gilman avait-il inconsciemment réussi au-delà de ses espérances dans ses recherches sur l'espace et ses dimensions ? S'était-il effectivement glissé hors de notre monde jusqu'à des points insoupçonnés et inconcevables ? En quels lieux – si lieux il y avait – était-il allé pendant ces nuits d'extranéité démoniaque ? Les grondants abîmes crépusculaires – le flanc vert de la colline – la terrasse brûlante – le magnétisme des étoiles – l'ultime tourbillon noir – l'Homme Noir – la ruelle boueuse et l'escalier – la vieille sorcière et l'horreur velue aux longs crocs – le conglomérat de bulles et le petit polyèdre – l'étrange coup de soleil – le poignet blessé – l'énigmatique figurine – les pieds boueux – les marques sur la gorge – les contes et les frayeurs des étrangers superstitieux – que signifiait tout cela ? Jusqu'à quel point cette affaire relevait-elle des lois de la raison ?

Ils ne dormirent ni l'un ni l'autre cette nuit-là, mais le lendemain ils manquèrent tous deux les cours et restèrent à somnoler. C'était le 30 avril, et avec le crépuscule viendrait le temps de l'infernal sabbat que redoutaient tous les étrangers et les vieillards crédules. Mazurewicz rentra à six heures, annonçant ce qu'on chuchotait à la filature : les réjouissances de Walpurgis se tiendraient dans le ravin obscur derrière Meadow Hill, là où se dresse la vieille pierre blanche sur une terre étrangement dépourvue de végétation. Certains avaient même averti la police qu'il fallait chercher là le petit Wolejko disparu, mais ils ne pensaient pas qu'on ferait quoi que ce soit. Joe insista pour que l'infortuné jeune gentleman porte son crucifix à chaîne de nickel, et Gilman le mit en le laissant pendre sous sa chemise, pour faire plaisir au gars.

Tard le soir, les deux jeunes gens somnolaient dans leurs fauteuils, bercés par la prière rythmée du monteur de métiers au rez-de-chaussée. Gilman écoutait dans son demi-sommeil, et son ouïe d'une acuité surnaturelle semblait à l'affût de certain murmure ténu et redoutable derrière les bruits de la vieille maison. Des souvenirs morbides du *Necronomicon* et du Livre Noir lui revinrent à l'esprit, et il se surprit à se balancer aux cadences infâmes qui marquaient, disait-on, les plus noires cérémonies du sabbat, et dont l'origine était étrangère au temps et à l'espace qui nous sont accessibles.

Il comprit bientôt ce qu'il essayait d'entendre – la psalmodie diabolique des officiants au loin dans la vallée noire. Comment savait-il si bien ce qu'ils attendaient ? Comment connaissait-il le moment où Nahab et son acolyte devaient leur présenter la coupe débordante qui viendrait après le coq et le bouc noirs ? Voyant qu'Elwood s'était endormi, il voulut l'appeler pour le réveiller. Mais quelque chose lui ferma la bouche. Il n'était plus son maître. Aurait-il donc signé le livre de l'Homme Noir ?

Alors son oreille fiévreuse, hypersensible, distingua les notes lointaines portées par le vent. Elles franchissaient des miles et des miles de collines, de champs et de ruelles, mais il les reconnaissait pourtant. Les feux devaient être allumés, les danses avaient dû commencer. Comment pourrait-il ne pas y aller ? Qu'était-ce donc qui l'avait pris au filet ? Les mathématiques – le folklore – la maison – la vieille Keziah – Brown Jenkin... et il vit à présent qu'un nouveau trou à rats s'ouvrait dans le mur près de son lit. Dominant la psalmodie lointaine et la prière proche de Joe Mazurewicz, un autre son lui parvint – un grattement discret mais résolu venant des cloisons. Il souhaita que les lampes électriques ne s'éteignent pas. Puis il vit au bord du trou le petit visage barbu armé de crocs – le maudit petit visage dont il saisit enfin l'abominable, l'ironique ressemblance avec la vieille Keziah – et il entendit tâtonner à la porte.

Le hurlant abîme crépusculaire étincela devant lui, il se sentit impuissant dans l'étreinte informe du conglomérat de bulles irisées. En avant, le petit polyèdre kaléidoscopique filait à vive allure, et dans le vide bouillonnant, un développement et une accélération du vague système tonal semblèrent annoncer un paroxysme indescriptible et insoutenable. Il pressentait ce qui allait arriver – l'explosion monstrueuse des chants walpurgiens, qui concentraient dans leur sonorité cosmique toute l'effervescence primitive, fondamentale, de l'espace-temps qui couve derrière les sphères de matière amoncelées, et jaillit toutefois en réverbérations rythmiques qui pénètrent atténuées tous les niveaux d'être et confèrent partout dans les mondes une terrible signification à certaines époques redoutées.

Mais tout cela disparut en un instant. Il se retrouva dans l'espace étroit au toit pointu illuminé de violet, avec son plancher oblique, les bibliothèques basses de livres anciens, la table et le banc, les objets bizarres, et le gouffre triangulaire à un bout. Sur la table était étendue une petite forme blanche – un enfant nu et inconscient – tandis que de l'autre côté la monstrueuse vieille, le regard mauvais, portait dans sa main droite un couteau luisant au manche singulier, et de sa main gauche une coupe en métal clair, de proportions insolites, couverte de dessins curieusement ciselés, et munie de deux fines anses latérales. Elle psalmodiait d'une voix rauque un rituel dont Gilman ne put comprendre la langue, mais qui rappelait un passage cité, non sans réserve, dans le *Necronomicon*.

Comme la scène devenait plus nette, il vit la mégère se pencher en avant pour lui tendre la coupe vide par-dessus la table et, incapable de contrôler ses propres mouvements, il se pencha à son tour, la saisit à deux mains, et remarqua ce faisant sa relative légèreté. Au même moment la figure répugnante de Brown Jenkin grimpa sur sa gauche au bord du sombre gouffre triangulaire. La sorcière alors lui fit signe de tenir la coupe dans une certaine position tandis qu'elle levait l'énorme et hideux couteau au-dessus de la petite victime blanche aussi haut que sa main droite pouvait se tendre. Le monstre velu aux longs crocs se mit à poursuivre en gloussant le rituel inconnu, la sorcière croassant des répons ignobles. Gilman sentit une répulsion intense, torturante, l'atteindre malgré la paralysie de son esprit et de ses facultés d'émotion ; la coupe légère trembla sous ses doigts. Une seconde plus tard, le mouvement du couteau sur le point de s'abattre rompit enfin le sortilège, il lâcha la coupe, qui rendit en tombant un son de cloche, et se précipita comme un fou, les mains en avant, pour empêcher le crime monstrueux.

En un instant, il remonta le plancher oblique en contournant la table et arracha le couteau aux griffes de la vieille ; il le jeta avec fracas par-dessus le bord de l'étroit gouffre triangulaire. Mais un instant de plus suffit à renverser la situation ; les griffes meurtrières se refermaient sur sa gorge, tandis que le visage desséché était convulsé par une fureur démente. Sentant la chaîne du modeste crucifix lui scier le cou, il se demanda dans le danger qui le menaçait quel effet la vue de l'objet lui-même produirait sur l'infernale créature. Elle était d'une force surhumaine, mais bien qu'elle continuât de l'étrangler, il réussit à saisir sous sa chemise et à brandir l'emblème de métal, après avoir brisé la chaîne.

En le voyant, la sorcière, manifestement prise de panique, relâcha son étreinte assez longtemps pour donner à Gilman une chance de la rompre entièrement. Il libéra son cou des griffes d'acier et aurait traîné la mégère jusqu'au gouffre si elle n'avait repris de nouvelles forces pour l'étrangler de nouveau. Cette fois il décida de lui rendre la pareille en s'attaquant à son cou. Avant qu'elle pût prévenir son geste, il lui passa la chaîne du crucifix autour de la gorge, et il l'eut bientôt serrée suffisamment pour lui couper le souffle. Pendant qu'elle se débattait dans les dernières convulsions, il se sentit mordu à la cheville : Brown Jenkin était venu à la rescousse. D'un violent coup de pied il envoya l'infection par-dessus le bord du gouffre et l'entendit gémir on ne sait où dans les profondeurs.

Ignorant s'il avait tué ou non la vieille sorcière, il l'abandonna sur le plancher où elle était tombée. Alors en se retournant, il vit sur la table ce qui faillit lui faire perdre ce qui lui restait de raison. Brown Jenkin, avec sa nature coriace et quatre petites mains d'une dextérité diabolique, n'était pas resté inactif pendant que la sorcière l'étranglait. Tous les efforts avaient été vains. Ce qu'il avait évité en détournant le couteau de la jeune poitrine, les crocs jaunes de la bête maudite l'avaient fait au poignet de la victime – et la coupe tout à l'heure sur le plancher était pleine maintenant près du petit corps sans vie.

Dans son délire onirique Gilman entendit la barbare, l'infernale psalmodie du sabbat, venant d'une distance infinie, et il sut que l'Homme Noir sans doute était arrivé. Des souvenirs confus se mêlant aux mathématiques, il crut détenir dans son subconscient les *angles* dont il avait besoin pour revenir au monde normal – seul et pour la première fois par ses propres moyens. Il était certain de se trouver dans le grenier condamné depuis toujours au-dessus de sa chambre, mais il doutait fort de pouvoir jamais s'échapper par le plancher oblique ou l'issue jadis barricadée. D'ailleurs, fuir un grenier de rêve ne le mènerait-il pas simplement dans une maison de rêve – projection anormale du lieu réel qu'il cherchait ? Il était absolument confondu de la relation entre rêve et réalité dans tout ce qu'il vivait.

Le passage à travers les abîmes confus allait être effrayant, car il y résonnerait la cadence walpurgienne, et il lui faudrait entendre enfin la pulsation cosmique jusqu'alors voilée qui lui inspirait une crainte mortelle. A présent déjà il discernait un ébranlement profond, monstrueux, dont il ne soupçonnait que trop le rythme. Au temps du sabbat elle montait toujours et gagnait les mondes pour appeler les initiés aux rites innommables. La moitié des psalmodies du sabbat étaient modelées sur ce battement vaguement perçu qu'aucune oreille terrestre ne pourrait supporter dans l'entière révélation de son ampleur. Gilman se demandait aussi s'il devait se fier à son instinct pour le ramener dans la bonne région de l'espace. Comment être sûr de ne pas atterrir sur ce flanc de colline éclairé de vert d'une planète lointaine, sur la terrasse en mosaïque au-dessus de la cité de monstres à tentacules quelque part au-delà de la galaxie, ou dans la spirale des noirs tourbillons de ce vide ultime du Chaos où règne l'indifférent Azathoth, sultan démoniaque ?

Au moment même où il plongeait, la lumière violette s'éteignit, le laissant dans une obscurité impénétrable. La sorcière – la vieille Keziah – Nahab – lui signifiait ainsi sa mort. Et mêlée à la psalmodie lointaine du sabbat et aux gémissements de Brown Jenkin en bas dans le gouffre, il crut entendre une autre plainte plus farouche monter de profondeurs inconnues. Joe Mazurewicz – les prières contre le Chaos Rampant devenaient un hurlement d'inexplicable triomphe – des mondes d'une réalité sardonique venaient heurter les tourbillons du rêve fébrile – Iä ! Shub-Niggurath ! Le Bouc aux Mille Chevreaux...

On retrouva Gilman sur le plancher de sa vieille mansarde aux angles bizarres, longtemps avant l'aube, car le terrible cri avait fait accourir aussitôt Desrochers, Choynski, Dombrowski et Mazurewicz, et avait même réveillé Elwood profondément endormi dans son fauteuil. Il était vivant, les yeux ouverts, le regard fixe, apparemment inconscient. Sa gorge portait les empreintes de deux mains meurtrières, et sa cheville gauche une affreuse morsure de rat. Son vêtement était horriblement froissé, et le crucifix de Joe avait disparu. Elwood tremblait, n'osant pas même imaginer quelle nouvelle forme avait pu prendre le somnambulisme de son ami. Mazurewicz semblait hébété à cause d'un « signe » qui lui était venu, disait-il, en réponse à ses prières, et il multiplia frénétiquement les signes de croix en entendant crier et gémir un rat derrière la cloison oblique.

Quand le rêveur fut installé sur son lit dans la chambre d'Elwood, on envoya chercher le Dr Malkowski – un praticien du quartier qui ne répétait pas les histoires si elles risquaient d'attirer des ennuis – et il fit à Gilman deux piqûres qui le détendirent en une sorte de somnolence presque naturelle. Dans la journée le malade reprit par moments conscience, et fit à voix basse à Elwood le récit décousu de son dernier rêve. Ce fut un effort pénible, et dès le début apparut un nouveau fait déroutant.

Gilman – dont les oreilles avaient tout récemment manifesté une sensibilité exceptionnelle – était maintenant complètement sourd. Le Dr Malkowski, rappelé d'urgence, apprit à Elwood que les deux tympans étaient crevés, comme s'ils avaient subi le choc d'un son formidable dont l'intensité dépassait les notions et la résistance humaines. Comment un son pareil avait-il pu être entendu au cours des heures précédentes sans réveiller toute la vallée du Miskatonic, cela dépassait l'honnête praticien.

Elwood écrivit sur un papier ce qu'il avait à dire, de sorte que la conversation continua sans trop de difficultés. Ne sachant que faire ni l'un ni l'autre dans une pareille confusion, ils conclurent qu'il valait mieux y songer le moins possible. Ils étaient d'accord cependant pour quitter cette vieille maison maudite aussitôt qu'ils le pourraient. Les journaux du soir parlèrent d'une descente de police juste avant l'aube dans un ravin derrière Meadow Hill où étaient réunis d'étranges noctambules, et rappelèrent que la pierre blanche y faisait l'objet depuis des siècles d'un respect superstitieux. Personne n'avait été pris, mais parmi les fugitifs dispersés on avait aperçu un nègre gigantesque. Dans une autre rubrique on déclarait qu'aucune trace n'avait été retrouvée du petit disparu, Ladislas Wolejko.

L'horreur suprême survint cette nuit-là. Elwood ne l'oubliera jamais, et il dut quitter l'université jusqu'à la fin du trimestre à cause de la dépression nerveuse qui en résulta. Toute la soirée il avait cru entendre les rats dans les cloisons, mais sans y faire grande attention. Puis, longtemps après que Gilman et lui se furent couchés, des cris atroces s'élevèrent. Elwood sauta du lit, alluma l'électricité et se précipita vers le lit de son hôte. Celui-ci émettait des sons véritablement inhumains, comme s'il était en proie à une torture indescriptible. Il se tordait sous les draps, et une large tache rouge commençait à apparaître sur les couvertures.

Elwood osa à peine le toucher, mais peu à peu les cris et les convulsions s'apaisèrent. A ce moment Dombrowski, Choynski, Desrochers, Mazurewicz et le locataire du dernier étage étaient massés sur le seuil, et le propriétaire avait envoyé sa femme retéléphoner au Dr Malkowski. Tout le monde hurla lorsque la forme d'un gros rat bondit soudain de sous les draps ensanglantés et fila à l'autre bout du plancher dans un trou voisin fraîchement ouvert. Quand le médecin arriva et entreprit de retirer ces effroyables couvertures, Walter Gilman était mort.

Il serait barbare de faire plus que suggérer ce qui avait tué Gilman. C'était pratiquement un tunnel qui traversait son corps – et son cœur avait été dévoré. Dombrowski, hors de lui devant l'échec de ses efforts incessants pour empoisonner les rats, renonça à toute idée de bail, et moins d'une semaine après il avait déménagé avec tous ses plus vieux locataires dans une maison miteuse mais moins ancienne de Walnut Street. Le plus dur pendant quelque temps fut de calmer Joe Mazurewicz ; car le monteur de métiers qui broyait du noir était incapable de rester sobre, et ne faisait que gémir et marmonner des histoires d'horreur et de fantômes.

Il semble que pendant cette dernière nuit atroce, Joe se soit penché pour regarder les traces de pattes sanglantes qui menaient du lit de Gilman au trou de rat voisin. Sur le tapis elles étaient très confuses, mais le plancher était à nu entre le bord du tapis et la plinthe. Là Mazurewicz avait découvert une chose monstrueuse – du moins il le croyait, car personne ne partageait tout à fait son avis malgré l'indéniable singularité des empreintes. Les traces sur le parquet étaient sans aucun doute extrêmement différentes des empreintes normales d'un rat, mais même Choynski et Desrochers refusèrent d'admettre qu'elles ressemblaient à celles de quatre minuscules mains humaines.

La maison ne fut plus jamais louée. Dès que Dombrowski l'eut quittée, la chape de l'irrémédiable abandon commença de s'étendre sur elle, car les gens l'évitaient à la fois pour son ancienne réputation et à cause de sa nouvelle puanteur. Peut-être la mort-aux-rats de l'ancien propriétaire avait-elle fini par agir, mais peu après son départ l'endroit devint une gêne pour le voisinage. Des fonctionnaires de la santé découvrirent que l'odeur venait des espaces clos au-dessus et à côté de la mansarde de l'est, et s'accordèrent à penser que le nombre de rats morts devait être considérable. Ils conclurent néanmoins qu'on perdrait son temps à ouvrir le toit pour désinfecter les recoins depuis longtemps condamnés ; car l'infection serait bientôt dissipée, et l'on n'était guère délicat dans le quartier. En fait il avait toujours couru de vagues rumeurs sur des puanteurs inexpliquées tout en haut de la Maison de la Sorcière aussitôt après la veille du Premier-Mai et de la Toussaint. Les voisins en ronchonnant acceptèrent le *statu quo* – mais l'odeur fétide n'en était pas moins un argument supplémentaire contre la maison. Finalement elle fut condamnée comme impropre à l'habitation par l'inspecteur des bâtiments.

Les rêves de Gilman et les incidents qui les accompagnèrent n'ont jamais été expliqués. Elwood, dont les réflexions sur toute l'affaire vous feraient parfois perdre la tête, revint à l'université l'automne suivant, et obtint son diplôme en juin. Il constata qu'on parlait beaucoup moins de spectres en ville, et en effet – malgré certaines rumeurs de ricanements fantomatiques dans la maison déserte, qui durèrent presque autant que le bâtiment lui-même – on ne conta plus à mi-voix aucune autre apparition de la vieille Keziah ni de Brown Jenkin après la mort de Gilman. C'est plutôt une chance qu'Elwood ne se soit pas trouvé à Arkham cette dernière année où certains faits réveillèrent brusquement les racontars locaux au sujet des horreurs passées. Bien sûr il en entendit parler un peu plus tard et souffrit d'indicibles tourments en de sombres et incertaines conjectures ; mais cela même était moins cruel que la présence concrète des choses et ce qu'il aurait pu voir.

En mars 1931, une tempête détruisit le toit et la grande cheminée de la Maison de la Sorcière, alors inoccupée, de sorte qu'un désordre de briques brisées, de bardeaux noircis et moussus, de planches et de poutres pourries s'effondra dans le grenier et en défonça le plancher. Tout l'étage au-dessous fut obstrué de débris, mais personne ne prit la peine de toucher à ce fatras jusqu'à l'inévitable démolition de la bâtisse délabrée. Cette dernière étape survint en décembre de la même année, et ce fut avec le déblaiement de l'ancienne chambre de Gilman par des ouvriers inquiets et réticents que les bavardages commencèrent.

Parmi les décombres qui avaient crevé l'ancien plafond oblique, plusieurs choses alertèrent les ouvriers, qui prévinrent la police. Par la suite la police à son tour prévint le coroner et plusieurs professeurs de l'université. Il y avait des os – sérieusement écrasés et brisés, mais manifestement humains – dont l'âge visiblement récent s'opposait de manière inexplicable à l'époque reculée où leur seule cachette possible, la soupente basse au plancher oblique, avait dû être fermée à toute présence humaine. Le médecin légiste déclara que certains appartenaient à un jeune enfant, alors que d'autres – mêlés à des lambeaux pourris d'étoffe brunâtre – étaient ceux d'une femme âgée, de petite taille et voûtée. Un tri minutieux des débris révéla aussi beaucoup de minuscules os de rats pris dans l'effondrement, ainsi que d'autres plus anciens rongés par de petits crocs d'une façon qui suscitait parfois bien des débats et des réflexions.

On découvrit d'autres objets, notamment les fragments confondus de beaucoup de livres et de papiers, mêlés à une poussière jaunâtre résultant de la désintégration de volumes encore plus vieux. Tous sans exception semblaient avoir trait à la magie noire sous ses formes les plus évoluées et les plus horribles ; la date assurément récente de certains documents reste toujours un mystère aussi insoluble que celui des derniers ossements humains. Plus énigmatique encore est la parfaite homogénéité de l'écriture archaïque, indéchiffrable, découverte sur une large gamme de papiers dont l'état et le filigrane indiquent des différences de datation de cent cinquante à deux cents ans. Aux yeux de certains, cependant, le plus mystérieux de tout est la diversité des objets totalement inexplicables – dont les formes, les matières, les styles de fabrication et les usages défiaient toute conjecture – et qu'on avait trouvés épars au milieu des débris, naturellement plus ou moins abîmés. L'un d'eux – qui intéressa vivement plusieurs professeurs de Miskatonic – est une horreur très endommagée, assez semblable à l'étrange figurine donnée par Gilman à l'université, mais plus grande, faite d'une singulière pierre bleuâtre au lieu de métal, et munie d'un socle aux angles insolites et aux hiéroglyphes incompréhensibles.

Archéologues et anthropologues essaient encore aujourd'hui d'expliquer les bizarres dessins ciselés sur une coupe écrasée en métal léger dont l'intérieur portait, quand on la trouva, de sinistres taches brunes. Les étrangers et les grands-mères crédules sont tous inépuisables au sujet du crucifix de nickel à la chaîne brisée mêlé aux débris, et dans lequel Joe Mazurewicz reconnut en tremblant celui qu'il avait donné au pauvre Gilman, des années plus tôt. Certains croient que ce crucifix a été traîné par les rats dans le grenier condamné, tandis que d'autres pensent qu'il a toujours été sur le plancher dans un coin de l'ancienne chambre de Gilman. D'autres encore, y compris Joe lui-même, ont des théories trop invraisemblables et extravagantes pour un jugement sensé.

Quand on abattit le mur oblique dans la chambre de Gilman, on s'aperçut que l'espace triangulaire autrefois fermé entre cette cloison et le mur nord de la maison contenait beaucoup moins de gravats, même proportionnellement à sa taille, que la chambre proprement dite ; mais on y trouva une épouvantable couche de matière plus ancienne qui paralysa d'horreur les démolisseurs. Bref, le sol était un véritable ossuaire fait de squelettes de petits enfants – certains assez récents, mais d'autres remontant par des degrés infinis jusqu'à une telle ancienneté qu'ils tombaient presque en poussière. Sur cette profonde strate osseuse reposait un couteau de grande taille, visiblement très ancien, et d'un dessin grotesque, exotique et surchargé – au-dessus duquel s'entassaient les débris.

Au milieu de cet amas, coincé entre une planche tombée et quelques briques cimentées provenant des ruines de la cheminée, un objet devait susciter à Arkham plus de trouble, de terreur dissimulée et de commentaires ouvertement superstitieux que tout ce qu'on avait découvert dans la maudite maison hantée. C'était le squelette à demi écrasé d'un énorme rat sans doute malade, dont les anomalies de forme sont toujours un objet de discussion et l'occasion aussi d'une singulière réserve parmi les membres de la section d'anatomie comparée de Miskatonic. On divulgua très peu de chose au sujet de ce squelette, mais les ouvriers qui l'avaient découvert parlaient à voix basse d'un air horrifié des longs poils brunâtres qui l'accompagnaient.

Les os des pattes minuscules, dit-on, dénotent des facultés de préhension plus caractéristiques d'un petit singe que d'un rat ; tandis que le crâne aux féroces crocs jaunes est absolument anormal, car vu sous certains angles il paraît la caricature monstrueuse d'un crâne humain en miniature. Les ouvriers se signèrent avec épouvante quand ils exhumèrent cette abomination, mais plus tard ils brûlèrent des cierges en témoignage de gratitude à l'église Saint-Stanislas, parce que ce gloussement suraigu de fantôme, ils étaient sûrs de ne plus l'entendre jamais.

CELUI QUI HANTAIT LES TÉNÈBRES

A Robert Bloch

J'ai vu le sombre univers béant
Où les noires planètes roulaient sans but,
Où elles tourbillonnaient, dans leur horreur inaperçues,
Sans connaissance, lustre ou nom.

Némésis

Les enquêteurs circonspects hésiteront à contester l'opinion courante qui veut que Robert Blake ait été tué par la foudre ou par un choc nerveux dû à une décharge électrique. En vérité, la fenêtre devant laquelle il se trouvait était intacte, mais la nature est coutumière de ces caprices. L'expression de son visage a pu être causée par des contractions musculaires sans aucun rapport avec ce qu'il a vu. Les notes de son journal sont nettement le fruit d'une imagination débridée mise en branle par des superstitions locales et certaines découvertes faites par le défunt. Quant à l'état bizarre de l'église abandonnée de Federal Hill, il est aisé de l'attribuer à une certaine charlatanerie de Blake, consciente ou inconsciente.

Car, après tout, c'était un écrivain et un peintre qui se consacrait au domaine du mythe, du rêve, de la terreur, toujours en quête d'effets étranges ou fantomatiques. Son premier séjour à Providence, au cours duquel il avait rendu visite à un vieillard aussi féru d'occultisme que lui-même, avait pris fin dans l'incendie et la mort ; d'autre part, c'est sans doute sous l'effet d'une impulsion morbide qu'il abandonna sa maison du Milwaukee pour revenir dans notre ville. Il avait dû entendre parler des vieilles légendes (contrairement à ce qu'il rapporte dans son journal), et sa mort a peut-être détruit dans sa fleur une formidable mystification, prélude à un grand succès littéraire.

Néanmoins, plusieurs de ceux qui ont étudié cette affaire avec attention s'attachent à une théorie moins banale et moins rationnelle. Ils se montrent enclins à ajouter foi au journal de Blake, et soulignent l'importance significative des faits suivants : l'authenticité indiscutable du registre trouvé dans la vieille église ; l'existence prouvée de la secte impie appelée *Sagesse des Etoiles*, avant l'année 1930 ; la disparition d'un journaliste trop curieux, Edwin M. Lillibridge, en 1893 ; et, par-dessus tout, l'expression de terreur monstrueuse sur le visage du jeune écrivain mort. L'un des tenants de cette seconde théorie a jeté dans la baie la pierre aux angles bizarres contenue dans une boîte en métal ciselé trouvée dans le vieux clocher sans fenêtre (et non dans la tour où Blake déclare l'avoir découverte). Malgré les blâmes dont il fut l'objet, cet homme, médecin réputé, grand amateur de vieux folklore, affirme avoir débarrassé le globe terrestre d'un objet trop dangereux pour qu'on l'y laissât subsister.

Nous laissons au lecteur le soin de choisir lui-même entre ces deux opinions. Quant à nous, après avoir étudié le journal de Blake de façon objective, nous allons donner ici un résumé des événements en nous plaçant au point de vue de leur acteur principal.

Le jeune écrivain revint à Providence pendant l'hiver 1934-1935. Il s'installa au dernier étage d'une vénérable demeure, sur le faîte de la haute colline proche de Brown University, derrière la bibliothèque John Hay. C'était un logis confortable et pittoresque, de style géorgien, au milieu d'un petit jardin rustique où de gros chats se chauffaient au soleil. Le bureau de Blake, vaste pièce exposée au sud-ouest, dominait le jardin, tandis que les fenêtres du côté ouest (devant l'une desquelles se trouvait sa table de travail) offraient une vue magnifique de la ville basse. A l'horizon s'étendaient les pentes violettes des collines lointaines servant de toile de fond à Federal Hill, à deux miles de distance, où s'entassaient toits et clochers dont les contours prenaient des formes fantastiques au milieu des fumées montant de la ville.

Après avoir fait venir la plupart de ses livres, Blake acheta quelques vieux meubles en harmonie avec la maison ; puis, il se mit à peindre et à écrire, vaquant lui-même aux soins du ménage. Son atelier se trouvait dans une chambre mansardée exposée au nord. Au cours de ce premier hiver, il rédigea cinq de ses meilleures nouvelles : *Celui qui fouissait la Terre, L'Escalier de la crypte, Shaggaï, La Vallée de Pnath, Le Convive venu des étoiles.* Il peignit également plusieurs tableaux : études de monstres innommables et paysages surnaturels.

Au crépuscule, il restait souvent assis à sa table de travail pour contempler rêveusement le spectacle offert à sa vue : les tours sombres de Memorial Hall, le beffroi du palais de justice, la hauteur spectrale de Federal Hill qui stimulait si fort son imagination. Ses voisins lui avaient appris que c'était un quartier italien ; et, de temps à autre, il braquait ses jumelles de campagne sur cet univers lointain en se demandant quels mystères il pouvait bien renfermer. Il avait l'impression de regarder un monde fabuleux, très différent du nôtre, semblable à ceux de ses nouvelles et de ses tableaux.

Une énorme église aux murs sombres exerçait sur lui une attraction particulière. Elle se détachait très nettement à certaines heures de la journée, et, au crépuscule, le grand clocher pointu dressait sa masse noire sur le ciel flamboyant. Elle devait être bâtie sur une élévation de terrain, car sa façade et son côté nord dominaient hardiment l'enchevêtrement des toits qui l'entouraient. D'un aspect très austère, elle semblait être construite en pierre. Elle appartenait au style néogothique et devait dater de 1810 ou 1815.

A mesure que les mois s'écoulaient, Blake contemplait avec un intérêt toujours croissant cette construction rébarbative. Les fenêtres n'étant jamais éclairées, il en avait conclu que l'église devait être désaffectée. Plus il la regardait, plus son imagination s'échauffait et lui inspirait des conceptions bizarres. Il en vint à croire qu'une aura de désolation planait sur ce lieu, si bien que même les pigeons et les hirondelles évitaient son toit enfumé. Il consigna dans son journal que de grands vols d'oiseaux entouraient tous les autres clochers de la ville, à l'exception de celui-là.

Au printemps, Blake fut en proie à une agitation profonde. Il avait commencé un roman basé sur une prétendue survivance du culte des sorcières dans le Maine, mais il était incapable d'en continuer la rédaction. Il s'absorbait de plus en plus dans la contemplation du farouche clocher dont s'écartaient les oiseaux, et restait aveugle à la beauté des feuilles délicates nouvellement écloses sur les arbres du jardin. C'est alors que lui vint pour la première fois l'idée de traverser la ville pour gravir la pente fabuleuse menant à ce monde de rêve.

A la fin avril, peu de temps avant la date de la nuit de Walpurgis, Blake se mit en route vers l'inconnu. Après avoir parcouru les rues et les places de la ville basse, il arriva enfin à l'avenue montante, bordée de perrons de pierre usés, de porches doriques affaissés et de coupoles de verre encrassées, qui devait le conduire au terme de son expédition. Bientôt, il remarqua les visages basanés des passants, et les enseignes en langue étrangère au-dessus des boutiques. Il ne put trouver nulle part les objets qu'il avait discernés de loin grâce à ses jumelles, et il en vint à se demander, une fois de plus, si Federal Hill n'appartenait pas au domaine des rêves.

De temps en temps apparaissait la façade lépreuse d'une église ou un clocher croulant, mais il ne voyait jamais la noire bâtisse qu'il cherchait. Il demanda à un commerçant où se trouvait une grande église de pierre : l'homme répondit en souriant qu'il n'en avait jamais entendu parler. A mesure que Blake montait, le labyrinthe des ruelles devenait de plus en plus étrange. Il traversa deux ou trois larges avenues, puis interrogea un second boutiquier. Cette fois, il aurait pu jurer que son interlocuteur feignait l'ignorance : il vit passer une expression de terreur sur le visage basané de l'homme qui fit un curieux signe de la main droite.

Soudain, un clocher noir se détacha sur le ciel nuageux, à sa gauche. Blake comprit qu'il touchait au but, et se plongea dans le labyrinthe de ruelles sordides partant de l'avenue. Il s'égara à deux reprises, mais, sans savoir pourquoi, il n'osa pas demander son chemin aux hommes et aux femmes assis sur le pas de leur porte ni aux enfants qui jouaient dans la boue.

Enfin, il vit le clocher très nettement en direction sud-ouest, dominant une énorme masse noire au bout d'une venelle. Bientôt, il se trouva sur une vaste place balayée par le vent, curieusement pavée. A son extrémité, un mur assez élevé soutenait une plate-forme artificielle entourée d'une grille, sur laquelle se dressait, à six pieds au-dessus des rues environnantes, la sinistre église désaffectée, dans un état de délabrement extrême.

Certains contreforts s'étaient écroulés sur le sol, et plusieurs fleurons de pinacles gisaient dans l'herbe au pied des murs. La plupart des meneaux des fenêtres gothiques manquaient, et Blake se demanda comment les vitraux avaient pu subsister, étant donné les mœurs destructrices de tous les petits garçons du monde entier. Les portes massives étaient intactes et hermétiquement closes. Au faîte du mur de soutènement, la grille de fer rouillée qui entourait l'édifice était pourvue d'une porte fermée au cadenas, à laquelle on accédait par un perron de pierre. Sur tout l'ensemble régnait une atmosphère d'abandon et de décrépitude vraiment sinistre.

Il y avait peu de gens sur la place, mais Blake aperçut un agent de police à son extrémité est, et alla lui demander quelques renseignements au sujet de l'église. Il lui parut bizarre que ce grand Irlandais plein de santé esquissât le signe de la croix en murmurant qu'on n'en parlait jamais. Blake ayant insisté, l'homme lui dit brièvement que les prêtres italiens mettaient en garde tout le monde contre ce temple marqué par les puissances du mal.

Plusieurs années auparavant, l'église avait appartenu à une secte maléfique qui faisait surgir des créatures abominables hors du gouffre de la nuit. Il avait fallu un bon prêtre pour exorciser ces démons, mais certaines personnes prétendaient que la lumière suffisait à les chasser. Si le père O'Malley avait encore été de ce monde, il aurait pu raconter maintes histoires... A présent, il n'y avait plus rien à faire : si on ne s'occupait pas de l'église, elle ne faisait de mal à personne. Ses anciens propriétaires étaient morts ou en fuite ; ils avaient décampé en 1877, quand les autorités avaient commencé à s'inquiéter de la disparition de plusieurs habitants du quartier. Un jour ou l'autre, la municipalité prendrait possession de l'église, faute de trouver des héritiers. Mais mieux vaudrait ne pas y toucher et la laisser tomber en ruine, pour éviter de réveiller certaines créatures qui reposaient dans le noir abîme de la nuit.

Quand l'agent de police se fut éloigné, Blake resta à contempler l'énorme bâtisse. Il trouvait très exaltant qu'elle pût paraître sinistre à d'autres qu'à lui-même, et il se demanda si les propos de l'agent de police renfermaient des éléments de vérité. Il s'était sans doute contenté de répéter de vieilles légendes dépourvues de tout fondement, mais celles-ci ressemblaient de façon étrange à l'une des nouvelles de Blake.

Le soleil surgit des nuages, mais il semblait incapable d'éclairer la masse noire du temple. Il était bien étrange que les plantes et les herbes qui poussaient autour de l'église fussent restées jaunes et flétries malgré la venue du printemps... Blake se surprit en train d'examiner le mur de soutènement et la grille rouillée pour y trouver une voie d'accès, car il ne pouvait résister à la terrible force d'attraction de ce temple funeste. Il finit par découvrir qu'il manquait quelques barreaux sur le côté nord de la clôture. Il gravit aussitôt les marches du perron et longea le faîte du mur jusqu'à la brèche.

Les gens l'aperçurent au moment où il se préparait à la franchir. Comme il se retournait pour regarder la place au-dessous de lui, il vit les rares passants s'éloigner en hâte en faisant le même signe de la main droite qu'avait fait le boutiquier de l'avenue. Plusieurs fenêtres se fermèrent avec bruit, et une grosse femme se précipita au-dehors pour ramener ses enfants à la maison. Blake n'eut aucun mal à franchir la brèche. Bientôt, il se trouva en train de se frayer un chemin à travers la végétation pourrissante du terre-plein désert. La masse de l'église proche lui parut oppressante, mais il surmonta son appréhension et alla examiner les trois grandes portes de la façade. Ayant constaté qu'elles étaient bien closes, il fit le tour de l'édifice cyclopéen pour chercher une autre ouverture.

Sur le derrière de l'abside, un soupirail béant lui offrit la voie d'accès désirée. Ayant regardé à l'intérieur, Blake vit un gouffre souterrain plein de poussière et de toiles d'araignées, faiblement éclairé par les rayons du soleil couchant. Il distingua avec difficulté des débris de toutes sortes : tonneaux pourris, caisses brisées, meubles démolis. Les restes rouillés d'une chaudière montraient que l'église avait été fréquentée au moins jusqu'au milieu du règne de la reine Victoria.

Presque sans en avoir conscience, Blake rampa à travers le soupirail et se laissa glisser sur le sol cimenté. Dans un coin lointain de la vaste cave, au milieu d'une ombre dense, il aperçut un passage voûté qui devait mener à l'étage supérieur. En proie à un vague sentiment d'angoisse, il explora le terrain autour de lui, et, après avoir trouvé un tonneau encore intact, il le roula jusqu'au soupirail en prévision de sa sortie. Puis, rassemblant son courage, il se dirigea vers le passage voûté. A demi étouffé par la poussière omniprésente, couvert de toiles d'araignées, il atteignit enfin les degrés de pierre usés, et commença à les gravir dans le noir. Après un tournant brusque, il sentit devant lui une porte close dont il trouva le loquet à tâtons. Elle donnait sur un couloir mal éclairé, bordé de boiseries mangées des vers.

Une fois au rez-de-chaussée, Blake commença à l'explorer rapidement. Aucune porte ne fermant à clé, il passa librement d'une pièce à l'autre. La nef colossale avait un aspect surnaturel, avec ses monceaux de poussière sur les bancs, l'autel et la chaire, ainsi que les gigantesques toiles d'araignées tendues entre les colonnes gothiques. Sur cette désolation muette régnait une lumière plombée, tandis que le soleil déclinant envoyait ses rayons à travers les grands vitraux de l'abside.

Ces derniers étaient tellement obscurcis par la suie, que Blake eut beaucoup de mal à comprendre ce qu'ils avaient représenté, mais ce qu'il put en discerner lui déplut beaucoup. Les rares saints peints sur le verre avaient une expression fort inquiétante, et l'une des fenêtres montrait seulement une étendue noire parsemée de spirales lumineuses. Ayant tourné les yeux vers l'autel, l'explorateur remarqua que la croix qui le surmontait était la *crux ansata* de la mystérieuse Egypte.

Dans la sacristie, il découvrit un bureau mangé des vers et plusieurs rayonnages montant jusqu'au plafond, surchargés de livres moisis dont les titres lui inspirèrent une horreur sans nom, car ces volumes renfermaient les secrets et les formules redoutables des temps fabuleux antérieurs à l'existence de l'homme. Blake lui-même en avait déjà lu plusieurs : une traduction latine du *Necronomicon*, le sinistre *Liber Ivonis*, l'infâme *Culte des Goules* du comte d'Erlette, l'*Unaussprechlichen Kulten* de von Juntz, et le *De Vermis Mysteriis* de Ludvig Prinn. En outre, il y en avait d'autres qu'il ne connaissait que de réputation (tels que les *Manuscrits pnakotiques* et le *Livre de Dzyan*), et un ouvrage rédigé en caractères indéchiffrables, mais contenant certains symboles et diagrammes parfaitement clairs pour un étudiant ès sciences occultes.

Dans le bureau croulant se trouvait un carnet, relié en cuir, renfermant des notes manuscrites en un curieux langage chiffré. Celui-ci se composait des symboles traditionnels de l'alchimie et de l'astrologie (dessins figurant le Soleil, la Lune, les planètes et les signes du zodiaque) groupés en paragraphes suggérant que chacun d'eux représentait une lettre de l'alphabet. Dans l'espoir de réussir à déchiffrer plus tard ce cryptogramme, Blake mit le carnet dans sa poche.

Ayant ainsi examiné le rez-de-chaussée, l'explorateur traversa la nef fantomatique en direction de la façade, car il avait aperçu dans un coin une porte et le bas d'un escalier conduisant probablement au faîte du clocher noir dont l'aspect lui était si familier. La montée fut pénible, car la poussière et les toiles d'araignées encombraient particulièrement cet espace resserré. Bien qu'il n'eût vu aucune corde en bas, Blake s'attendait à trouver des cloches au terme de son ascension ; mais il fut déçu dans son espoir en arrivant au haut de l'escalier.

La pièce où il venait d'entrer était éclairée par quatre fenêtres en ogive dont les vitres, abritées par des abat-vent, étaient en outre recouvertes de stores opaques tombant en lambeaux. Au centre se dressait un pilier de pierre aux angles bizarres, mesurant quatre pieds de haut et deux pieds de large, entièrement couvert d'hiéroglyphes que Blake ne put identifier. Sur ce pilier se trouvait une boîte de métal ouverte contenant un objet en forme d'œuf. Tout autour étaient rangées en cercle sept chaises gothiques à haut dossier, derrière lesquelles s'érigeaient, contre les murs, sept statues de plâtre peintes en noir, semblables aux mégalithes mystérieux de l'île de Pâques. Dans un coin de la pièce, une échelle menait à une trappe fermée donnant accès à la flèche.

Lorsque Blake se fut habitué à la faible lumière, il remarqua de curieux bas-reliefs sur la boîte de métal jaunâtre. Il s'en approcha et, après avoir ôté la poussière à l'aide de son mouchoir, il vit que les ciselures représentaient des entités monstrueuses ne ressemblant à aucune forme de vie qui eût jamais existé sur notre planète. L'objet qu'elle renfermait avait l'aspect d'un polyèdre presque noir, strié de rouge, présentant plusieurs petites surfaces plates irrégulières. Ce devait être un cristal vraiment remarquable, ou bien une pierre inconnue artificiellement taillée et polie. Il ne touchait pas le fond de la boîte, mais était suspendu au moyen d'une bande de métal autour de son centre, fixée aux angles des parois par sept supports horizontaux d'un dessin étrange. Cette pierre exerça sur Blake un pouvoir d'attraction presque inquiétant. Il ne pouvait parvenir à en détacher les yeux, et, tandis qu'il contemplait ses surfaces étincelantes, il lui sembla qu'elle devenait transparente et contenait des mondes merveilleux. Dans son esprit flottèrent les images de sphères inconnues où se dressaient d'immenses tours de pierre et des montagnes gigantesques, et où l'on ne voyait aucune trace de vie.

Quand il parvint enfin à détourner son regard, il aperçut un étrange monticule de poussière au bas de l'échelle conduisant à la flèche. Sous l'effet d'une impulsion inconsciente, il s'en approcha, discerna des contours qui lui parurent sinistres, et, après avoir enlevé la poussière à grands coups de mouchoir, découvrit un squelette humain. Les lambeaux d'étoffe qui subsistaient encore avaient fait partie d'un complet gris. Il y avait aussi d'autres indices : souliers, gros boutons de manchette, épingle de cravate d'un modèle suranné, un insigne de journaliste portant le nom du *Providence Telegram* et un portefeuille de cuir tout moisi. Blake examina ce dernier avec soin. Il y trouva plusieurs billets de banque anciens, un petit calendrier de 1893, quelques cartes de visite au nom d'Edwin M. Lillibridge, et une feuille de papier couverte de notes au crayon qu'il se mit à lire à la faible clarté du soleil déclinant :

Pr Enoch Bowen revient d'Egypte en mai 1844, achète la vieille église de la Libre Volonté en juillet, ses travaux d'archéologie et d'occultisme sont bien connus.

Le Dr Brown met ses fidèles en garde contre la Sagesse des Etoiles dans sermon du 29 décembre 1844.

97 fidèles à la fin de 1845.

1846. 3 disparitions, première mention du Trapézohèdre étincelant.

7 disparitions en 1848, premières rumeurs concernant le sacrifice du sang.

Enquête de 1853 ne révèle rien, histoires de bruits suspects.

Le père O'Malley parle de culte diabolique au moyen d'une boîte trouvée dans ruines égyptiennes, prétend qu'ils évoquent une créature qui ne peut se manifester que dans les ténèbres. Ce renseignement doit lui venir de la confession suprême de Francis X. Eemey qui est devenu membre de la Sagesse des Etoiles en 1849. Ces gens affirment que le Trapézohèdre étincelant leur montre le ciel et d'autres mondes, et que Celui qui Hante les Ténèbres leur communique certains secrets.

Histoire de Orrin B. Eggy, en 1857. Ils l'évoquent en contemplant le cristal, et ont un langage secret.

200 fidèles en 1863.

De jeunes Irlandais attaquent l'église en 1869, après la disparition de Patrick Regan.

6 disparitions en 1876, comité secret va trouver le maire Doyle.

Promesse de prendre des mesures en février 1877, église ferme en avril.

Jeunes gens de Federal Hill menacent le docteur... et les membres de l'assemblée paroissiale au mois de mai.

181 personnes quittent la ville avant la fin de 1877, on ne mentionne pas leur nom.

Histoires de fantômes commencent vers 1880, essayer de vérifier que nul être humain n'a pénétré dans l'église depuis 1877.

Demander à Lanigan photographie prise en 1851...

Après avoir remis la feuille de papier dans le portefeuille et glissé ce dernier dans la poche de son veston, Blake examina le squelette gisant dans la poussière. On ne pouvait douter que cet homme ne fût entré dans l'église abandonnée, quarante-deux ans plus tôt, en quête d'un reportage sensationnel. Peut-être n'avait-il informé personne de son projet, mais, de toute façon, il n'était jamais revenu à son journal. Sans doute avait-il succombé à un arrêt du cœur déterminé par une terreur violente... Blake se pencha au-dessus des ossements et remarqua leur état bizarre. Certains étaient *dissous* à leurs extrémités ; d'autres semblaient calcinés, ainsi que plusieurs lambeaux de vêtements. Le crâne, taché de jaune, portait un trou noirâtre sur le dessus, comme si un acide puissant avait rongé l'os.

Sans avoir eu le temps de s'en rendre compte, Blake se trouva en train de regarder à nouveau la pierre étincelante dont l'influence suscitait dans son esprit une série d'étranges images. Il vit des cortèges de silhouettes encapuchonnées, revêtues de longues robes, dont les contours n'étaient pas humains, et contempla un désert infini où s'alignaient des monolithes démesurés. Il vit des tours et des murailles dans les sombres abîmes de la mer, et de vertigineux espaces aériens où flottaient des lambeaux de brume noire sur un arrière-plan de vapeur violette tremblotante. Il vit enfin, à une distance prodigieuse, un immense gouffre de ténèbres où des formes solides et semi-solides ne se révélaient que par leurs mouvements, où des réseaux de forces invisibles semblaient faire régner l'ordre au sein du chaos.

Soudain, le sortilège fut rompu par un accès de terreur panique sans cause. Blake détourna les yeux de la pierre, car il avait conscience qu'une présence amorphe l'observait avec une extrême attention. Il se sentait la proie d'une chose indéfinissable, une chose qui n'était pas dans la pierre mais l'avait regardé à travers la pierre, une chose qui ne cesserait jamais de le suivre et dont il n'aurait jamais une connaissance visuelle. De toute évidence, ce lieu maléfique lui nouait les nerfs. En outre, la lumière du soleil devenait de plus en plus faible, et il lui faudrait bientôt partir car il n'avait pas de quoi s'éclairer.

A ce moment, il crut apercevoir une légère trace lumineuse dans la pierre aux angles étranges. Etait-elle donc phosphorescente ou radioactive ? Les notes du journaliste n'avaient-elles pas mentionné un *Trapézohèdre étincelant* ? Que s'était-il passé dans ce repaire d'une puissance maléfique ? Quelle entité funeste pouvait encore s'embusquer dans ce sombre édifice dont s'écartaient les oiseaux ? Il lui semblait à présent qu'une vague puanteur montait non loin de lui, bien qu'il ne pût en deviner l'origine. Blake referma brusquement le couvercle de la boîte...

Le cliquetis sec fut suivi d'un faible bruit paraissant provenir de la flèche. C'étaient des rats, sans doute : les seuls êtres vivants qui eussent révélé leur présence depuis son entrée dans l'édifice maudit. Néanmoins, ce bruit lui inspira une crainte épouvantable. Il se précipita dans l'escalier en colimaçon, traversa la nef fantomatique et la cave voûtée, pour gagner enfin, à travers le soupirail, la place déserte et les ruelles de Federal Hill en direction du paisible quartier de l'Université.

Au cours des jours suivants, Blake ne souffla mot de son expédition à personne. Par contre, il se plongea dans la lecture de certains livres, examina les collections de vieux journaux, et travailla fiévreusement à déchiffrer le cryptogramme qu'il avait découvert dans la sacristie. La besogne n'était pas facile. Après une longue période d'efforts, il fut convaincu qu'il ne pouvait être rédigé ni en anglais, ni en latin, ni en grec, ni en français, ni en espagnol, ni en italien, ni en allemand. Il allait être obligé de puiser aux sources les plus profondes de son étrange érudition.

Chaque soir, il éprouvait la même impulsion qui l'amenait à regarder vers l'ouest. Il voyait comme autrefois le clocher noir se dresser au-dessus des toits d'un univers fabuleux ; mais, à présent, l'édifice était empreint à ses yeux d'une horreur nouvelle. Les oiseaux du printemps revenaient en troupes nombreuses, et, chaque fois qu'un de leurs vols arrivait près de la flèche solitaire, il les voyait, lui semblait-il, tournoyer et se disperser sous l'effet d'une terreur panique.

Ce fut au mois de juin que Blake réussit à déchiffrer le cryptogramme. Le texte était rédigé dans le mystérieux langage Aklo utilisé par certains cultes maléfiques d'une haute antiquité. Dans son journal, l'écrivain se montre curieusement réticent au sujet des résultats obtenus. Il y mentionne Celui qui Hante les Ténèbres, que l'on évoque en contemplant le Trapézohèdre étincelant, et expose des hypothèses démentielles sur les gouffres noirs du chaos d'où il est issu. Cette entité possède l'omniscience et exige des sacrifices monstrueux. Blake semble craindre qu'elle ne soit en train d'errer aux alentours de la ville, mais il ajoute que la clarté des réverbères forme un rempart infranchissable.

Il parle très souvent du Trapézohèdre étincelant qu'il définit comme une fenêtre ouverte sur le temps et l'espace, et dont il retrace l'histoire jusqu'à l'époque où il fut façonné sur la sinistre planète Yuggoth, avant que les Anciens l'aient apporté sur la Terre. Il fut recueilli et placé dans sa curieuse boîte par les habitants crinoïdes de l'Antarctique, avant de passer entre les mains des hommes-serpents de Valusia. Des milliers de siècles plus tard, les premiers êtres humains le contemplèrent dans le pays de Lemuria. Ensuite, il traversa des contrées et des mers très étranges, et s'enfonça dans les flots avec l'Atlantide. Un pêcheur de Minos le recueillit dans ses filets, puis le vendit à des marchands de la mystérieuse ville de Khem. Le pharaon Nephrem-Ka fit bâtir autour de lui un temple sans fenêtres, et accomplit de tels actes que son nom fut effacé sur tous les monuments. Ensuite, la pierre funeste reposa dans les ruines de cet édifice maudit, détruit sur l'ordre du nouveau pharaon, jusqu'à ce qu'elle fût découverte au cours de fouilles archéologiques et recommençât à tourmenter l'humanité.

Au début de juillet, le journal de Blake mentionne certains articles de la presse locale qui semblent justifier ses appréhensions. Ces articles rapportaient qu'une nouvelle crainte régnait dans le quartier de Federal Hill depuis qu'un inconnu était entré dans l'église redoutable. Les Italiens murmuraient entre eux qu'on entendait des bruits étranges dans la flèche du clocher, et demandaient à leurs prêtres de chasser une entité qui hantait leurs rêves. Ils prétendaient qu'une créature monstrueuse guettait perpétuellement à une porte du temple abandonné afin de voir s'il faisait assez sombre pour s'aventurer au-dehors. Les reporters se contentaient de parler des superstitions locales, mais ils ne remontaient pas plus avant. En relatant ces faits dans son journal, Blake exprime un curieux remords, parle d'enfouir le Trapézohèdre étincelant et de chasser l'entité qu'il a suscitée sans le vouloir, en faisant entrer la lumière du jour dans la hideuse flèche. Il reconnaît partout qu'il éprouve, même dans ses rêves, le désir morbide de visiter à nouveau le clocher et de contempler les secrets cosmiques de la pierre brillante.

Le 17 juillet au matin, un article du *Journal* concernant l'agitation du quartier de Federal Hill plongea Blake dans une horreur profonde. Au cours de la nuit précédente, un orage avait causé une panne d'électricité, et, pendant une heure, les Italiens avaient failli devenir fous de terreur. Ceux qui habitaient près de l'église juraient que la créature du clocher avait profité de l'absence de lumière dans les rues pour descendre dans la nef de l'église. Vers la fin de la panne, elle était remontée, et l'on avait entendu un fracas de verre brisé.

Quand le courant avait été rétabli, un tumulte formidable s'était produit dans le clocher, car même la faible clarté qui pénétrait par les fenêtres noircies semblait trop violente pour la monstrueuse entité. Celle-ci avait réintégré juste à temps son repaire ténébreux ; en effet, une trop longue exposition à la lumière l'aurait replongée dans l'abîme d'où l'avait fait sortir la visite de l'inconnu. Pendant toute l'heure de la panne, des foules en prière s'étaient assemblées autour de l'église, munies de bougies et de lampes allumées abritées sous des parapluies, pour protéger la cité contre ce cauchemar en dressant un rempart de lumière.

Mais cela n'était pas le pire. Le soir même, Blake, en lisant le *Bulletin*, apprit ce que les journalistes avaient découvert. Deux d'entre eux, défiant les Italiens fous de terreur, s'étaient introduits dans l'église par le soupirail. Ils constatèrent que la poussière de la nef avait été labourée d'une curieuse façon, et que le sol était jonché de débris de coussins et du rembourrage en satin des bancs. Partout régnait une mauvaise odeur ; par endroits, on voyait des taches jaunes qui ressemblaient à des traces de brûlures. Après avoir ouvert la porte du clocher, les explorateurs s'aperçurent que les marches de l'escalier avaient été sommairement balayées. A l'intérieur du clocher, ils firent la même constatation.

Ils décrivaient dans leur article le pilier de pierre heptagonal, les chaises gothiques renversées, les bizarres statues de plâtre, mais, chose étrange, ils ne parlaient ni de la boîte de métal ni du squelette. Blake fut particulièrement bouleversé par un dernier détail : toutes les fenêtres en ogive avaient été brisées, et deux d'entre elles étaient grossièrement obturées au moyen du rembourrage en satin des bancs et du crin des coussins qu'on avait insérés dans l'espace vide entre le cadre de pierre et l'abat-vent.

Des taches jaunâtres et des traces de brûlures se trouvaient également sur l'échelle menant à la flèche. Mais lorsqu'un des reporters eut monté les degrés, ouvert la trappe, et braqué sa lampe électrique dans la noire cavité étrangement malodorante, il ne vit rien que des débris informes autour de l'ouverture. Naturellement, les deux explorateurs conclurent à une supercherie : quelqu'un avait joué une mauvaise farce aux habitants de Federal Hill en exploitant leur terreur superstitieuse. L'histoire eut une suite amusante lorsque les autorités policières voulurent envoyer un inspecteur pour vérifier le compte rendu des journalistes. Trois hommes trouvèrent un moyen de se dérober : le quatrième, après avoir accepté sa mission à contrecœur, effectua une visite très brève et ne rapporta aucun renseignement nouveau.

A partir de cette date, le journal de Blake révèle une horreur et une appréhension toujours croissantes. L'artiste se reproche de ne pas agir, et se livre à des hypothèses extravagantes sur les conséquences d'une nouvelle panne. (On a pu vérifier que, à trois reprises, pendant des orages, il a téléphoné à la compagnie d'électricité pour la supplier de prendre toutes les mesures susceptibles d'empêcher une interruption de courant.) De temps à autre, il s'inquiète du fait que les reporters n'aient pas trouvé la boîte de métal et le squelette de Lillibridge.

Mais ses craintes les plus vives avaient trait aux relations qui semblaient exister entre son esprit et l'abominable créature embusquée dans le clocher. Il avait l'impression qu'elle pesait sans cesse sur sa volonté, et, au cours de cette période, ses visiteurs se rappellent qu'il restait assis distraitement devant son bureau, les yeux fixés sur la fenêtre ouest donnant sur Federal Hill. Les notes de son journal mentionnent de terribles rêves récurrents, et une pression de plus en plus forte sur sa volonté. Il rapporte qu'une nuit il s'est trouvé dehors, complètement vêtu, en marche vers l'ouest. A plusieurs reprises, il insiste sur le fait que l'entité embusquée dans le clocher sait fort bien où le trouver.

La première crise de dépression nerveuse de Blake eut lieu dans la semaine qui suivit le 30 juillet. Il garda la chambre et commanda sa nourriture par téléphone. Ses visiteurs ayant observé qu'il y avait des cordes minces à côté de son lit, il explique que, comme il souffrait de somnambulisme, il s'attachait les chevilles chaque soir pour s'empêcher de se lever.

Dans son journal, il relate la hideuse aventure qui lui a valu sa crise. Au cours de la nuit du 30 juillet, il s'était brusquement trouvé en train d'errer à tâtons dans les ténèbres presque compactes. Il pouvait à peine discerner de faibles rais de lumière bleuâtre, mais, par contre, il sentait une puanteur agressive et entendait des bruits furtifs au-dessus de sa tête. Chaque fois qu'il bougeait, il trébuchait contre quelque chose, et, aussitôt, il entendait en haut un son léger auquel se mêlait le frottement prudent d'un morceau de bois sur du bois.

A un moment donné, ses mains rencontrèrent un pilier de pierre ; un peu plus tard, il s'aperçut qu'il gravissait les degrés d'une échelle fixée dans le mur, et, quand il fut arrivé au sommet, au milieu d'une puanteur accrue, une rafale brûlante s'abattit sur lui. Devant ses yeux se déroula une série d'images kaléidoscopiques qui se dissolvaient de temps à autre en un abîme de ténèbres insondables où tourbillonnaient des soleils et des mondes encore plus noirs. Il songea aux antiques légendes de l'Ultime Chaos, au centre duquel trône le dieu aveugle et stupide : Azathoth, Maître de Toutes Choses, entouré d'une horde de danseurs informes, bercé par le chant monotone d'une flûte démoniaque.

Une brusque détonation venue du dehors l'arracha à l'horreur de cette situation : ce devait être l'un des nombreux feux d'artifice que les habitants de Federal Hill faisaient exploser tout l'été en l'honneur de leurs saints. Quoi qu'il en fût, il poussa un cri perçant, descendit l'échelle en toute hâte, et traversa en trébuchant la pièce enténébrée.

Il sut immédiatement où il se trouvait et dégringola comme un fou l'escalier en colimaçon, trébuchant et se cognant à tous les tournants. Ensuite, il parcourut une nef spectrale obstruée de toiles d'araignées, plongea dans une cave noire, émergea à l'air libre à travers un soupirail, puis, au terme d'une course éperdue le long de ruelles cauchemardesques, arriva à la porte de sa maison.

Le matin, en reprenant conscience, il se trouva étendu sur le parquet de son bureau, complètement vêtu. Il était couvert de poussière et de toiles d'araignées, et tout son corps lui faisait mal. Quand il se regarda dans un miroir, il vit que ses cheveux étaient fortement roussis. En outre, une étrange odeur s'attachait à ses vêtements. C'est alors que ses nerfs cédèrent. Au cours de la semaine suivante, il resta enfermé, enveloppé dans une robe de chambre, consacrant tout son temps à regarder par la fenêtre ouest et à écrire dans son journal.

Le grand orage éclata le 8 août, juste avant minuit. La

foudre frappa à plusieurs reprises dans tous les quartiers de la ville. La pluie tomba à torrents tandis que des roulements de tonnerre continus empêchaient des milliers de gens de dormir. Blake fut en proie à une terreur folle à l'idée d'une panne possible ; il essaya de téléphoner à la compagnie d'électricité vers une heure du matin, mais le service avait été interrompu temporairement pour des raisons de sécurité. Il nota tous ces détails dans son journal, et son écriture déformée, souvent illisible, révèle un désespoir frénétique.

Il devait rester dans l'obscurité pour voir par la fenêtre, et il semble qu'il ait passé la majeure partie de son temps assis à son bureau, regardant à travers le rideau de la pluie les lumières lointaines marquant l'emplacement de Federal Hill. Parfois, il traçait quelques mots, en aveugle, si bien que les quatre phrases suivantes se trouvent étalées sur deux pages :

Il ne faut pas que les lumières s'éteignent ; Elle sait où je suis ; Je dois la détruire ; Elle m'appelle, mais peut-être ne me veut-elle pas de mal.

Puis la panne tant redoutée se produisit dans la ville entière, exactement à 2 h 12, selon les registres de la station génératrice. Le journal de Blake porte cette seule indication :

Lumières éteintes... Dieu me vienne en aide !

Dans le quartier de Federal Hill, il y avait des guetteurs aussi anxieux que lui ; des groupes d'hommes arpentaient la place et les ruelles autour de l'église maudite, portant des bougies abritées sous des parapluies, des lampes électriques, des lanternes, des crucifix, des amulettes. Ils bénissaient tous les éclairs et faisaient d'étranges signes de crainte avec la main droite chaque fois que l'orage semblait s'apaiser. Une rafale ayant éteint les bougies, la place fut plongée dans les ténèbres. Quelqu'un alla réveiller le père Merluzzo, de l'église Spirito Santo. Il se hâta de gagner le lieu et de prononcer des exorcismes. Des bruits étranges se faisaient entendre dans le clocher.

On sait exactement ce qui se passa à 2 h 35, grâce aux

témoignages de plusieurs personnes : le prêtre lui-même, jeune homme intelligent et cultivé ; l'agent de police William J. Monham qui s'était arrêté au cours de sa ronde pour surveiller la foule ; enfin, les soixante-dix-huit Italiens massés au pied du mur de soutènement du côté de la façade est. Certes, on peut attribuer à cet incident des causes naturelles. Certaines réactions chimiques ont pu se produire dans cette vieille bâtisse déserte et mal aérée. Vapeurs méphitiques, combustion spontanée, pression de gaz engendrés par la décomposition : voilà quelques-unes des nombreuses explications possibles. Ce fut une chose assez simple, en vérité, et qui ne dura pas plus de trois minutes.

Cela commença par des bruits de plus en plus nets à l'intérieur du clocher, et des exhalaisons de plus en plus fétides provenant de l'église. Puis il y eut un fracas de bois brisé, et une lourde masse vint s'abattre sur le sol dans la cour de la façade est : les spectateurs purent voir, malgré le manque de lumière, que c'était un des abat-vent noircis par la fumée.

Aussitôt, une puanteur intolérable tomba des hauteurs, et toutes les personnes présentes se trouvèrent en proie à de violentes nausées. En même temps, l'air fut ébranlé par une vibration qui semblait due à d'immenses ailes, et une violente bourrasque arracha les chapeaux et les parapluies de la foule. Certaines gens crurent apercevoir dans le ciel d'encre une grande tache d'un noir plus intense, une espèce de nuage de fumée fonçant comme un météore en direction de l'est. Et ce fut tout.

Les spectateurs, à demi paralysés par l'épouvante, ne surent trop que faire ni s'ils devaient faire quelque chose. Ils continuèrent à monter la garde, et, quelques instants plus tard, ils récitèrent une prière lorsqu'un éclair attardé, suivi d'un coup de tonnerre retentissant, fendit la voûte du ciel. Une demi-heure plus tard, la pluie s'arrêta, le courant électrique fut rétabli, et chacun rentra chez soi.

Le lendemain matin, les journaux mentionnèrent que le dernier éclair et le dernier coup de tonnerre avaient été particulièrement violents dans la partie est de la ville où l'on avait également remarqué une insupportable puanteur. Dans le quartier de l'Université, certains virent un flamboiement de lumière anormal au faîte de la colline ; ils observèrent aussi un inexplicable déplacement d'air qui arracha les feuilles des arbres et détruisit les plantes dans les jardins. On conclut que la foudre avait dû tomber dans les parages, mais on ne trouva aucune trace de son point de chute. Un étudiant du collège Tau Omega crut voir une hideuse masse de fumée dans l'air au moment même où l'éclair se produisit, mais son observation n'a pas été vérifiée. Cependant, tout le monde fut d'accord sur les trois points suivants : rafale venue de l'est, puanteur intolérable avant l'éclair, odeur de brûlé après l'éclair.

On discuta longuement au sujet de ces détails, en raison de leur rapport probable avec la mort de Robert Blake. Des étudiants du collège Psi Delta, dont les fenêtres de derrière donnaient sur le bureau de l'écrivain, remarquèrent le visage blême à la fenêtre ouest, le 9 juillet au matin, et lui trouvèrent une expression bizarre. Quand ils virent le même visage dans la même position, le soir venu, ils commencèrent à s'inquiéter, allèrent sonner à l'appartement, puis, en désespoir de cause, firent enfoncer la porte par un agent de police.

Le cadavre rigide était assis à son bureau, et les visiteurs détournèrent la tête avec horreur en voyant les yeux vitreux et les traits convulsés qui exprimaient une atroce épouvante. Peu de temps après, le médecin de l'état civil procéda à un examen ; bien que la fenêtre fût intacte, il attribua la mort à un choc électrique ou à une tension nerveuse déterminée par un choc électrique. Il n'accorda aucune attention à la hideuse expression du visage, estimant qu'elle devait être le résultat normal du traumatisme.

Jusqu'au dernier moment, Blake avait écrit dans son journal ; sa main droite crispée étreignait encore son crayon lorsque les étudiants et l'agent de police pénétrèrent dans la pièce. Certains chercheurs ont tiré de ces notes presque illisibles des conclusions très différentes du verdict officiel. Néanmoins, il est peu vraisemblable que leurs spéculations trouvent créance auprès de la plupart des gens. En effet, il est facile d'expliquer les lambeaux de phrase que nous reproduisons ci-dessous par l'imagination excessive et le déséquilibre nerveux de Blake, auxquels il faut ajouter sa connaissance de l'ancien culte maléfique dont il avait découvert les traces.

Lumières toujours éteintes, au moins depuis cinq minutes. Tout dépend des éclairs. Plaise à Yaddith qu'ils continuent !... Malgré leur clarté, je sens une influence... La pluie, le tonnerre et le vent m'assourdissent... La créature s'empare de mon esprit...

Etranges troubles de ma mémoire. Je vois des choses que je n'ai jamais connues. D'autres mondes et d'autres galaxies... Ténèbres... Les éclairs me paraissent noirs, l'obscurité me paraît lumineuse.

Impossible que je voie vraiment la colline et l'église dans les ténèbres. Ce doit être une impression laissée par les éclairs sur ma rétine. Fasse le Ciel que les Italiens soient dehors avec leurs bougies si les éclairs viennent à s'arrêter !

De quoi ai-je peur ? N'est-ce pas un avatar de Nyarlathotep qui, dans la mystérieuse Khem, prit la forme d'un homme ? Je me rappelle Yuggoth, et aussi Shaggaï, et le vide ultime des planètes noires...

L'immense vol à travers le vide... ne peut traverser l'univers de lumière... recréé par les pensées prisonnières du Trapézohèdre étincelant...

Je me nomme Blake, Robert Harrison Blake, 620 East Knapp East, Milwaukee, Wisconsin... Je suis sur cette planète...

Azathoth, aie pitié de moi... Les éclairs ne brillent plus... horrible... je peux voir tout grâce à un sens monstrueux qui n'est pas le sens de la vue... la lumière est l'obscurité et l'obscurité est la lumière... ces gens sur Federal Hill... montent la garde... bougies et amulettes... leurs prêtres.

Sens de la distance aboli... ce qui est loin est près et ce qui est près est loin. Pas de lumière... pas de jumelles... et je vois cette flèche... ce clocher... cette fenêtre... Suis fou ou le deviens... La créature bouge dans le clocher... Je suis elle et elle est moi... Je veux sortir... il faut sortir et unir les forces... Elle sait où je suis...

Je suis Robert Blake, mais je vois le clocher dans les ténèbres. Il y a une odeur monstrueuse... Les planches de cette fenêtre craquent et cèdent... lê... ngaï... ygg...

Je la vois... elle vient par ici... tache gigantesque... ailes noires... Yog-Sothoth, sauve-moi !...

AIR FROID

Vous me demandez de vous expliquer pourquoi je crains l'air froid, pourquoi je tremble plus que les autres dès que j'entre dans une pièce froide, et parais malade, pris de nausées, lorsque la fraîcheur du soir s'insinue sous la chaleur d'un après-midi de fin d'automne. Il y en a qui disent que je réagis au froid comme d'autres à une mauvaise odeur ; je suis bien le dernier à les démentir. Ce que je vais faire maintenant, c'est vous rendre compte de l'incident le plus abominable qui me soit jamais arrivé et vous laisser le soin de juger, de dire s'il existe une explication satisfaisante à ces réactions qui vous étonnent.

C'est une erreur que d'imaginer l'abominable associé toujours indissolublement à l'obscurité, au silence et à la solitude. Moi, je l'ai rencontré dans la clarté d'un milieu d'après-midi, au sein d'une métropole trépidante, alors que je me trouvais soumis à la promiscuité que garantit une pension meublée de la catégorie la plus ordinaire, entouré de ma triste propriétaire et de deux hommes robustes. Au printemps de 1923, j'avais réussi à tirer quelques commandes à des périodiques, travaux aussi peu lucratifs que fastidieux, et me trouvais dans la ville de New York ; incapable évidemment de payer un loyer élevé, je m'étais mis à dériver de meublé en meublé, tous aussi détestables les uns que les autres, à la recherche de la chambre qui combinerait propreté acceptable, mobilier relativement décent et prix plus raisonnable. Je m'aperçus vite que je tombais irrémédiablement de Charybde en Scylla, mais finis néanmoins par trouver une maison située dans la 14e Rue Ouest, qui me déplut un peu moins que les précédentes.

C'était un immeuble de grès, à quatre étages, construit sans doute quelque temps avant 1850, meublé de cheminées de marbre et de boiseries dont la splendeur fatiguée attestait une ancienne opulence suivie d'un déclin rapidement précipité. Dans les chambres, grandes, hautes de plafond, décorées d'un papier impossible et de corniches de plâtre d'une complexité grotesque, dominaient une odeur de moisi et des relents de cuisine lointaine. Mais les planchers étaient frottés, les draps supportables, et l'eau chaude n'était que rarement froide ou coupée, si bien que j'en vins à considérer cet endroit comme une tanière assez propice à l'hibernation, en attendant de me retrouver capable de vivre. La propriétaire, dame traînant savate, une Espagnole presque barbue répondant au nom de Herrero, avait le bon goût de m'épargner ses bavardages ou ses considérations personnelles sur l'heure à laquelle j'éteignais l'électricité dans ma chambre, laquelle donnait sur le palier du troisième étage ; et mes colocataires étaient des gens aussi tranquilles et aussi discrets qu'on pouvait les rêver, des Espagnols pour la plupart, dont le niveau de vie était à peine supérieur au minimum vital. En définitive, seul le vacarme des voitures dans l'artère sur laquelle donnaient mes fenêtres se révéla un souci majeur.

J'habitais dans cet endroit depuis trois semaines à peu près quand eut lieu le premier incident bizarre. Un soir, il était à peu près huit heures, j'entendis comme une sorte de clapotis contre mon plafond. Dans ma chambre régnait brusquement l'odeur âcre de l'ammoniaque. Regardant autour de moi, je m'aperçus qu'un coin du mur était taché ; un liquide en dégouttait sur le plancher ; l'inondation provenait de l'endroit du plafond le plus proche de la rue. Soucieux de prendre le mal à sa racine, je me précipitai en bas pour avertir la propriétaire des ennuis qui m'arrivaient. Elle m'assura que les choses seraient vite remises en ordre.

« C'est le Dr Muñoz, expliqua-t-elle en escaladant l'escalier devant moi, il a renversé ses drogues. Il est trop malade pour pouvoir se soigner – il est de plus en plus malade – et il ne veut pas qu'on l'aide. Il est très bizarre dans sa maladie. Toute la journée il prend des bains avec des odeurs bizarres ; il ne faut pas qu'il s'agite ou qu'il ait chaud. Il fait tout son ménage tout seul – sa petite chambre est pleine de bouteilles et de machines, et il n'exerce pas la médecine. Mais il était célèbre autrefois – mon père avait entendu parler de lui à Barcelone – ; encore récemment il a arrangé le bras du plombier. Il ne sort jamais que sur le toit, et c'est mon fils Esteban qui lui apporte sa nourriture, son linge, ses médicaments et toutes ses drogues. Seigneur, tout cet ammoniaque qu'il prend pour avoir froid ! »

Mrs Herrero disparut en direction du quatrième étage ; quant à moi, je me retirai dans ma chambre. Quelques instants plus tard, l'ammoniaque cessa de couler, et, tandis que j'épongeais mon plancher et ouvrais la fenêtre pour évacuer l'odeur, j'entendis de nouveau, au-dessus de moi, les pas lourds de ma propriétaire. Aucun bruit ne venait jamais de chez ce Dr Muñoz, hormis des grondements qui faisaient penser à quelque mécanisme mû par un moteur à explosion. Il marchait toujours à pas feutrés. Un moment je me demandai quelle pouvait être sa maladie, et si son refus systématique d'entrer en contact avec l'air extérieur ne procédait pas tout simplement d'une manie sans grand fondement. Il y a, me dis-je gravement, quelque chose de terriblement poignant dans le sort d'une personne éminente qui a sombré.

Et j'aurais bien pu ne jamais faire la connaissance du Dr Muñoz sans la crise cardiaque qui me serra la poitrine un début d'après-midi alors que j'étais en train d'écrire dans ma chambre. Les médecins m'avaient averti du danger de ces attaques, et je savais qu'il n'y avait pas un moment à perdre. Me souvenant de ce que m'avait dit ma propriétaire des soins apportés par l'invalide au plombier, je me traînai jusqu'à l'étage supérieur et frappai faiblement à la porte qui correspondait à la mienne. Une voix curieuse, qui semblait venir de la droite, me répondit en bon anglais, me demandant mon nom et la raison de ma visite ; lorsque j'eus fourni les renseignements qu'on me demandait, la porte contiguë à celle où j'avais frappé s'ouvrit.

Un souffle d'air froid me gifla le visage ; quoique cette journée fût l'une des plus chaudes de la fin juin, je frissonnai en passant le seuil du grand appartement. La décoration était somptueuse autant que de bon goût ; elle me surprit, dans ce temple de la malpropreté et du désordre. Un lit escamotable remplissait son rôle diurne de divan, et des meubles d'acajou, des rideaux opulents, de vieux tableaux et une bibliothèque à vous en faire pâlir d'envie, tout évoquait plutôt le cabinet d'études d'un homme de qualité que la chambre à coucher d'une pauvre maison meublée. Je compris que la pièce située au-dessus de mon logement – la « petite chambre » avec les bouteilles et les machines dont avait parlé Mrs Herrero – était tout simplement le laboratoire du médecin ; et que ses quartiers d'habitation se trouvaient dans la pièce voisine, cossue avec ses confortables alcôves ; elle était flanquée d'une salle de bains, dont les placards recelaient et masquaient tous les ustensiles de la vie quotidienne. Le Dr Muñoz, c'était évident, était un homme cultivé, de goût et de bonne naissance.

Le petit homme qui se trouvait devant moi était admirablement proportionné ; ses vêtements, quoiqu'un peu guindés, étaient d'une coupe parfaite qui lui allait à merveille ; une tête très distinguée, une expression supérieure mais dépourvue de toute arrogance, un collier de barbe coupé court et gris fer ; un pince-nez à l'ancienne mode encadrait des yeux sombres et vivants et surmontait un nez aquilin qui donnait une sorte d'apparence mauresque à une physionomie typiquement ibéro-celte. Des cheveux épais, bien coiffés, attestant les visites régulières d'un coiffeur, séparés par une raie impeccable au-dessus d'un front puissant. Cet ensemble dégageait l'impression d'une intelligence rare et d'une nature bien supérieure à la moyenne.

Néanmoins, dès la première vision que j'eus du Dr Muñoz au sein de cette atmosphère glacée, j'éprouvai une répugnance que rien dans l'aspect de mon hôte ne pouvait justifier. Seuls les reflets livides de son teint et la froideur de sa main pouvaient donner un fondement physique à ce sentiment, et pourtant même ces données pouvaient très bien s'expliquer, si l'on consentait à se souvenir que cet homme était un malade. C'était peut-être aussi ce froid bizarre qui atténuait ma bonne impression. La température en effet était bien au-dessous de la normale pour une journée si chaude, et tout ce qui est anormal suscite l'aversion, la méfiance et la crainte.

Mais j'eus tôt fait d'oublier mes réticences pour admirer l'extrême habileté de cet étrange médecin, habileté dont je ne tardai pas à me rendre compte, et pourtant ses mains, tremblantes et glacées, semblaient parfaitement mortes. Il comprit immédiatement ce dont j'avais besoin, et m'administra ses soins avec la suprême dextérité d'un grand maître. Pendant tout ce temps, me réconfortant d'une voix délicatement modulée quoique sans timbre, il me disait qu'il était l'ennemi le plus acharné qui fût de la Mort, qu'il avait perdu sa fortune en même temps que ses amis à mener des expériences bizarres dont l'objet était d'anéantir la Grande Faucheuse. On sentait en lui le fanatique bien intentionné. Il monologua longtemps de la sorte, presque comme un vieillard radoteur, tout en m'auscultant et me donnant plusieurs médicaments qu'il alla chercher dans son petit laboratoire. De toute évidence, le voisinage d'une personne de son milieu lui paraissait un heureux dérivatif dans cet environnement douteux, et c'est cela sans doute qui faisait naître en lui le besoin d'évoquer le souvenir de ses années plus fortunées.

Sa voix, si elle était étrange, en tout cas était apaisante. Sa respiration me restait inaudible tandis qu'il m'adressait des phrases bien tournées, d'une exquise urbanité. Il essayait de détourner mon esprit de mes soucis personnels en me parlant de ses théories et de ses expériences. Et je me rappelle qu'il me consola avec tact de ma faiblesse cardiaque en me répétant que la volonté et la conscience sont plus puissantes que la vie organique elle-même, si bien qu'à une enveloppe physique précaire, mal développée, un traitement scientifique de ses qualités propres peut fournir une animation fondée sur le système nerveux malgré toutes les défectuosités fonctionnelles ou même les lacunes que présente l'arsenal normal des organes. Il se faisait fort, me dit-il presque en plaisantant, de m'apprendre un jour à vivre, ou tout au moins à posséder une sorte d'existence consciente, sans cœur. Pour lui, il souffrait d'un ensemble de maladies qui exigeaient un régime très complexe dont un froid permanent était l'un des éléments. Toute élévation notable de la température, si elle se prolongeait, pouvait lui être fatale. Il parvenait à maintenir dans son appartement une température égale – de douze degrés centigrades – grâce à un système de refroidissement par absorption à ammoniaque, et c'était le moteur à explosion de ses pompes que j'avais souvent entendu dans ma chambre, à l'étage inférieur.

Ma crise une fois calmée, avec une rapidité merveilleuse, je quittai cette pièce, glacé et frissonnant, disciple convaincu en même temps qu'admirateur sincère de ce reclus aux dons si étonnants. Telle fut la première des fréquentes visites que j'allais lui faire, mais équipé désormais de chandails et d'un pardessus ; je l'écoutais me parler de ses recherches secrètes, des résultats presque surnaturels qu'il avait obtenus, et je tremblais quelque peu en examinant les volumes antiques et mystérieux qui composaient sa bibliothèque. Je peux ajouter en passant que mon hôte me guérit presque complètement de ma maladie, et pour toujours, grâce à sa science intelligente. J'ai le sentiment, encore aujourd'hui, qu'il ne méprisait pas entièrement les incantations médiévales, étant donné que pour lui ces formules secrètes mettaient en éveil des stimuli psychologiques rares, capables presque certainement d'exercer des effets assez imprévus sur la substance d'un système nerveux ayant perdu la faculté d'envoyer les pulsations vitales dans les organes. Je fus très frappé de ce qu'il me dit du vieux Dr Torres, de Valence, avec qui il avait partagé ses premières expériences et qui avait réussi à le tirer, dix-huit ans plus tôt, d'une maladie extrêmement grave, qui était responsable de ses infirmités actuelles. Ce vénérable praticien, du reste, n'avait pas plus tôt sauvé son collègue que lui-même succombait au redoutable ennemi qu'il venait de combattre avec un tel succès chez son prochain. Peut-être la tension avait-elle été trop forte, car le Dr Muñoz me fit clairement comprendre – quoique à voix basse et sans me donner de détails – que la thérapeutique utilisée sortait nettement de l'ordinaire et comportait des procédés que n'auraient certainement pas accueillis avec le sourire les galiénistes respectables du monde traditionnel.

Mais en même temps que les semaines passaient, je remarquai avec peine que mon nouvel ami régressait physiquement, lentement mais irrémédiablement, comme l'avait bien vu du reste Mrs Herrero. Les nuances livides de son teint s'accentuaient, sa voix devenait toujours plus caverneuse et indistincte, ses mouvements musculaires étaient moins bien coordonnés, et son esprit et sa volonté témoignaient d'une résistance et d'un esprit d'initiative qui allaient sans cesse décroissant. Du reste, aucun des détails de ce lent et si triste processus de vieillissement ne semblait lui échapper à lui non plus, et peu à peu son expression, sa conversation même se chargèrent d'une amère ironie qui fit revivre en moi un sentiment rappelant la subite répulsion que j'avais éprouvée à son égard la première fois que je l'avais vu.

Il lui venait soudain de bizarres caprices ; il se découvrait un amour insolite pour les épices exotiques et l'encens égyptien, à tel point qu'au bout de peu de temps sa chambre évoquait le sépulcre souterrain de quelque pharaon dans la vallée des Rois. Cependant il lui fallait toujours plus d'air froid ; avec mon aide, il étendit le réseau de tubes à refroidissement dans sa chambre et modifia ses pompes de façon à augmenter le débit de ses appareils et à maintenir la température intérieure à zéro degré, et finalement à moins trois. Il faisait évidemment moins froid dans le laboratoire et dans la salle de bains, pour éviter que l'eau ne gelât et que les réactions chimiques ne fussent interrompues. Le locataire de la chambre voisine s'étant plaint de l'air glacé qui lui venait de la porte de communication, j'aidai mon ami à fixer contre le battant de cette porte une lourde tenture isolante. Une sorte d'horreur toujours plus grande, une expression morbide et lointaine semblaient s'être emparées de lui. Il parlait tout le temps de la mort, mais il avait un grand rire caverneux lorsqu'on évoquait devant lui, le plus délicatement possible, des choses telles que l'enterrement ou les dernières dispositions.

En fin de compte, il devenait un compagnon plus que déconcertant, macabre. Pourtant, reconnaissant comme je l'étais à celui qui m'avait guéri, je ne pouvais me résoudre à l'abandonner aux étrangers entre les mains desquels il serait tombé si j'avais manqué ; je veillais soigneusement à tous ses besoins, mettant sa chambre en ordre, emmitouflé dans une cape épaisse que j'avais achetée spécialement à cette intention. Comme je faisais la plus grande partie de ses achats, je ne pouvais m'empêcher d'avoir des sursauts d'étonnement en lisant les listes de produits chimiques qu'il me demandait d'aller chercher aux laboratoires des pharmaciens.

Il semblait régner dans son appartement une atmosphère de panique toujours plus forte et parfaitement inexplicable. La maison tout entière, comme je l'ai dit, dégageait une odeur de moisi, mais celle qui imprégnait sa chambre était pire, et cela malgré toutes les épices, l'encens et les âcres vapeurs chimiques de ces bains qu'il prenait maintenant presque constamment, et qu'il exigeait de prendre sans témoins. Je me rendais compte que cette odeur devait avoir un rapport avec sa maladie, et je frissonnais, seul avec moi-même, en me demandant ce qu'elle pouvait être. Mrs Herrero faisait le signe de croix chaque fois qu'elle le rencontrait. Elle me l'abandonna sans scrupules, interdisant même à son fils Esteban de continuer à faire des courses pour lui. Quand je lui proposai de consulter d'autres médecins, le malade eut une crise de rage à la limite de ses forces. De toute évidence, il devait éviter les efforts physiques et les émotions violentes, et pourtant, sa volonté et sa force vitale se sclérosant plutôt qu'elles ne s'évanouissaient, il refusait systématiquement de rester dans son lit. Puis la lassitude de cette première période fit place à un retour de son ancien esprit d'entreprise, et il parut tout prêt à braver plus audacieusement que jamais toutes les gémonies de la mort, peut-être parce qu'il sentait se poser chaque jour un peu plus sur son corps les griffes de cette éternelle ennemie. Il avait pratiquement abandonné toute habitude de manger, habitude qui du reste, chez lui, n'avait jamais été plus qu'un rite sommaire. Seule sa puissance mentale semblait l'empêcher de sombrer dans l'écroulement total.

Puis, il se mit à réaliser, des heures durant, de longs documents qu'il scellait soigneusement et me recommandait ensuite, avec mille détails, de transmettre après sa mort à un certain nombre de personnes dont il me donna les noms ; pour la plupart, c'étaient des lettrés des Indes occidentales, mais il y avait aussi dans sa liste un médecin français, célèbre autrefois, et que je croyais mort depuis longtemps, mais au sujet duquel avaient couru les bruits les plus fantastiques. En fait, je brûlai tous ces papiers sans les envoyer ni les ouvrir. L'aspect et la voix de mon ami devenant véritablement effrayants, sa présence insupportable, un jour de septembre, un homme qui était venu réparer la lampe de son bureau l'aperçut à l'improviste et tomba en crise d'épilepsie. Crise que mon ami, du reste, soigna d'une manière extraordinaire, me donnant ses instructions tandis que lui-même restait invisible. Ce malade, chose bizarre, avait connu toutes les terreurs de la Grande Guerre sans jamais avoir été victime d'une telle attaque.

Puis, vers le milieu d'octobre, l'horreur des horreurs tomba sur nous avec une brutalité stupéfiante. Une nuit, vers onze heures, la pompe de l'appareil à compression tomba en panne et, trois heures plus tard, le système de refroidissement avait cessé de fonctionner. Le Dr Muñoz m'appela à grands coups de talon dans mon plafond. Je m'acharnai fébrilement à réparer l'appareil tandis que mon hôte jurait d'une voix dont la sonorité morte et caquetante défiait toute description. Mes efforts d'amateur n'aboutirent à rien. J'allai chercher le mécanicien d'un garage voisin, ouvert la nuit, mais il me dit qu'on ne pourrait rien faire avant le matin, car il fallait remplacer un piston de la pompe. La rage et la terreur de l'ermite moribond prirent alors des proportions grotesques, mais qui me firent craindre de le voir perdre toutes les ressources physiques qui pouvaient lui rester. Un moment, dans une sorte de crise, il enfouit ses yeux derrière ses mains et se précipita dans la salle de bains. Il en ressortit, tâtonnant, la tête bandée : j'avais vu ses yeux pour la dernière fois.

Il faisait maintenant nettement moins froid dans l'appartement. Vers cinq heures, le docteur se retira dans la salle de bains non sans m'avoir auparavant ordonné de veiller à ce qu'on lui fournît, sans la moindre interruption, toute la glace que l'on pourrait se procurer dans des drugstores ou les cafés ouverts. Au retour de quelque voyage inutile, ou quand je déposais devant la porte de la salle de bains le résultat de ma quête, je pouvais entendre chaque fois comme un bruit de barbotement, et une voix, toujours plus épaisse, hurlait toujours le même ordre : « Encore plus ! Encore plus ! » Finalement le jour, qui promettait d'être chaud, se leva ; les boutiques s'ouvrirent l'une après l'autre. En désespoir de cause je demandai à Esteban soit d'aller chercher de la glace pendant que j'essaierais de trouver un piston, soit d'aller lui-même chercher le piston. Mais, obéissant aux instructions de sa mère, il refusa systématiquement de rien faire.

En fin de compte, j'engageai un clochard douteux, que je rencontrai au coin de la Huitième Avenue, pour veiller à ce que mon patient eût toute la glace qui lui était nécessaire ; il irait la chercher dans une petite boutique où je le présentai. Cela fait, je m'attaquai à la recherche du piston, en même temps qu'à celle d'hommes de l'art qui fussent capables de le monter. Tâche interminable ; à l'image de mon ermite, j'étais presque malade de rage, en voyant les heures s'écouler dans cette course affolée, dans ces séries de coups de téléphone inutiles ; je ne pris même pas le temps de manger ; ce fut une course éperdue, de boutique en boutique, ici et là, toujours plus loin, en métro, en taxi. Vers midi, néanmoins, je finis par trouver un magasin, au diable, qui possédait les pièces dont j'avais besoin, et vers une heure et demie, cet après-midi-là, je rentrai enfin dans la maison meublée avec tout l'équipement nécessaire, suivi de deux mécaniciens robustes et intelligents. J'avais fait tout ce que j'avais pu, et j'espérais qu'il n'était pas trop tard.

Mais une terreur noire et sourde avait pénétré avant moi dans l'immeuble. La maison était en proie à un tumulte innommable, et au-dessus du vacarme des voix terrorisées, j'entendis un homme qui priait à haute voix, et d'une voix de basse. Il y avait des choses redoutables dans l'air, on le sentait, et les locataires murmuraient de bouche à oreille, égrenant leurs chapelets que les poussait à réciter l'odeur provenant de la porte du docteur, toujours systématiquement fermée à clé. Le clochard que j'avais requis s'était enfui en criant, les yeux fous, aussitôt après avoir rapporté sa deuxième provision de glace. Peut-être était-ce le résultat d'une curiosité excessive. Il ne pouvait naturellement pas avoir fermé derrière lui la porte à clé ; maintenant, pourtant, elle était condamnée de l'intérieur. Aucun son ne nous venait plus de l'appartement, à l'exception d'une sorte de bruit de gouttes épaisses et lourdes qui tombaient pesamment, et sur la nature desquelles on n'osait pas s'interroger.

Après quelques secondes de discussion avec Mrs Herrero et les mécaniciens, malgré la crainte qui me rongeait jusqu'à la moelle des os, je pris la décision d'enfoncer la porte. Mais la propriétaire heureusement trouva le moyen de faire tomber la clé de l'extérieur, à l'aide d'un fil de fer. Auparavant nous avions ouvert toutes les portes de toutes les chambres de l'étage, et toutes les fenêtres de la maison. Nous protégeant le nez avec des mouchoirs, tremblants, nous pénétrâmes enfin dans cette pièce maudite, orientée au sud, où brillait le chaud soleil du début de l'après-midi.

Une sorte de traînée sombre et graisseuse passait sous la porte de la salle de bains entrouverte, allait jusqu'au vestibule et, de là, au bureau où s'était formée une mare à faire frémir. Quelque chose était griffonné au crayon, d'une écriture tremblante, sur un morceau de papier atrocement marbré, comme par les griffes elles-mêmes qui avaient tracé ces derniers mots dans l'urgence du désespoir. Et, de là, la piste menait au lit, où elle mourait d'une façon que je ne saurais dire.

Ce qui se trouvait, ou ce qui s'était trouvé sur ce lit, je ne peux même pas entreprendre de le décrire ; songer à cette idée me tue. Mais je le compris en m'emparant de ce papier gras, en le lisant, avant d'y mettre le feu. Je le devinai au sein de mon intime frayeur tandis que la propriétaire et les deux mécaniciens, pris de panique, s'enfuyaient de cet endroit maudit, pour aller balbutier d'incohérents récits au commissariat de police. Et les mots nauséeux de ce message me parurent presque impossibles à accepter par ce chaud soleil, et dans cette lumière dorée, tandis que l'on entendait le bruit des voitures et des camions et la clameur qui montait de la 14e Rue ; et pourtant, je dois avouer que ce que je lus à ce moment-là, je le crus. Est-ce que je le crois encore maintenant ? Franchement, je ne saurais le dire. Il y a des choses à propos desquelles il vaut mieux ne pas réfléchir, tout ce que je peux affirmer, c'est que je hais l'odeur de l'ammoniaque, et que je m'évanouis au moindre courant d'air froid.

« La fin, disait ce griffonnage atroce, la fin est là. Il n'y a plus de glace. L'homme a jeté un coup d'œil à l'intérieur, et il s'est sauvé. Il fait plus chaud à chaque minute, les tissus ne peuvent pas tenir. J'imagine que vous avez compris ce que je voulais dire à propos de la volonté et de la conservation du corps après que les organes ont cessé de fonctionner. C'était parfait en théorie, mais ne pouvait durer indéfiniment. Il y a eu une détérioration progressive que je n'avais pas prévue. Le Dr Torres l'avait compris, mais le choc l'a tué. Il ne pouvait supporter ce qu'il avait à faire ; il était contraint de m'enfermer dans un endroit aussi sombre qu'étrange, où il pût s'occuper de ma matière et me faire revenir à la vie. Mais les organes refusèrent de se remettre à travailler. Il fallait le réaliser à ma façon – par la voie que je préconisais : la préservation artificielle. *Car, comprenez-vous, je suis mort il y a aujourd'hui dix-huit ans.* »

L'INDICIBLE

Nous étions assis sur une pierre tombale abandonnée, vieille de trois siècles, par une fin d'après-midi d'automne, dans le vieux cimetière d'Arkham, et l'indicible occupait nos pensées. Les yeux fixés sur le saule géant de ce territoire réservé aux morts, dont les puissantes racines, puis le tronc, avaient presque englouti une dalle indéchiffrable, je m'étais permis une remarque bien personnelle sur les sucs fétides autant que subtils que l'inexorable réseau nourricier de l'arbre devait distiller de la terre séculaire de cet ossuaire ; mon ami s'était moqué de ce qu'il avait appelé des enfantillages et m'avait répondu que puisque aucun ensevelissement n'avait eu lieu en cet endroit depuis plus d'un siècle, la terre ne pouvait rien receler que de parfaitement normal. De plus, avait-il ajouté, ma préoccupation constante de ce que j'appelais les choses « innommables » et « indicibles » trahissait en moi un esprit fort puéril, non sans rapport avec ma réussite plus que relative dans le métier d'écrivain que je m'étais choisi. J'aimais trop terminer mes histoires sur des spectacles ou des bruits qui paralysaient les facultés de mes héros, et leur enlevaient toujours le courage, les moyens ou la force de raconter ce par quoi ils étaient passés. Nous ne connaissons les choses, avait-il dit, que par l'intermédiaire de nos cinq sens ou de nos intuitions religieuses et, par conséquent, il est impossible de parler sérieusement d'un objet ou d'un spectacle que ne peuvent expliquer clairement les définitions solides qu'offrent les faits aussi bien que les doctrines admises des théologies – de préférence du reste la théologie congrégationaliste, tout en acceptant les transformations, les adaptations imposées par la tradition ou par sir Arthur Conan Doyle.

J'avais souvent partagé de longues heures pâles avec cet ami, Joel Manton, en discussions interminables. Docteur de l'East High School, né à Boston, élevé dans cette ville, il en partageait l'indifférence caractéristique et satisfaite de toute la Nouvelle-Angleterre à l'égard des harmoniques les plus délicats du monde sensible. Selon lui, et c'était le point de vue qu'il défendait, seules nos expériences normales et objectives ont une signification esthétique, et le rôle de l'artiste est moins de susciter des émotions fortes à l'aide de l'action, de l'extase ou de la stupeur que d'entretenir un intérêt calme et permanent, un jugement sain chez le lecteur à l'aide de transcriptions exactes et détaillées de la vie quotidienne. Il s'élevait tout particulièrement contre mon souci du mystique et de l'inexpliqué. Car, quoique croyant bien plus que moi, à un certain point de vue, au surnaturel, il refusait de le tenir suffisamment ordinaire et fréquent pour avoir le droit d'intéresser le travail littéraire. Qu'un esprit pût trouver ses joies les plus hautes dans des échappées originales, aux antipodes de la routine de tous les jours, et dans des combinaisons aussi frappantes que neuves de ces images que l'habitude et la lassitude, à force de les faire repasser dans le sillon ébréché et usé de la normale, ont dépouillées de tout élément vivant, voilà qui était impensable pour cet esprit clair, pratique et éminemment logique. Pour lui, toute chose, tout sentiment avait des dimensions, des propriétés, des causes et des effets bien déterminés ; et quoiqu'il eût vaguement conscience du fait que l'esprit parfois nourrit des visions et des sensations d'une nature beaucoup moins géométrique, classifiable et utilisable, il se croyait justifié à tracer une frontière arbitraire, et à tenir pour quantité négligeable tout ce qui ne peut être vécu et pleinement compris par l'homme de la rue. De plus, il était pratiquement certain que rien ne pouvait être vraiment « indicible ». Cela ne lui paraissait pas sérieux.

Quoique parfaitement conscient de la futilité d'une discussion sur l'imaginaire ou la métaphysique en face du solide bon sens d'un citoyen normal de nos contrées, quelque chose dans ce décor et dans le moment fit naître en moi une humeur querelleuse plus marquée qu'à l'ordinaire. Ces dalles d'ardoise à moitié délitées, ces arbres patriarcaux, les toits en croupe de la vieille cité, autrefois familière aux sorcières, qui s'étendait autour de moi, tout cela se combina pour me pousser à entreprendre la défense de mon travail. Même, je ne tardai guère à lancer mes troupes en territoire ennemi. En vérité, la contre-attaque n'était pas bien difficile, car je savais que Joel Manton, en fait, se souvenait plus qu'à moitié de mille superstitions de vieilles femmes que toutes les personnes sophistiquées ont oubliées depuis longtemps. Croyance, par exemple, que des agonisants peuvent apparaître subitement de l'autre côté du monde, ou que des têtes d'autrefois peuvent laisser leur marque sur les vitres à travers lesquelles elles ont regardé pendant toute leur vie. Accorder foi à ces rumeurs dignes de la campagne, insistai-je, attestait sa foi en l'existence de substances fantomatiques sur la terre, différentes de leurs contreparties matérielles bien que liées à elles. Ce qui supposait le droit de croire en des phénomènes inexplicables par les concepts courants ; car si un homme mort peut transmettre son image tangible et visible de l'autre côté du monde, ou lui faire enjamber le cours des siècles, comment serait-il absurde d'imaginer que des demeures abandonnées peuvent être peuplées de choses bizarres mais sensibles ou que les vieux cimetières bruissent de l'intelligence terrible et désincarnée des générations disparues ? Et comme l'esprit, pour pouvoir provoquer toutes les manifestations qui lui sont attribuées, ne peut se plier aux lois qui régissent la matière, pourquoi serait-il grotesque d'imaginer des choses mortes douées d'une vie psychique et possédant des formes ou des absences de forme qui seraient pour les humains ordinaires foncièrement, terriblement innommables ? Le « bon sens », opposé à ces notions, déclarai-je à mon ami non sans quelque chaleur, n'est qu'une méprisable et pitoyable absence d'imagination et de souplesse mentale.

Le crépuscule maintenant avait étendu sur nous son manteau d'ombre, mais ni Joel ni moi n'éprouvions le besoin ou l'envie d'arrêter là cette discussion. Manton paraissait toujours aussi insensible à ce que je lui disais, et plus que disposé à me réfuter, animé comme il l'était par cette confiance en sa propre opinion, responsable, en grande partie, de sa réussite dans sa carrière d'enseignant. Et moi, de mon côté, j'étais trop certain de ce que j'avançais pour craindre la défaite. L'obscurité s'approfondissant, les lumières commencèrent à scintiller derrière quelques-unes des fenêtres au loin, mais nous ne bougions pas. Nous étions, soit dit en passant, fort bien assis sur notre tombe, et je savais que mon ami, prosaïque comme il l'était, ne s'inquiéterait pas de la profonde fissure ménagée dans l'antique assemblage de brique, pétri par les racines, qui se trouvait juste derrière nous, non plus que de la dense obscurité que valait à l'endroit la proximité d'une bâtisse du XVIIe siècle, branlante et déserte, dressée entre nous et la rue éclairée la plus proche. Donc, dans la nuit, près de cette fosse à demi ouverte, et de cette maison sans occupant, nous parlâmes de l'« indicible ». Et lorsque mon ami eut fini, en riant, de réfuter mes arguments, je lui dévoilai les preuves incroyables sur lesquelles j'avais bâti la nouvelle qui avait à ce point excité son hilarité.

Ce récit, je l'avais appelé « La Fenêtre d'en haut », et il avait paru dans le numéro de janvier 1922 de *Whispers*. En nombre d'endroits, et surtout dans le Sud et près de la côte Pacifique, on avait dû retirer des stands les exemplaires de cette publication, à la suite de plaintes pusillanimes, mais malheureusement nombreuses. En Nouvelle-Angleterre, on ne s'était pas laissé impressionner ; on s'était contenté de hausser les épaules devant ce qu'on avait appelé mes « extravagances ». Tout d'abord, avait-on dit, la chose était biologiquement impossible ; ce n'était qu'un de ces contes de vieilles femmes qu'on se chuchote dans les campagnes et que Cotton Mather avait été assez crédule pour inclure dans ses *Magnalia Christi Americana*, ouvrage grotesque d'ailleurs ; du reste, les preuves étayant ce récit étaient si faibles et si douteuses que même Mather n'avait pas osé désigner clairement la localité où était censée s'être passée cette histoire à donner le frisson. Quant à la suite que j'avais donnée à ce récit, elle était parfaitement invraisemblable ; elle trahissait tout simplement l'écrivaillon travaillé par une imagination surchauffée et hanté par la spéculation systématique. Mather avait seulement dit que cette chose était née, mais il fallait vraiment n'être qu'un méprisable amateur de sensationnel pour avoir songé à la faire grandir et regarder, la nuit, par les fenêtres des gens, et se cacher dans la mansarde d'une maison, en chair et en os, pour que finalement, des siècles plus tard, un être humain la distingue à une fenêtre, et soit par-dessus le marché incapable de décrire ce qui a fait soudain blanchir ses cheveux. Tout cela n'était que de la bouillie pour les chats, et mon ami Manton ne m'avait guère caché son avis. Mais je lui racontai ce que j'avais découvert dans un vieux journal intime tenu entre 1706 et 1723, retrouvé par moi dans des papiers de famille à moins d'un mile de l'endroit où nous étions assis en ce moment. Je lui dévoilai la réalité indiscutable des cicatrices qui marquaient la poitrine et le dos de mon ancêtre et que décrivait ce journal. Je lui parlai aussi des craintes qui s'étaient répandues à cette époque dans la région ; les générations se les étaient transmises et je lui parlai de la folie nullement mystique qui avait emporté le jeune homme qui, en 1793, avait pénétré dans une maison abandonnée pour y examiner les traces qu'il y soupçonnait.

Ç'avait été une affaire assez horrible – rien d'étonnant si l'« Age puritain » du Massachusetts fait encore frissonner les étudiants sensibles. On connaît tellement mal ce qui se cachait alors derrière ces apparences – et le peu qu'on en connaît, c'est une purulence hideuse, putride, révélée à la faveur des aperçus vampiriques qui en sont parfois offerts. La terreur, plus que devinée derrière l'empire des sorcières, jette un jour horrible sur ce qui peut germer dans le cerveau torturé de l'homme ; mais cela n'est encore qu'un détail insignifiant. Il n'y avait pas de beauté alors ; il n'y avait pas de liberté – ce qui nous reste de l'architecture et des objets de la vie quotidienne en ce siècle en témoigne, ainsi que les sermons venimeux de ses prêtres hargneux. Nous savons que ce qui se cachait à l'intérieur de cette camisole d'acier rouillé, c'était hideur aphasique, perversion sans fin, et diabolisme vrai. Là vraiment se situa l'apothéose historique de l'innommable.

Cotton Mather, dans son anathème, au démoniaque tome sixième de ses œuvres que personne ne doit lire la nuit tombée, n'a pas mâché ses mots. Aussi inflexible qu'un prophète juif, plus ferme dans son laconisme que nul n'a pu l'être depuis son temps, il dénonce la Bête qui avait donné naissance à ce qui était plus qu'une bête et moins qu'un homme – la chose à l'œil douteux – et l'être pitoyable, hurlant et ivre qu'on avait pendu parce que lui aussi possédait cet œil incertain. Cela, il le dit sans détour, mais sans laisser toutefois deviner ce qui s'est passé par la suite. Peut-être qu'il n'en savait rien, mais peut-être aussi que, le sachant, il n'a rien osé en dire. Et d'autres l'ont su qui n'ont rien osé en dire – rien ne donne la raison de ces murmures tenaces, de ce verrou fermant la porte de l'escalier menant à la mansarde de cette demeure, demeure d'un vieillard sans enfant, brisé, amer, celui qui avait dressé une dalle d'ardoise vierge près d'un tombeau ; et pourtant, ce que l'on devinait derrière ces faits et légendes assez vagues suffisait à refroidir le sang le plus profond.

Tout se trouvait dans ce journal antique que j'ai découvert ; tous les sous-entendus furtifs, tous les comptes rendus secrets de choses à l'œil souillé aperçues derrière des fenêtres par les nuits sombres, ou dans les champs déserts près des bois. Ce quelque chose qui s'empara de mon ancêtre dans une sombre allée au creux d'un val, qui lui laissa des traces de cornes sur la poitrine et de griffes sur le dos. Et lorsqu'on examina les empreintes laissées par la chose dans la poussière remuée, on y découvrit les marques mélangées de sabots fourchus et de pattes vaguement anthropoïdes. Un jour, un messager du service postal relata qu'il avait vu un vieil homme qui pourchassait en criant une chose effrayante, boiteuse et sans nom sur Meadow Hill, aux heures vagues qui précèdent l'aube, et nombreux furent ceux qui le crurent. Aucun doute, on raconta des choses bien bizarres, par cette nuit solitaire de 1710, sur ce vieil homme sans enfant et brisé, lorsqu'on l'enterra dans la crypte, derrière sa propre maison, en face de la dalle d'ardoise sans inscription. On ne déverrouilla jamais la porte allant à la mansarde et on abandonna toute la maison comme elle était, vide et redoutée. Et par la suite, chaque fois qu'on entendait des bruits venant de cette maison, on se parlait tout bas, on tremblait, avec l'espoir que le verrou de l'escalier tiendrait bon. Puis cet espoir lui-même mourut lorsque l'horreur se manifesta au presbytère ; et il n'y eut alors aucune âme vivante qui n'en portât la marque, vivante ou morte. Petit à petit, au fur et à mesure que les années s'écoulaient, la légende pourtant prit les allures d'un conte de fées – j'imagine que la chose, à supposer qu'elle eût été vivante, était morte. Le souvenir qui longtemps traîna derrière elle fut atroce, et d'autant plus atroce qu'il était plus secret.

Pendant le cours de mon récit, mon ami s'était enfoncé dans un silence de plus en plus profond, et je vis que ce que je venais de lui raconter avait fait impression sur lui. Il ne rit pas lorsque je me tus, mais d'une voix assez sérieuse au contraire me pria de lui donner d'autres détails sur le jeune homme qui était devenu fou en 1793, et dont j'avais fait le héros de ma nouvelle. Je lui expliquai pourquoi ce jeune homme était allé voir cette maison que l'on évitait ; j'ajoutai qu'il n'y avait rien d'étonnant à ce qu'il s'y fût intéressé, puisque aussi bien il croyait que les vitres gardent la mémoire des personnes qui ont longtemps regardé à travers. Ce jeune homme était allé examiner les fenêtres de cette horrible mansarde parce qu'on lui avait dit que quelqu'un avait vu des choses derrière ; et il en était revenu hurlant et fou.

Manton, pendant que je parlais, resta silencieux, comme réfléchissant, mais petit à petit son tour d'esprit analytique reprit le dessus. Il dit, pour le plaisir de discuter, qu'il devait y avoir eu réellement quelque créature inconnue, mais il me rappela qu'il n'y a aucune raison pour que les plus morbides perversions de la nature soient innommables ou indescriptibles aux yeux de la science. Je le félicitai autant de sa clarté d'esprit que de son entêtement, mais lui fournis alors quelques révélations supplémentaires que j'avais glanées en allant voir de vieilles personnes. Ces légendes fantomatiques et plus tardives, lui dis-je clairement, faisaient allusion à des apparitions monstrueuses, plus effarantes que tout être organique. Des apparitions de formes bestiales et gigantesques, par moments visibles et en d'autres seulement tangibles, flottant dans l'air par les nuits sans lune, hantant la vieille maison, la crypte qui se trouvait derrière elle, et les alentours de ce tombeau abrité maintenant par un jeune arbre qui avait poussé à côté de la dalle illisible. Que l'être qui se trouvait à l'origine de ces apparitions eût jamais éventré ou étouffé une personne humaine, comme l'affirmaient des traditions invérifiables, il était difficile de le dire ; quoi qu'il en fût, il avait laissé derrière lui une impression puissante et permanente. Il faisait encore trembler les plus âgés des autochtones ; mais les générations plus récentes l'avaient pratiquement oublié – peut-être du reste que le souvenir s'en effaçait à force de n'être plus évoqué. D'un autre côté cependant, dans la mesure où l'on voulait juger l'affaire d'un point de vue esthétique, les émanations psychiques des humains pouvant être grotesques et caricaturales, quelle représentation logique pouvait rendre compte d'une nébulosité aussi informe et aussi infâme que le spectre d'une horreur pernicieuse et inorganique, à soi seul un blasphème putride à l'égard de la nature ? Conçue à partir du cerveau mort d'un cauchemar hybride, est-ce qu'une horreur aérienne de ce genre ne pouvait pas constituer, dans toute sa réalité haïssable, l'exquis, l'atroce « innommable » ?

Il devait être fort tard. Une chauve-souris étonnamment silencieuse me frôla, et je crois qu'elle passa tout près de Manton, car, quoiqu'il fût noyé dans l'obscurité, je le sentis lever le bras. Puis il prit la parole.

« Mais est-ce que la maison où se trouve cette fenêtre et cette mansarde, dit-il, existe toujours, abandonnée ?

– Oui, lui répondis-je. Je l'ai vue.

– Et est-ce que vous y avez trouvé quelque chose – dans la mansarde ou ailleurs ?

– Des ossements, sous le toit. C'est peut-être ce que ce jeune homme avait découvert. Il était si sensible qu'il ne lui en fallait pas plus pour devenir fou. Si ces ossements provenaient tous du même être, ce devait être une folle monstruosité. Ç'aurait été un crime que de laisser ces débris au jour ; je suis revenu plus tard dans cette maison avec un sac et les ai enfouis dans la tombe qui se trouve derrière la maison. Elle présentait une fissure assez large que j'ai utilisée. Ne vous imaginez pas que j'aie agi comme un gamin. Si vous aviez vu ce crâne – il avait des cornes longues de dix centimètres, et en même temps une mâchoire assez proche de la vôtre ou de la mienne. »

J'avais réussi. Enfin, je sentais Manton, qui s'était rapproché de moi, frissonner pour de bon. Mais sa curiosité était plus aiguillonnée que jamais.

« Et les vitres des fenêtres ?

– Il n'y en avait plus une seule. Une des fenêtres avait perdu son cadre, aucune des autres n'avait conservé la moindre trace de vitre ; vous savez, ces petits carreaux comme on en faisait autrefois, ces croisillons, avaient déjà disparu en 1700. A mon avis, il y avait plus d'un siècle que ces vitres avaient été brisées. C'était peut-être l'œuvre de ce jeune homme dont je vous ai parlé. A condition qu'il soit monté jusque-là. La légende ne le dit pas. »

Manton réfléchissait.

« J'aimerais bien voir cette maison, Carter. Où se trouve-t-elle ? Vitres ou pas vitres, j'aimerais bien la visiter un petit peu. Et aussi la tombe où vous avez caché ces ossements, et aussi cet autre tombeau qui ne porte pas d'inscription. Tout cela doit être quelque peu terrifiant.

– Vous les avez vus avant que la nuit tombe. »

Mon récit avait été plus efficace que je n'avais cru, car à ces paroles, à cet effet assez innocent, mon ami sauta en l'air, s'écartant brusquement de moi, et poussa une sorte de cri hoquetant qui traduisait parfaitement son état d'esprit. Ce fut un cri bizarre, et d'autant plus bizarre qu'on y répondit. En même temps que l'écho s'en apaisait, j'entendis comme un craquement dans l'obscurité dense, et compris tout de suite que c'était une fenêtre à croisillons qui s'ouvrait dans la vieille maison qui nous abritait de son ombre. Comme toutes les autres embrasures étaient depuis longtemps sans battants, je sus aussitôt que c'était la fenêtre démoniaque de la mansarde, la fenêtre sinistre et sans vitres qui venait de grincer.

Puis tomba sur nous un courant d'air glacé mais violent et délétère, provenant de cette même direction inquiétante, qui fut suivi d'un hurlement perçant poussé juste à côté de moi toujours assis sur cette tombe abandonnée et pernicieuse, où dormaient un homme et un monstre en un seul être. Une seconde plus tard, j'étais chassé de mon siège macabre par la poussée affolante d'une entité invisible mais d'une taille qui devait être gigantesque et d'une nature impossible à préciser ; oui, je fus balayé comme une feuille et je me retrouvai étalé sur le ventre, sur le terreau travaillé par la circulation silencieuse des racines d'arbres, dans ce cimetière inhumain, tandis que de la tombe elle-même s'élevait un vacarme sourd de respirations étranglées et tourbillonnantes, à un point tel que mon imagination peupla aussitôt l'obscurité pourtant impénétrable de légions dantesques de damnés informes et impensables. Il y eut comme un maelström d'un vent desséchant, glacé, puis comme un fracas de briques et de maçonnerie qu'on ébranlait ; mais heureusement j'avais perdu conscience avant d'être en état de me rendre compte de la signification de ces bruits.

Manton, quoique plus petit que moi, possède plus de résistance physique ; tous deux nous rouvrîmes les yeux presque au même moment, bien que ses blessures fussent beaucoup plus graves que les miennes. Nos lits se touchaient, et quelques secondes après avoir repris connaissance, nous savions que nous étions au Saint Mary's Hospital. Des médecins faisaient un demi-cercle autour de nous, animés d'une curiosité intense, avides de réveiller notre mémoire et tout prêts à nous raconter ce qui nous était arrivé. C'est ainsi que nous entendîmes parler de ce fermier qui nous avait trouvés tous les deux dans un champ isolé, de l'autre côté de Meadow Hill, à un mile du vieux cimetière, à l'endroit où s'était élevé autrefois, paraît-il, un abattoir. Manton avait sur la poitrine deux blessures fort vilaines, avec des coupures et des griffures moins profondes dans le dos. Quoique moins gravement, j'étais néanmoins couvert de marques et de contusions dont la nature était inexplicable. On y trouvait même l'empreinte d'un sabot fourchu. De toute évidence, Manton en savait plus long que moi, mais il ne dit absolument rien aux médecins stupéfaits et passionnés, tant qu'on ne lui eut pas dit au juste ce que nous avions. Alors il déclara que nous avions été chargés par un taureau vicieux ; mais comment aurions-nous pu préciser où l'animal se trouvait ?

Quoi qu'il en soit, quand les médecins et les infirmières nous eurent quittés, je lui soufflai cette question d'une voix blanche :

« Mais, Seigneur, Manton, *qu'est-ce que c'était donc* ? Ces cicatrices – est-ce que c'était *ça* ? »

Et j'étais trop épuisé pour sauter de joie lorsqu'il me répondit à mi-voix, ce qui ne m'étonna pas tellement :

« Non, cela n'avait aucun rapport. C'était partout – une sorte de gélatine – de gelée – et qui pourtant avait des formes – mille formes si horribles... dépassant toute description. Il y avait des yeux – et une souillure... C'était la fosse, c'était le maelström, c'était l'abomination ultime. Carter, *c'était l'indicible* !... »

LE MONSTRE SUR LE SEUIL

1

Il est vrai que j'ai logé six balles dans la tête de mon meilleur ami, et pourtant j'espère montrer par le présent récit que je ne suis pas son meurtrier. D'abord on dira que je suis fou – plus fou que l'homme que j'ai tué dans sa cellule à la maison de santé d'Arkham. Plus tard, certains de mes lecteurs pèseront chaque déclaration, la rapprochant des faits connus, et se demanderont comment j'aurais pu juger autrement que je ne l'ai fait après avoir regardé en face la preuve de cette horreur : ce monstre sur le pas de la porte.

Jusqu'alors, moi aussi je n'ai vu que folie dans les histoires extravagantes qui m'ont poussé à agir. Aujourd'hui encore, je me demande si je n'ai pas été trompé – ou bien si je ne suis pas fou après tout. Je ne sais pas, mais d'autres ont d'étranges choses à raconter sur Edward et Asenath Derby, et même les policiers flegmatiques ne parviennent pas à expliquer cette dernière visite effroyable. Ils ont mollement essayé de fabriquer une hypothèse de plaisanterie sinistre ou de vengeance de domestiques renvoyés, tout en sachant au fond d'eux-mêmes que la vérité est infiniment plus terrible et plus incroyable.

J'affirme donc que je n'ai pas assassiné Edward Derby. Je dirai plutôt que je l'ai vengé, et que, ce faisant, j'ai purgé la terre d'un fléau qui aurait pu par la suite déchaîner sur le genre humain des épouvantes indicibles. Il y a de redoutables zones d'ombre au bord de nos chemins quotidiens, et parfois quelque âme damnée force la frontière. Quand cela arrive, celui qui le sait doit frapper avant de se soucier des conséquences.

J'ai connu Edward Pickman Derby toute sa vie. De huit ans mon cadet, il fut si précoce que nous eûmes beaucoup de choses en commun dès qu'il eut huit ans et moi seize.

C'était l'écolier le plus extraordinaire que j'aie jamais connu, et il écrivait à sept ans des vers d'un caractère sombre, fantastique, presque morbide qui stupéfiaient les professeurs autour de lui. Peut-être son éducation privée, sa vie recluse et choyée furent-elles pour quelque chose dans son précoce épanouissement. Enfant unique, il avait une fragilité organique dont s'alarmaient ses parents, qui l'adoraient et le retenaient d'autant plus étroitement près d'eux. On ne le laissait jamais sortir sans sa nurse et il avait rarement l'occasion de jouer librement avec d'autres enfants. Tout cela favorisa certainement chez le jeune garçon une vie intérieure singulière et secrète, où l'imagination lui ouvrait la seule route vers la liberté.

Quoi qu'il en soit, sa culture juvénile était prodigieuse et bizarre ; ses écrits nés sans effort me fascinaient malgré notre différence d'âge. J'avais à cette époque un penchant pour l'art d'inspiration plus ou moins grotesque, et je découvris chez ce jeune enfant une rare affinité d'esprit. Il y avait sans aucun doute, à l'arrière-plan de notre amour commun des ombres et des merveilles, l'antique cité, dégradée et subtilement redoutable, où nous vivions : Arkham, vouée aux sorcières, hantée de légendes, dont les toits à deux pentes, blottis et affaissés, et les balustrades effritées de l'époque géorgienne méditaient hors du temps au bord du Miskatonic au sombre murmure.

Le temps passa, je m'orientai vers l'architecture et renonçai à mon projet d'illustrer un recueil de poèmes démoniaques d'Edward, mais notre camaraderie n'en fut en rien affectée. L'étrange génie du jeune Derby s'épanouit remarquablement, et dans sa dix-huitième année son recueil de poèmes cauchemardesques fit vraiment sensation quand il parut sous le titre *Azathoth et autres horreurs*. Il entretenait une correspondance suivie avec le fameux poète baudelairien Justin Geoffrey, qui écrivit *Le Peuple du Monolithe*, et mourut en hurlant dans une maison de fous, en 1926, après sa visite d'un village hongrois de sinistre renommée.

En matière d'indépendance et de vie pratique, Derby avait en revanche un retard considérable du fait de son existence choyée. Sa santé s'était améliorée, mais ses habitudes de dépendance puérile étaient encouragées par des parents exagérément protecteurs, de sorte que jamais il ne voyageait seul, ne prenait de décisions personnelles ni n'assumait de responsabilités. Il apparut très tôt qu'il ne serait pas de taille à se battre en affaires ou sur le plan professionnel, mais la fortune familiale était assez solide pour que cela ne fût pas dramatique. Parvenu à l'âge d'homme, il gardait un air faussement enfantin. Blond aux yeux bleus, il avait le teint frais d'un enfant, et la moustache qu'il essayait de faire pousser ne se discernait qu'à peine. Sa voix était douce et claire, et son existence dorlotée et inactive lui donnait une rondeur juvénile plutôt que le ventre naissant d'une maturité précoce. Il était de bonne taille avec un beau visage qui en eût fait un grand séducteur si sa timidité ne l'avait retenu dans les études livresques et l'isolement.

Ses parents l'emmenaient chaque été à l'étranger, et il assimila très vite les aspects superficiels de la pensée et les formes d'expression européennes. Son talent, dans la ligne de Poe, tourna de plus en plus au style décadent, une autre sensibilité et d'autres aspirations artistiques commencèrent à s'éveiller en lui. Nous avions à cette époque de grandes discussions. J'avais fait mes études à Harvard, puis dans un bureau d'architecte à Boston, je m'étais marié et j'étais enfin revenu à Arkham pour y exercer ma profession, installé dans la demeure familiale de Saltonstall Street depuis que mon père vivait en Floride pour sa santé. Edward venait presque chaque soir, si bien qu'à mes yeux il faisait partie de la maison. Il avait une manière personnelle de sonner ou de frapper qui devint un véritable signal codé et, le dîner fini, je guettais les sons familiers : trois coups brefs, suivis de deux encore après une pause. Plus rarement j'allais chez lui et regardais avec envie les livres mystérieux de sa bibliothèque qui grandissait sans cesse.

Derby étudia à l'université de Miskatonic à Arkham, car ses parents ne lui auraient pas permis de vivre en pension loin d'eux. Il y entra à seize ans et termina ses études trois ans plus tard, s'étant spécialisé en littérature anglaise et française, mais obtenant les meilleures notes en tout sauf en mathématiques et en sciences. Il fréquenta fort peu les autres étudiants, non sans envier la société « hardie » ou « bohème » dont il singeait le langage superficiellement « spirituel » et l'absurde affectation d'ironie, tout en souhaitant avoir l'audace d'adopter la même conduite douteuse.

En revanche, il devint un fervent de la tradition magique occulte, qui faisait et fait encore la réputation de la bibliothèque de Miskatonic. Toujours occupé, apparemment, d'imaginaire et de bizarre, il approfondit alors les véritables énigmes et alphabets secrets légués par un passé fabuleux pour guider ou dérouter la postérité. Il lut entre autres le terrible *Livre d'Eibon*, le *Unaussprechlichen Kulten* de von Juntz et le *Necronomicon* interdit de l'Arabe fou Abdul Alhazred, sans toutefois le dire à ses parents. Il avait vingt ans quand naquit mon fils – mon unique enfant – et parut heureux que je donne son nom au nouveau venu : Edward Derby Upton.

A vingt-cinq ans, Edward Derby était prodigieusement cultivé et assez connu comme poète et « fantaisiste », bien que le manque de contacts et de responsabilités ait ralenti son essor littéraire et gâté ses œuvres d'un défaut d'originalité et d'un abus d'érudition. J'étais peut-être son ami le plus intime – trouvant en lui une mine inépuisable de spéculations passionnantes, tandis qu'il se fiait à mes conseils sur tous les sujets dont il ne voulait pas parler à ses parents. Il restait célibataire – plus par timidité, inertie et sujétion familiale que par inclination – et n'avait de rapports sociaux que très limités et de pure forme. Lorsque la guerre survint, son état de santé comme son caractère timoré le retinrent au logis. J'entrai à l'école d'officiers de Plattsburg, mais je n'eus pas l'occasion de partir outre-mer.

Ainsi les années passèrent. Edward avait trente-quatre ans quand sa mère mourut, et il resta prostré pendant des mois, frappé d'étranges troubles psychologiques. Son père l'emmena néanmoins en Europe, et il réussit à guérir sans garder de traces visibles. Il sembla par la suite en proie à une sorte de gaieté absurde, comme s'il avait en partie échappé à quelque esclavage insoupçonné, il se mit à fréquenter, malgré son âge, le groupe le plus « avancé » de l'université, et assista à des excès d'une extrême licence – il dut un jour, cédant à un chantage, payer une forte somme (qu'il m'emprunta) pour cacher à son père sa complicité dans une affaire louche. Certaines rumeurs très bizarres circulaient au sujet de la bande extravagante de Miskatonic. On parla même de magie noire et d'événements absolument incroyables.

2

Edward avait trente-huit ans quand il fit la connaissance d'Asenath Waite. Elle avait, je pense, dans les vingt-trois ans à l'époque, et suivait à Miskatonic un cours de métaphysique médiévale. La fille d'un de mes amis l'avait déjà rencontrée à la Hall School de Kingsport, préférant l'éviter à cause de sa réputation singulière. Elle était brune, plutôt petite et très belle malgré des yeux protubérants ; mais quelque chose dans son expression éloignait les personnes impressionnables. Néanmoins, c'étaient surtout ses origines et sa conversation qui poussaient la moyenne des gens à la fuir. C'était une Waite d'Innsmouth, et de sombres légendes s'accumulaient depuis des générations sur cette ville croulante, à moitié déserte, et ses habitants. On parle de marchés abominables conclus vers 1850, et d'un apport insolite « pas tout à fait humain » dans les vieilles familles de l'ancien port de pêche en déclin – des légendes comme seuls les Yankees d'autrefois savent en imaginer et en répéter avec toute leur épouvante.

Le cas d'Asenath s'aggravait du fait qu'elle était la fille d'Ephraïm Waite – enfant tardive d'une épouse inconnue qui ne se montrait que voilée. Ephraïm vivait dans une demeure délabrée de Washington Street et ceux qui l'avaient vue (les gens d'Arkham évitaient autant que possible d'aller à Innsmouth) affirmaient que les fenêtres du grenier étaient toujours condamnées et que des bruits étranges venaient parfois de l'intérieur à la tombée de la nuit. Le vieil homme passait pour avoir fait en son temps de prodigieuses études de magie, et pouvoir à son gré déchaîner ou calmer des tempêtes en mer. Je l'avais aperçu une ou deux fois dans ma jeunesse quand il venait à Arkham consulter des ouvrages interdits à la bibliothèque de l'université, et j'avais détesté son visage saturnien de rapace, avec son fouillis de barbe gris fer. Il était mort fou – dans des circonstances assez suspectes – juste avant que sa fille (dont il faisait par testament une pupille nominale du principal) n'entre à Hall School, mais elle avait été son élève, d'une avidité maladive, et lui ressemblait parfois diaboliquement.

L'ami dont la fille avait été la condisciple d'Asenath

Waite raconta beaucoup de choses singulières quand on apprit les relations qu'Edward avait avec elle. Asenath, au collège, se donnait pour une sorte de magicienne, et semblait en effet capable d'accomplir quelques prodiges tout à fait déconcertants. Elle prétendait pouvoir déclencher des orages, bien que son apparent succès fût généralement attribué à un don mystérieux de prémonition. Tous les animaux lui témoignaient une antipathie marquée, et elle faisait hurler n'importe quel chien par certains gestes de sa main droite. Elle affichait parfois un langage et des connaissances étonnants et très choquants chez une jeune fille, ou effrayait ses camarades par des œillades et des clins d'œil équivoques, paraissant tirer de sa présente situation une ironie savoureuse et obscène.

Plus exceptionnels pourtant étaient les exemples indiscutables de son influence sur les autres. Elle avait un pouvoir hypnotique extraordinaire. En regardant fixement une de ses compagnes, elle donnait souvent à celle-ci l'impression d'un *échange de personnalités* – comme si le sujet, momentanément placé dans le corps de la magicienne, pouvait voir à l'autre bout de la pièce son propre corps, dont les yeux saillants brûlaient d'une flamme étrange. Asenath faisait souvent des déclarations fracassantes sur la nature de la conscience et son indépendance à l'égard de la structure physique – ou du moins des processus vitaux de cette structure. Elle enrageait pourtant de n'être pas un homme car elle croyait qu'un cerveau mâle possédait certains pouvoirs cosmiques, rares et très étendus. Avec un cerveau d'homme, disait-elle, il lui serait possible non seulement d'égaler mais de surpasser son père dans la maîtrise de forces inconnues.

Edward rencontra Asenath à une réunion de l'*intelligentsia* dans une des chambres d'étudiants, et quand il vint me voir, le lendemain, il fut incapable de me parler d'autre chose. Il l'avait trouvée tout occupée des intérêts et du savoir qui le passionnaient lui-même et, qui plus est, sa beauté l'avait fasciné. Je n'avais jamais vu la jeune femme et ne me rappelais que vaguement les allusions fortuites à son sujet, mais je savais qui elle était. Il semblait assez regrettable que Derby en fût à ce point bouleversé ; mais je ne fis rien pour le décourager, car une opposition ne peut que nourrir cette sorte d'engouement. Il n'avait pas, dit il, parlé d'elle à son père.

Au cours des semaines suivantes, il ne fut guère question que d'Asenath dans les propos du jeune Derby. D'autres à présent remarquaient les amours automnales d'Edward, tout en convenant qu'il ne paraissait pas son âge et qu'il n'était en aucune façon mal assorti à sa bizarre idole. Malgré son indolence et son égocentrisme complaisant, il n'avait que peu d'embonpoint et son visage était exempt de rides. Asenath, en revanche, portait avant l'âge la patte-d'oie, qui trahit le constant exercice d'une intense volonté.

Vers cette époque, Edward m'amena la jeune fille, et je vis tout de suite que son intérêt pour elle n'était pas sans réciproque. Elle le regardait continuellement, presque comme une proie, et je compris que leur intimité serait indissoluble. J'eus peu après la visite du vieux Mr Derby, que j'avais toujours admiré et respecté. Ayant appris la nouvelle amitié de son fils, il avait arraché au « gamin » toute la vérité. Edward avait l'intention d'épouser Asenath, et il avait même cherché des maisons en banlieue. Sachant que j'avais toujours sur son fils une grande influence, le père se demandait si je pourrais l'aider à rompre un si fâcheux projet ; mais j'exprimai à contrecœur mes doutes. Le problème cette fois n'était pas la faiblesse d'Edward mais la puissante volonté de la femme. L'éternel enfant avait transféré sa dépendance de l'image parentale à une autre, nouvelle et plus forte, et l'on n'y pouvait rien.

Le mariage fut célébré un mois après par un juge de paix, selon le vœu de la future épouse. Sur mon conseil, Mr Derby n'y fit aucune objection et lui, ma femme, mon fils et moi assistâmes à la brève cérémonie, dont les autres invités étaient les jeunes fous du collège. Asenath avait acheté à la campagne, au bout de High Street, la vieille maison Crowninshield, et ils se proposaient de s'y installer après un court déplacement à Innsmouth, d'où l'on devait ramener trois domestiques, des livres et du mobilier. Si Asenath s'installait à Arkham au lieu de rentrer définitivement chez elle, c'était moins sans doute pour Edward et son père que par un désir personnel de se rapprocher du collège, de sa bibliothèque et de sa bande de « sophistiqués ».

Quand Edward vint me voir après la lune de miel, je le trouvai quelque peu changé. Asenath l'avait fait renoncer à son embryon de moustache, mais il y avait plus que cela.

Il semblait plus grave et plus pensif, sa moue habituelle d'enfant indocile avait fait place à un air de vraie tristesse ou presque. J'étais perplexe, ne sachant si ce changement me plaisait ou non. Certes, il paraissait maintenant plus normalement adulte qu'auparavant. Peut-être le mariage était-il une bonne chose – le changement de dépendance ne pouvait-il être un passage de véritable neutralité avant de mener enfin à une autonomie responsable ? Il vint seul, car Asenath était très occupée. Elle avait rapporté quantité de livres et de matériel d'Innsmouth (Derby frissonna en prononçant ce nom), et achevait la restauration de la maison et du domaine de Crowninshield.

La demeure où elle était née – dans cette ville – était plutôt inquiétante, mais il y avait vu certains objets qui lui avaient appris des choses surprenantes. Depuis qu'Asenath le conseillait, il progressait rapidement dans les sciences ésotériques. Elle proposait parfois des expériences très audacieuses et décisives – il ne se sentait pas le droit de les décrire – mais il avait confiance en ses pouvoirs et ses intentions. Les trois domestiques étaient très bizarres : un couple incroyablement âgé qui avait servi le vieil Ephraïm et, de temps à autre, parlait à mots couverts de lui et de la défunte mère d'Asenath, plus une jeune servante basanée aux traits manifestement anormaux, et qui dégageait une perpétuelle odeur de poisson.

3

Au cours des deux années suivantes, je vis de moins en moins Derby. Une quinzaine passait quelquefois sans que résonne à la porte le signal familier, trois coups puis deux, et quand il venait – ou si j'allais chez lui, ce qui devenait de plus en plus rare –, il évitait d'aborder les sujets brûlants. Il était devenu très réservé à propos des recherches occultes qu'il décrivait et discutait à fond d'habitude, et préférait ne pas parler de sa femme. Elle avait terriblement vieilli depuis leur mariage jusqu'à paraître, curieusement, la plus âgée des deux. Son visage exprimait une résolution farouche, et elle inspirait tout entière une vague et indéfinissable répulsion. Ma femme et mon fils le remarquèrent comme moi, et nous cessâmes peu à peu de la voir – ce dont elle fut grandement soulagée, Edward le reconnut dans un de ses moments de muflerie puérile. De temps à autre, les Derby faisaient de longs voyages, en Europe officiellement, bien qu'Edward fît allusion parfois à des destinations mystérieuses.

C'est au bout d'un an que les gens commencèrent à parler de changement chez Edward Derby. Des propos en l'air car ce changement était purement psychologique ; mais on relevait des détails intéressants. Ici et là, semblait-il, on observait chez lui des expressions ou des comportements incompatibles avec sa mollesse naturelle. Par exemple, alors qu'autrefois il ne savait pas conduire, on le voyait parfois maintenant rentrer ou sortir à toute allure par la vieille entrée de Crowninshield, au volant de la puissante Packard d'Asenath, conduisant de main de maître et affrontant les embouteillages avec une habileté et une décision tout à fait étrangères à ses habitudes. Dans ces cas-là il semblait toujours partir en voyage ou en revenir – quel voyage, nul ne le savait –, avec toutefois une prédilection particulière pour la route d'Innsmouth.

Curieusement, la métamorphose ne paraissait pas vraiment sympathique. On disait qu'il ressemblait alors trop à sa femme, ou au vieil Ephraïm Waite lui-même – ou peut-être ces moments donnaient-ils l'impression d'être anormaux parce qu'ils étaient rares. Parfois, quelques heures après être parti ainsi, il revenait nonchalamment étendu sur le siège arrière de la voiture tandis qu'un chauffeur ou un mécanicien manifestement payé pour cela conduisait à sa place. En outre, son attitude dans la rue – quand il faisait la tournée, de plus en plus réduite, de ses relations (y compris ses visites chez moi) – se caractérisait le plus souvent par son irrésolution d'autrefois dont la puérilité irresponsable était plus marquée encore que par le passé. Tandis que le visage d'Asenath vieillissait, celui d'Edward – en dehors de ces moments exceptionnels – se détendait en une sorte d'excessive immaturité, sauf quand y passait la trace fugitive d'une tristesse ou d'une compréhension nouvelles. C'était très déconcertant. Cependant, les Derby quittèrent presque complètement le cercle « avancé » du collège – non pas, disait-on, qu'ils en soient dégoûtés eux-mêmes, mais parce que quelque chose dans leurs études actuelles choquait jusqu'aux plus endurcis des autres décadents.

La troisième année de son mariage, Edward commença à me confier franchement son mécontentement et une certaine crainte. Il me donna à entendre que les choses « allaient trop loin », et tint des propos obscurs sur le besoin de « sauvegarder son identité ». Au début, je ne relevai pas ces allusions, mais, à la longue, je finis par l'interroger prudemment, car je me rappelai ce qu'avait dit la fille de mon ami à propos de l'influence hypnotique d'Asenath sur les autres filles de l'école – ces expériences où des étudiantes, se croyant dans son corps, se voyaient elles-mêmes à l'autre bout de la pièce. Il parut à la fois inquiet et reconnaissant de mes questions, et marmonna qu'il aurait un jour un entretien sérieux avec moi.

Vers cette époque, le vieux Mr Derby mourut, ce dont, par la suite, je ne pus que me réjouir. Edward fut très affecté mais pas du tout désorienté. Il voyait très peu son père depuis son mariage, car Asenath avait concentré sur elle tout ce qu'il pouvait éprouver d'attachement familial. On le jugea sans cœur après ce deuil – surtout depuis qu'il affectait de plus en plus de désinvolture et d'assurance en voiture. Il souhaita alors retourner dans la vieille demeure des Derby, mais Asenath tint à rester à la maison Crowninshield, où elle avait maintenant ses habitudes.

Peu de temps après, ma femme apprit une chose étrange d'une de ses amies – une des rares personnes qui n'avaient pas abandonné les Derby. Allant voir le couple, et parvenue au bout de High Street, elle avait vu une voiture surgir de l'allée, avec au volant un Edward étonnamment sûr de lui et presque sarcastique. Ayant sonné, elle apprit de la jeune servante repoussante qu'Asenath était absente elle aussi ; mais par hasard elle avait en partant jeté un coup d'œil sur la maison. Et à l'une des fenêtres de la bibliothèque d'Edward, elle avait aperçu un visage aussitôt dérobé – un visage dont l'expression de chagrin, de défaite et de regret désespéré était indiciblement poignante. C'était, chose incroyable étant donné son habituelle allure dominatrice, celui d'Asenath ; la visiteuse aurait pourtant juré qu'à cet instant c'étaient les yeux tristes, brouillés, du pauvre Edward qui l'habitaient.

Les visites d'Edward se firent désormais un peu plus

fréquentes et ses allusions, parfois, se précisèrent. Ce qu'il disait était incroyable, même dans cet Arkham séculaire et hanté de légendes ; mais il me jetait son ténébreux savoir avec tant de sincérité et de conviction que je craignis pour sa raison. Il évoquait de terribles assemblées dans des lieux solitaires, des ruines cyclopéennes au cœur des forêts du Maine, sous lesquelles de larges escaliers menaient aux abîmes de nocturnes secrets, d'angles complexes qui conduisaient à travers des murs invisibles en d'autres régions de l'espace et du temps, et de hideux échanges de personnalité qui permettaient l'exploration de lieux interdits et lointains, sur d'autres planètes, dans un continuum spatio-temporel différent.

Parfois, à l'appui de certaines assertions extravagantes, il me montrait des objets qui me stupéfiaient – de couleurs insaisissables et de structure déconcertante, ne ressemblant à rien de connu sur terre, dont les courbes et les surfaces ne répondaient à aucun dessein concevable ni n'obéissaient à aucune géométrie intelligible. Ces choses, disait-il, venaient « d'ailleurs » ; et sa femme savait se les procurer. Quelquefois – mais toujours en chuchotements terrifiés et obscurs – il émettait des suppositions à propos du vieil Ephraïm Waite, qu'il avait vu de temps à autre, jadis, à la bibliothèque du collège. Ces vagues intuitions n'étaient jamais explicites mais semblaient graviter autour de quelque doute particulièrement atroce, à savoir si oui ou non le vieux magicien était bien mort – autant spirituellement que physiquement.

Il arrivait à Derby d'interrompre brusquement ses révélations, et je me demandais si Asenath n'aurait pas pu deviner à distance ses propos et le couper par un genre inconnu de mesmérisme télépathique – un de ces pouvoirs qu'elle avait révélés à l'école. Elle se doutait certainement qu'il me faisait des confidences, car, au fil des semaines, elle essaya de mettre fin à ses visites avec des mots et des regards d'une puissance inexplicable. Il lui était très difficile de venir me voir, car bien qu'il prétendît se rendre ailleurs, une force invisible venait généralement entraver ses mouvements ou lui faire oublier momentanément sa destination. Il venait d'habitude quand Asenath était partie – « partie dans son propre corps », comme il le dit bizarrement un jour. Elle s'en apercevait toujours plus tard – les domestiques épiant les allées et venues de son mari – mais, manifestement, elle jugeait maladroit de réagir avec violence.

4

Derby était marié depuis plus de trois ans quand, un jour d'août, je reçus ce télégramme du Maine. Il y avait deux mois que je ne l'avais vu, mais j'avais appris qu'il était « en voyage d'affaires ». Asenath était censée l'accompagner, quoique des commères vigilantes aient affirmé qu'il y avait quelqu'un en haut dans la maison, derrière les fenêtres aux doubles rideaux tirés. Elles avaient observé les achats faits par les domestiques. Et maintenant le shérif de Chesuncook me télégraphiait au sujet d'un fou crotté qui, sorti de la forêt en proie à un furieux délire, réclamait à grands cris ma protection. C'était Edward – il avait juste été capable de se rappeler son nom et puis le mien et mon adresse.

Chesuncook se trouve à la lisière des forêts les plus sauvages, les plus profondes et les moins explorées du Maine ; il me fallut une journée entière de voyage fébrile et cahotant, sous la menace de paysages fantastiques, pour y parvenir en voiture. Je trouvai Derby dans une cellule de la « ferme communale », oscillant entre la frénésie et l'abattement. Il me reconnut aussitôt, et se mit à débiter à mon intention un torrent de paroles insensées et à demi incohérentes.

« Dan... Pour l'amour de Dieu ! La fosse aux shoggoths ! Au bas des six mille marches... L'abomination des abominations... Je n'ai jamais voulu qu'elle m'emmène, et c'est là que je me suis retrouvé... Iê ! Shub-Niggurath !... La forme s'est élevée au-dessus de l'autel, et ils étaient cinq cents à hurler... La Chose encapuchonnée bêlait : "Kamog ! Kamog !" – c'était le nom secret du vieil Ephraïm à l'Assemblée... Et j'étais là, où elle avait promis de ne pas m'emmener... Une minute plus tôt j'étais enfermé dans la bibliothèque, et je me retrouvais là où elle était partie avec mon corps – dans ce lieu de suprême blasphème, l'enfer impie où commence le royaume ténébreux et où le veilleur garde la porte... J'ai vu un shoggoth – il changeait de forme... Je ne peux pas le supporter... Je ne le supporterai plus... Je la tuerai si jamais elle m'y envoie encore... Je tuerai cet être... elle, lui, ça... Je tuerai cela ! Je le tuerai de mes propres mains ! »

Il me fallut une heure pour le calmer, mais il finit par s'apaiser. Le lendemain, je lui achetai au village des vêtements convenables puis repartis avec lui pour Arkham. Sa fureur hystérique était passée, et il se montrait plutôt silencieux, bien qu'il commençât à grommeler obscurément pour lui-même quand la voiture traversa Augusta – comme si la vue d'une ville éveillait des souvenirs déplaisants. Il était clair qu'il n'avait pas envie de rentrer chez lui, et étant donné les fantasmes extravagants qu'il semblait entretenir à propos de sa femme – fantasmes sans doute nés d'une véritable épreuve hypnotique à laquelle il avait été soumis –, je pensai qu'en effet cela valait mieux. Je décidai de l'héberger moi-même pour un temps ; peu importent les désagréments que cela pourrait entraîner avec Asenath. Plus tard, je l'aiderais à obtenir le divorce, car à n'en pas douter, il y avait dans ce mariage un climat mental qui en faisait pour lui un suicide. Quand nous nous retrouvâmes en rase campagne, les marmonnements de Derby s'éteignirent et je le laissai baisser la tête et s'assoupir sur son siège près de moi tandis que je conduisais.

Au crépuscule, pendant que nous traversions Portland, le murmure recommença, plus distinct qu'auparavant, et, prêtant l'oreille, je saisis un flot d'insanités au sujet d'Asenath. L'ascendant qu'elle avait pris sur les nerfs d'Edward était évident, car il avait tissé autour d'elle tout un réseau d'hallucinations. La crise actuelle, marmonnait-il furtivement, n'était qu'un épisode dans une longue série. Elle s'emparait de lui et un jour, il le savait, elle ne le lâcherait plus. Même maintenant, elle ne le quittait sans doute que lorsqu'elle y était obligée, parce qu'elle ne pouvait pas le retenir longtemps à chaque fois. Elle empruntait sans cesse son corps pour aller en des lieux sans nom célébrer des rites innommables, le laissant dans son corps à elle, enfermé à clé à l'étage – mais quand elle devait lâcher prise, il réintégrait soudain son corps à lui, dans quelque endroit affreux, loin de tout et peut-être inconnu. Il arrivait qu'elle le reprenne alors ou bien elle n'y parvenait pas. Il échouait souvent n'importe où dans l'état où je l'avais découvert... Il lui fallait de temps à autre chercher son chemin à des distances effrayantes de chez lui et trouver quelqu'un pour conduire la voiture après l'avoir récupérée.

Le pire, c'est que cette possession durait de plus en plus longtemps. Elle voulait être un homme – pour être pleinement humaine ; voilà pourquoi elle s'emparait de lui. Elle avait deviné chez cet homme l'amalgame d'un cerveau exceptionnel et d'une volonté faible. Un jour, elle l'éliminerait complètement et disparaîtrait avec son corps d'homme – pour devenir un grand magicien comme son père, l'abandonnant, lui, dans cette enveloppe féminine qui n'était pas même tout à fait humaine. Oui, il savait maintenant ce qu'était le sang d'Innsmouth. Il y avait eu commerce avec des monstres venus de la mer – c'était atroce... Le vieil Ephraïm avait connu le secret et, devenant vieux, il avait fait une chose hideuse pour rester vivant... Il voulait vivre éternellement... Asenath réussirait – elle avait déjà fait ses preuves avec succès.

Tandis que Derby poursuivait son murmure, je me tournai vers lui pour le regarder de près, et je vérifiai le changement que j'avais observé plus tôt. Paradoxalement il semblait en meilleure forme que d'habitude – plus ferme, plus normalement développé, sans trace de la mollesse maladive due à son existence indolente. On eût dit qu'il avait été réellement actif et bien entraîné pour la première fois dans sa vie choyée, et j'en conclus que l'énergie d'Asenath avait dû le pousser dans des circuits peu communs d'activité et de vigilance. Mais, pour l'instant, son esprit était en triste état ; car il marmottait d'incroyables extravagances à propos de sa femme, de magie noire, du vieil Ephraïm, et de certaine révélation qui me convaincrait moi-même. Il répétait des noms que je reconnaissais pour avoir feuilleté autrefois les livres interdits, et par instants me faisait frémir suivant le fil d'une logique mythologique – d'une cohérence convaincante – qui courait à travers sa divagation. Il s'arrêtait maintes et maintes fois, comme pour reprendre courage avant quelque ultime et terrible dévoilement.

« Dan, Dan, ne te rappelles-tu pas – ses yeux farouches et sa barbe en broussaille qui n'a jamais blanchi ? Un jour il m'a foudroyé du regard et je ne l'ai jamais oublié. Maintenant elle me jette le même regard. Et je sais pourquoi !

Il avait trouvé cela dans le *Necronomicon* : la formule. Je n'ose pas encore te dire la page, mais quand je le ferai, tu pourras lire et tu comprendras. Tu sauras alors ce qui m'a englouti. Toujours, toujours, toujours – d'un corps à un corps, à un autre – il entend ne jamais mourir. La flamme de la vie – il sait rompre l'enchaînement – peut frémir encore quelque temps même lorsque le corps est mort. Je vais te donner des indices et tu devineras peut-être. Ecoute, Dan, sais-tu pourquoi ma femme se donne tant de mal avec cette absurde écriture renversée ? As-tu jamais vu un manuscrit du vieil Ephraïm ? Veux-tu savoir pourquoi j'ai frissonné en voyant des notes rapides griffonnées par Asenath ?

« Asenath... une telle personne existe-t-elle vraiment ? Pourquoi a-t-on eu l'idée qu'il y avait du poison dans l'estomac du vieil Ephraïm ? Pourquoi les Gilman parlent-ils à voix basse des cris étranges qu'il a poussés – ceux d'un enfant terrifié – quand il est devenu fou et qu'Asenath l'a enfermé dans la mansarde capitonnée où avait été... l'autre ? Etait-ce l'âme du vieil Ephraïm qui était enfermée ? Qui avait enfermé qui ? Pourquoi avait-il cherché pendant des mois un être très intelligent à la volonté faible ? Pourquoi enrageait-il que sa fille ne soit pas un fils ? Dis-moi, Daniel Upton, quel échange diabolique a été perpétré dans cette maison de l'horreur où ce monstre impie tenait à sa merci son enfant confiante, docile, à demi humaine ? Ne l'a-t-il pas rendu permanent – comme elle veut enfin le faire avec moi ? Dis-moi pourquoi ce monstre qui se dit Asenath écrit différemment quand elle ne se surveille pas, si bien qu'on ne peut distinguer son écriture de celle de... »

C'est alors que cela arriva. Dans son délire, la voix de Derby s'était élevée dans les suraigus, quand brusquement elle fut coupée comme si un déclic venait de jouer. Je songeai à d'autres circonstances où, chez moi, ses confidences s'étaient tout à coup interrompues – j'avais eu alors la vague idée qu'une mystérieuse onde télépathique de la force mentale d'Asenath intervenait pour le faire taire. Ce qui se passait maintenant était absolument différent et, je le sentais, infiniment horrible. Le visage tout proche se convulsa un instant jusqu'à être méconnaissable tandis qu'un frisson parcourait tout le corps comme si les os, les organes, les muscles, les nerfs et les glandes se rajustaient en une attitude, un équilibre de tensions et une personnalité radicalement différents.

A quoi au juste tenait le comble de l'horreur, je suis incapable de le dire ; mais il déferla sur moi une telle vague de nausée et de répulsion – une impression si glaçante et pétrifiante d'inconnu et de monstrueux – que mes mains sur le volant devinrent molles et mal assurées. Celui qui était près de moi semblait moins un ami de toujours que quelque intrus effroyable de l'espace intersidéral – la coalition maudite et détestable de forces cosmiques aussi mystérieuses que maléfiques.

Ma défaillance ne dura qu'un moment, mais presque aussitôt mon compagnon s'empara du volant et m'obligea à changer de place avec lui. La nuit était tombée et les lumières de Portland loin derrière nous, de sorte que je distinguais mal ses traits. L'éclat de ses yeux, pourtant, était extraordinaire ; et je compris qu'il devait être alors dans cet état de bizarre surexcitation – si différent de son moi ordinaire – que tant de gens avaient remarqué. Il paraissait étrange et incroyable que l'indolent Edward Derby – incapable de s'affirmer, et qui n'avait jamais appris à conduire – me donne des ordres et prenne le volant de ma propre voiture ; c'est cependant ce qui s'était produit. Il ne dit rien pendant un certain temps, et, dans mon inexplicable aversion, j'en fus heureux.

Aux lumières de Biddeford et Saco, je vis ses lèvres serrées et frémis de son regard flamboyant. Les gens avaient raison : il ressemblait diablement à sa femme et au vieil Ephraïm quand il était de cette humeur. Je ne m'étonnais pas de son caractère détestable car il avait alors, assurément, quelque chose de surnaturel et de diabolique, et cet air sinistre me frappait d'autant plus que j'avais entendu ses furieux délires. En dépit de ma familiarité de toujours avec Edward Pickman Derby, cet homme était un étranger. Un intrus surgi du noir abîme.

Il garda le silence jusqu'à ce que nous arrivions sur un bout de route obscur, et sa voix me sembla celle d'un inconnu. Profonde, plus ferme et plus tranchante que je ne l'avais jamais connue ; son accent et son intonation étaient complètement différents – tout en évoquant dans ma mémoire un souvenir vague, lointain et plutôt inquiétant que je ne réussissais pas à situer. C'était, pensai-je, la trace d'une très profonde et réelle ironie dans le timbre – non pas la pseudo-ironie absurdement désinvolte des petits « sophistiqués » que Derby affectait d'habitude, mais une chose menaçante, fondamentale, pénétrante et éventuellement malfaisante. Je fus surpris de ce sang-froid, suivant de si près la litanie de ses murmures affolés.

« J'espère que tu oublieras cette crise, Upton, dit-il, tu connais ma nervosité, et je pense que tu l'excuseras. Je te suis très reconnaissant, bien sûr, de me ramener chez moi.

« Il faut oublier aussi toutes les folies que j'ai pu dire à propos de ma femme – et de tout en général. C'est le résultat d'un travail excessif dans un domaine comme le mien. Ma philosophie est pleine de concepts bizarres et une intelligence surmenée fabrique en imagination toutes sortes d'applications concrètes. Je vais me reposer dès maintenant – tu ne me verras sans doute pas pendant un certain temps, sans avoir à en blâmer Asenath.

« Ce voyage était un peu étrange, mais en réalité c'est très simple. Il y a des vestiges indiens dans les forêts du Nord – pierres dressées, etc. – qui ont une grande importance dans le folklore, et avec Asenath nous suivons la question. C'était une recherche ardue, et j'ai dû perdre la tête. J'enverrai quelqu'un chercher la voiture quand je serai rentré. Un mois de détente me remettra sur pied. »

Je ne me rappelle pas exactement quelle part je pris à la conversation car l'étrangeté déconcertante de mon voisin m'occupait tout entier. Mon impression d'indéfinissable horreur cosmique grandissait d'une minute à l'autre, jusqu'au désir frénétique d'arriver au terme du voyage. Derby ne m'offrit pas de me rendre le volant, et je fus heureux de voir passer très vite Portsmouth et Newburyport.

Au croisement où la grand-route s'enfonce à l'intérieur des terres, évitant Innsmouth, je redoutai un peu que mon chauffeur ne prît la route sinistre du littoral qui traverse ce port maudit. Il ne le fit pas néanmoins, et fila, par Rowley et Ipswich, jusqu'à notre destination. Nous arrivâmes à Arkham avant minuit, et la vieille maison Crowninshield était encore éclairée. Derby descendit de voiture en me répétant hâtivement sa gratitude, et je rentrai seul chez moi avec un singulier soulagement. Ce trajet avait été terrible – d'autant plus terrible que je n'aurais pas su dire exactement pourquoi – et je ne regrettais pas que Derby prévoie une longue absence où il se passerait de ma compagnie.

5

Beaucoup de rumeurs coururent pendant les deux mois suivants. Les gens disaient qu'on voyait de plus en plus Derby dans sa nouvelle humeur active, et qu'Asenath n'était presque jamais là pour ses rares visiteurs. Je ne reçus qu'une visite d'Edward, venu en coup de vent avec la voiture d'Asenath – dûment récupérée là où il l'avait laissée dans le Maine – chercher des livres qu'il m'avait prêtés. Il était dans ses récentes dispositions, et ne resta que le temps de quelques vagues politesses. Il n'avait alors manifestement rien à discuter avec moi – et je remarquai qu'il ne prit même pas la peine en sonnant d'utiliser le vieux code, trois coups puis deux. De cette soirée en voiture, il me restait une vague mais très intense horreur que je ne pouvais expliquer, si bien que son prompt départ fut un véritable soulagement.

A la mi-septembre, Derby s'absenta une semaine, et certains étudiants du groupe « avancé » firent allusion d'un air entendu à une rencontre avec un célèbre chef de culte, récemment expulsé d'Angleterre, qui avait établi son quartier général à New York. Pour ma part, je ne pouvais chasser de mon esprit cette étrange randonnée du Maine. La métamorphose dont j'avais été le témoin m'avait profondément impressionné, et je me surprenais sans cesse à y chercher une explication – ainsi qu'à l'horreur extrême qu'elle m'avait inspirée.

Mais le plus surprenant c'étaient les bruits de sanglots que, paraît-il, on entendait dans la vieille maison Crowninshield. La voix semblait féminine et certains des plus jeunes croyaient reconnaître celle d'Asenath. Elle se faisait rarement entendre, et donnait parfois l'impression d'être étouffée de force. On parla d'une enquête, qui fut abandonnée quand Asenath se montra dans les rues et bavarda d'un ton alerte avec quantité de ses relations – s'excusant de ses récentes absences et parlant incidemment de la dépression nerveuse et de l'hystérie d'une invitée de Boston. On n'avait jamais vu l'invitée, mais la présence d'Asenath coupa court à tout. Puis quelqu'un compliqua les choses en murmurant qu'une fois ou deux les sanglots venaient d'une voix d'homme.

Un soir de la mi-octobre, j'entendis la sonnerie familière, trois coups puis deux, à la porte d'entrée. Ayant répondu moi-même, je trouvai Edward sur le seuil et me rendis compte immédiatement que sa personnalité était l'ancienne, celle que je n'avais pas rencontrée depuis le jour de son délire pendant le terrible retour de Chesuncook. Son visage était animé d'émotions contradictoires parmi lesquelles la crainte et le triomphe semblaient se partager l'empire, et il jeta un regard furtif par-dessus son épaule quand je refermai la porte derrière lui.

Me suivant d'un pas indécis dans le bureau, il me demanda du whisky pour se calmer les nerfs. Je me gardai de le questionner, attendant qu'il fût disposé à aborder ce qu'il voulait dire. Il se décida enfin à s'expliquer d'une voix étouffée.

« Asenath est partie, Dan. Nous avons eu hier soir une longue conversation, en l'absence des domestiques, et je lui ai fait promettre de ne plus s'attaquer à moi. Naturellement, j'avais certaines... certaines défenses occultes dont je ne t'ai jamais parlé. Elle a été obligée de céder, mais elle était folle de rage. Elle a plié bagage direction New York – filé juste à temps pour attraper le train de Boston à 8 h 20. Je suppose que les gens vont bavarder, mais je n'y peux rien. Inutile de raconter qu'il y a eu dispute, dis simplement qu'elle est partie pour un long voyage d'étude.

« Elle va probablement s'installer avec un de ses horribles groupes de fanatiques. J'espère qu'elle ira au diable et que j'obtiendrai le divorce – en tout cas, je lui ai fait promettre de garder ses distances et de me laisser tranquille. C'était atroce, Dan : elle me volait mon corps, m'en chassait, me gardait prisonnier. Je me soumettais, feignant de la laisser faire, mais il fallait rester sur mes gardes. Je réussissais à m'organiser à condition de faire attention, car elle ne pouvait pas lire entièrement le détail de mes pensées. Tout ce qu'elle déchiffrait de mes projets, c'était une sorte d'humeur rebelle – et elle m'a toujours cru désarmé. Jamais cru capable de triompher d'elle... mais je connaissais une ou deux formules qui ont agi. »

Derby regarda par-dessus son épaule et reprit un peu de whisky.

« J'ai congédié ces maudits domestiques, ce matin, quand ils sont revenus. Ils ont menacé et posé des questions, mais ils sont partis. Ils sont de son espèce – des gens d'Innsmouth – et ont toujours été avec elle comme cul et chemise. J'espère qu'ils me laisseront tranquille. Je n'ai pas aimé le rire qu'ils ont eu en partant. Il faut que je retrouve autant que possible les vieux serviteurs de papa. Je vais retourner chez moi à présent.

« Tu dois me croire fou, Dan, mais l'histoire d'Arkham devrait te rappeler des choses qui confirment ce que je t'ai dit – et ce que je vais te dire. Tu as assisté aussi à l'une de ces métamorphoses dans ta voiture, après que je t'ai parlé d'Asenath, ce jour-là, au retour du Maine. Au moment où elle m'a pris – chassé de mon corps. La dernière chose que je me rappelle de ce voyage, c'est que j'essayais de t'expliquer ce qu'est ce démon femelle. Alors elle m'a pris et en un clin d'œil je me suis retrouvé à la maison – dans la bibliothèque où ces maudits domestiques m'avaient enfermé à clé – et, dans le corps de cette diablesse... qui n'est même pas humaine... Tu sais, c'est sûrement elle que tu as dû ramener... ce loup dévorant dans mon corps... Tu as dû sentir la différence ! »

Je frissonnai quand il se tut. Certes, j'avais senti la différence – mais pouvais-je accepter une explication aussi insensée ? Cependant, mon visiteur, égaré, délirait encore davantage.

« Il fallait que je me délivre, il le fallait, Dan ! Elle m'aurait eu pour de bon à la Toussaint – ils font un sabbat là-bas, au-delà de Chesuncook, et le sacrifice aurait confirmé la chose. Elle m'aurait eu pour de bon... Elle aurait été moi, et j'aurais été elle... pour toujours... trop tard... Mon corps serait devenu le sien pour de bon... Elle aurait été un homme, et pleinement humaine comme elle le voulait... Je suppose qu'elle se serait débarrassée de moi – en tuant son ancien corps, avec moi dedans, que le diable l'emporte, exactement comme elle l'avait déjà fait... exactement comme elle, il ou ça l'avait déjà fait... »

Le visage d'Edward était affreusement convulsé, et il le

pencha exagérément près du mien tandis que sa voix devenait un murmure.

« Il faut que tu saches ce que je voulais dire dans la voiture : qu'elle n'est pas du tout Asenath, mais réellement le vieil Ephraïm lui-même. Je m'en doutais il y a un an et demi, et je le sais maintenant. Son écriture le prouve quand elle ne se surveille pas – elle griffonne parfois une note d'une écriture semblable à celle des manuscrits de son père, trait pour trait – et parfois elle dit des choses que seul pourrait dire un vieil homme comme Ephraïm. Il a changé de forme avec elle quand il a senti venir la mort – il n'avait trouvé qu'elle dont le cerveau lui convînt, avec une volonté assez faible –, il s'est emparé de son corps pour toujours comme elle voulait le faire du mien, puis a empoisonné le vieux corps dans lequel il l'avait mise. N'as-tu pas vu cent fois l'âme du vieil Ephraïm flamboyer dans les yeux de cette diablesse... et dans les miens quand elle maîtrise mon corps ? »

Le murmure s'était fait haletant, et il s'arrêta pour respirer. Je ne répondis pas, et quand il reprit la parole, sa voix était plus normale. Voilà, me dis-je, un cas pour l'asile, mais ce n'est pas moi qui l'y enverrai. Maintenant qu'il est libéré d'Asenath, le temps fera peut-être son œuvre. Je sentais qu'il ne voudrait jamais plus se mêler d'occultisme morbide.

« Je t'en dirai davantage plus tard – à présent j'ai besoin d'un long repos. Je te parlerai des horreurs interdites qu'elle m'a fait pénétrer – des horreurs séculaires qui suppurent encore aujourd'hui dans des coins perdus, entretenues par quelques prêtres monstrueux. Il y a des gens qui savent sur l'univers des secrets que nul ne devrait connaître, et qui sont capables de choses que nul ne devrait pouvoir faire. J'y étais plongé jusqu'au cou, mais c'est fini. A présent, je brûlerais ce maudit *Necronomicon* et tout le reste si j'étais bibliothécaire à Miskatonic.

« Mais elle n'a plus prise sur moi. Il faut que je quitte le plus tôt possible cette maison détestable, et que je me retrouve chez moi. Tu pourras m'aider, je le sais, si j'en ai besoin. Ces domestiques diaboliques, tu comprends... et si les gens posaient trop de questions à propos d'Asenath. Je ne peux pas leur donner son adresse... Et puis, certains groupes de chercheurs – certains cultes, tu vois – risqueraient de se méprendre sur notre rupture... Quelques-uns ont des idées et des méthodes rudement bizarres. Je sais que tu ne m'abandonneras pas s'il arrive quelque chose – même si je dois t'apprendre bien des choses qui te choqueront. »

J'invitai Edward à rester coucher cette nuit-là dans une des chambres d'amis, et le matin il paraissait plus calme. Nous envisageâmes diverses possibilités pour préparer son retour dans la demeure des Derby, et j'espérais qu'il le ferait sans tarder. Il ne vint pas le lendemain soir, mais je le vis souvent au cours des semaines suivantes. Nous parlions le moins possible de sujets bizarres et déplaisants, mais plutôt de la remise à neuf de la maison Derby, et des voyages qu'Edward promettait de faire avec mon fils et moi l'été suivant.

D'Asenath, il ne fut presque pas question, car je sentais qu'il y avait là un problème particulièrement inquiétant. Les commérages, bien sûr, ne manquaient pas, mais ce n'était pas une nouveauté avec le singulier ménage de la vieille maison Crowninshield. Ce qui me déplut, c'est ce que laissa entendre le banquier des Derby, fâcheusement en veine de confidences, au Club Miskatonic – à propos de chèques qu'Edward envoyait régulièrement à des nommés Moses et Abigail Sargent et à une certaine Eunice Babson, à Innsmouth. Cela voulait dire que ces domestiques au visage répugnant lui extorquaient une sorte de tribut – et pourtant il ne m'en avait pas parlé.

Je souhaitais que vienne l'été – et les vacances de mon fils à Harvard – pour que nous emmenions Edward en Europe. Je m'aperçus bientôt qu'il ne se remettait pas aussi vite que je l'avais espéré ; il y avait quelque chose d'un peu hystérique dans ses rares accès de gaieté, alors que ses crises de peur et de dépression devenaient de plus en plus fréquentes. Bien que la vieille maison des Derby fût prête en décembre, il retardait sans cesse le déménagement. Ce domaine de Crowninshield, qu'il haïssait et semblait craindre, il n'en était pas moins curieusement esclave. Il ne pouvait se décider à le dépouiller, et inventait toutes sortes d'excuses pour reculer l'exécution. Quand je le lui fis remarquer, il en parut inexplicablement terrifié. Le vieux maître d'hôtel de son père – qui était là avec d'autres anciens domestiques de la famille – me dit un jour sa surprise et son inquiétude de voir parfois Edward rôder dans toute la maison et particulièrement à la cave. Je me demandai si Asenath avait écrit des lettres alarmantes, mais le maître d'hôtel m'assura qu'aucun courrier n'était arrivé venant d'elle.

6

C'est aux environs de Noël que Derby s'effondra un soir qu'il était chez moi. J'orientais la conversation vers les voyages de l'été suivant quand soudain il poussa un cri et bondit de son siège avec un air de bouleversant et incontrôlable effroi – une terreur cosmique et une répugnance telles que seuls les gouffres infernaux du cauchemar peuvent en inspirer à un esprit sensé.

« Mon cerveau ! Mon cerveau ! Mon Dieu, Dan – ça tire – de là-bas – ça cogne – ça griffe – cette diablesse – même maintenant – Ephraïm – Kamog ! Kamog ! – la fosse aux shoggoths – Iê ! Shub-Niggurath ! Le Bouc aux Mille Chevreaux !...

« La flamme – la flamme... au-delà du corps, au-delà de la vie... dans la terre... Ô mon Dieu !... »

Je le ramenai à son fauteuil et lui versai un peu de vin dans la gorge tandis que sa frénésie sombrait dans une morne apathie. Il ne résista pas mais continua à remuer les lèvres comme s'il parlait tout seul. Je me rendis bientôt compte qu'il essayait de me dire quelque chose et je tendis l'oreille vers sa bouche pour saisir ses faibles paroles.

« ... toujours, toujours... elle essaie... J'aurais dû m'en douter... Rien ne peut arrêter cette force ; ni la distance, ni la magie, ni la mort... Ça vient, ça vient, surtout la nuit... Je ne peux pas partir... C'est horrible... Ô mon Dieu, Dan, si tu savais seulement comme moi à quel point c'est horrible... »

Quand il s'affaissa, hébété, je l'installai sur des oreillers et le laissai s'abandonner à un sommeil normal. Je n'appelai pas de médecin, car je savais ce qu'on dirait de sa santé mentale, et je voulais, si possible, donner encore une chance à la nature. Il s'éveilla à minuit, et je le menai coucher au premier étage, mais le matin il était parti. Il avait quitté silencieusement la maison – et son maître d'hôtel, que j'appelai au téléphone, me dit qu'il était chez lui, arpentant fébrilement la bibliothèque.

Dès lors, la personnalité d'Edward se désintégra rapidement. Il ne venait plus chez moi mais j'allais le voir chaque jour. Il était toujours assis dans sa bibliothèque, les yeux dans le vide, avec une attitude bizarre d'écoute. Il parlait quelquefois raisonnablement, mais toujours de choses banales. Toute allusion à son état, à des projets d'avenir ou à Asenath le jetait dans la frénésie. Son maître d'hôtel disait qu'il avait la nuit des crises effrayantes et qu'alors il pourrait se blesser.

J'eus un long entretien avec son médecin, son banquier et son notaire, et finalement je le fis examiner par le docteur et deux spécialistes de ses collègues. Il fut pris dès les premières questions de spasmes violents et navrants – si bien que le soir même une voiture fermée emmena à la maison de santé d'Arkham son pauvre corps convulsé. Je devins son tuteur et lui rendis visite deux fois par semaine – les larmes aux yeux en entendant ses cris farouches, ses murmures terrifiés, et la répétition atroce, incessante, des mêmes phrases : « Il fallait que je le fasse – il fallait que je le fasse... Il m'aura ce monstre... Il m'aura... en bas... en bas dans les ténèbres... Mère, mère ! Dan ! Sauve-moi... sauve-moi... »

Y avait-il un espoir de guérison, nul ne pouvait le dire ; mais je m'efforçai d'être optimiste. Edward devait avoir un foyer s'il s'en tirait, je transférai donc son personnel dans la demeure des Derby, qu'il choisirait certainement lorsqu'il aurait retrouvé la raison. Quant au domaine de Crowninshield, avec ses aménagements compliqués et ses collections d'objets absolument inexplicables, je ne savais qu'en faire, et le laissai momentanément en l'état – en priant la femme de chambre des Derby d'aller y faire le ménage des pièces principales une fois par semaine, et le préposé au chauffage d'y faire du feu ce jour-là.

Le cauchemar final survint avant la Chandeleur – précédé, cruelle ironie, par un faux rayon d'espoir. Un matin de la fin janvier, on me téléphona de la maison de santé qu'Edward avait subitement retrouvé la raison. Le fil de sa mémoire, disait-on, était gravement altéré ; mais la santé mentale elle-même était certaine. Il devrait naturellement rester quelque temps en observation, mais on ne pouvait guère douter du résultat. Si tout allait bien, il serait sûrement libre au bout d'une semaine.

Je partis en toute hâte, débordant de joie, mais je restai confondu quand une infirmière m'introduisit dans la chambre d'Edward. Le malade se leva pour m'accueillir, me tendit la main avec un sourire poli ; mais je m'aperçus immédiatement qu'il était possédé de cette personnalité curieusement dynamisée qui semblait si étrangère à sa vraie nature – la personnalité efficace dont j'avais ressenti confusément l'horreur, et dont Edward affirmait qu'elle était l'âme envahissante de sa femme. C'étaient le même regard flamboyant – celui d'Asenath et du vieil Ephraïm –, les mêmes lèvres serrées ; et quand il parlait, je percevais dans sa voix la même ironie méchante et pénétrante – la profonde ironie si évocatrice du mal en puissance. C'était la personne qui conduisait ma voiture dans la nuit cinq mois plus tôt – celle que je n'avais pas revue depuis la brève apparition où le visiteur avait oublié la sonnerie codée d'autrefois et suscité en moi ces confuses terreurs – et il m'inspirait à présent le même sentiment obscur d'étrangeté impie et d'indicible hideur cosmique.

Il me parla de bonne grâce des dispositions prévues pour sa sortie – et je ne pus qu'acquiescer, en dépit de certaines lacunes frappantes dans ses souvenirs récents. Je pressentais je ne sais quoi de terrible, d'inexplicablement faux et anormal. Il y avait là des horreurs qui m'échappaient. Cette personne était sensée, mais était-ce bien l'Edward Derby que j'avais connu ? Sinon, c'était qui, ou quoi – *et où était Edward ?* Fallait-il libérer celui-là ou l'enfermer... ou devait-on l'éliminer de la surface du globe ? Il y avait dans tout ce que disait cette créature une nuance d'atroce sarcasme – le regard, tel celui d'Asenath, conférait une note de dérision particulière, déconcertante à certains mots concernant « la proche liberté obtenue grâce à une *réclusion particulièrement étroite* ». Je dus me conduire comme un lourdaud et je fus heureux de me retirer.

Toute la journée et le lendemain, je me torturai l'esprit avec ce problème. Que s'était-il passé ? Quelle sorte d'intelligence observait par ces yeux étrangers dans le visage d'Edward ? Je n'avais rien en tête que cette énigme obscurément effrayante, et renonçai à tout effort pour accomplir mon travail habituel. Le matin du second jour, l'hôpital téléphona pour dire que le malade rétabli était dans le même état, et vers le soir je faillis avoir une crise de nerfs – ce que, j'en conviens, d'autres pourront considérer comme une explication de ma vision ultérieure. Je n'ai rien à dire sur ce point si ce n'est qu'aucune folie de ma part ne saurait suffire à expliquer tous les faits.

7

Ce fut dans la nuit – après cette seconde soirée – que l'horreur suprême, absolue, fondit sur moi, accablant mon esprit d'une panique intense et poignante dont il ne pourra jamais se délivrer. Cela commença par un appel téléphonique juste avant minuit. J'étais le seul debout et, un peu somnolent, je pris la communication en bas dans la bibliothèque. Il n'y avait, apparemment, personne sur la ligne et j'allais raccrocher avant de monter me coucher quand il me sembla percevoir un faible son à l'autre bout du fil. Etait-ce l'effort de quelqu'un qui avait de gros problèmes d'élocution ? Prêtant l'oreille, j'entendis comme un bruit de bulles semi-liquide : « glub... glub... glub », qui rappelait curieusement un mot inarticulé, incompréhensible, et des syllabes séparées. Je demandai : « Qui est à l'appareil ? » mais la seule réponse fut « glub-glub... glub-glub ». Je ne pouvais que supposer un bruit mécanique ; mais pensant qu'il s'agissait d'un appareil en dérangement qui pouvait peut-être recevoir mais non émettre, j'ajoutai : « Je ne vous entends pas. Il vaut mieux raccrocher et demander les renseignements. » J'entendis immédiatement raccrocher à l'autre bout du fil.

C'était, dis-je, juste avant minuit. Quand par la suite on localisa l'appel, on découvrit qu'il venait de la vieille maison Crowninshield ; pourtant il s'était bien passé la moitié d'une semaine depuis le jour où la femme de chambre y avait travaillé. J'évoquerai seulement ce que l'on trouva dans cette maison : une réserve tout au fond de la cave mise sens dessus dessous, des traces de pas, de la saleté, la garde-robe hâtivement pillée, des empreintes déconcertantes sur le téléphone, la papeterie et le bureau bizarrement utilisés, et une détestable puanteur qui imprégnait tout. Les pauvres imbéciles de la police, fiers de leurs petites théories, sont toujours à la recherche de ces sinistres domestiques congédiés – qui ont disparu de la circulation au milieu du scandale actuel. Ils parlent d'une vengeance macabre pour ce qui s'est passé et prétendent que j'y étais visé parce que j'étais le meilleur ami et le conseiller d'Edward.

Crétins ! S'imaginent-ils que ces singes incultes auraient pu contrefaire cette écriture ? S'imaginent-ils donc qu'ils ont pu amener ce qui est arrivé ensuite ? Sont-ils aveugles aux changements dans ce corps qui était celui d'Edward ? Quant à moi, je crois maintenant tout ce que m'a dit Edward Derby. Il y a des horreurs, aux frontières de la vie, que nous ne soupçonnons pas, et de temps à autre, la funeste curiosité d'un homme les met à portée de nous nuire. Ephraïm – Asenath – les a appelées et elles ont englouti Edward comme elles menacent de m'engloutir.

Puis-je être sûr d'être hors de danger ? Ces puissances survivent à la mort du corps matériel. Le lendemain – dans l'après-midi, quand, sorti de mon accablement, je fus capable de marcher et de parler de façon suivie – je suis allé à l'asile et je l'ai tué pour le bien d'Edward et du monde, mais puis-je avoir quelque certitude tant qu'il n'est pas incinéré ? Ils gardent le corps pour de ridicules autopsies par différents médecins – mais je soutiens qu'il doit être incinéré. Il faut incinérer celui qui n'était pas Edward Derby quand j'ai tiré sur lui. Sinon je deviendrai fou, car je peux être le suivant. Mais ma volonté n'est pas sans défense – et je ne la laisserai pas miner par les terreurs qui, je le sais, bouillonnent autour d'elle. Une seule vie – Ephraïm, Asenath, Edward – qui maintenant ? Je ne veux pas être chassé de mon corps... Je ne veux pas changer d'âme avec cette dépouille trouée de balles à l'asile !

Mais je vais essayer de raconter de façon cohérente l'ultime horreur. Je n'insisterai pas sur ce que la police passa obstinément sous silence – les récits à propos d'une créature rabougrie, grotesque et malodorante que rencontrèrent au moins trois passants dans High Street peu avant deux heures du matin, et la nature des empreintes de pas isolées à certains endroits. Je dirai seulement qu'il allait être deux heures quand je fus réveillé par la sonnette et le heurtoir de l'entrée – sonnette et heurtoir maniés tous deux alternativement et maladroitement en une sorte de désespoir sans force, *chacun essayant de respecter le vieux code d'Edward des trois coups puis deux.*

Tiré d'un sommeil profond, mon esprit se trouva jeté dans le trouble. Derby à ma porte – et se rappelant le vieux code ! Cette nouvelle personnalité ne s'en était pas souvenue... Edward était-il brusquement revenu à son état normal ? Pourquoi venait-il avec cette évidente insistance et cette hâte ? L'avait-on libéré plus tôt que prévu, ou s'était-il échappé ? Peut-être, me dis-je en enfilant une robe de chambre et en dévalant l'escalier, le retour à son propre moi a-t-il déchaîné délire et violence, remettant en question sa sortie et le poussant en un élan désespéré vers la liberté. Quoi qu'il en soit, il était redevenu mon cher vieil Edward, et j'allais l'aider !

Lorsque j'ouvris la porte sur l'obscurité de la voûte d'ormes, une bouffée de vent insupportablement fétide faillit me faire tomber à la renverse. Pris d'une violente nausée, j'eus d'abord du mal à distinguer sur les marches la silhouette naine et voûtée. L'appel était d'Edward, mais quelle était cette infecte et misérable caricature ? Où Edward avait-il si vite disparu ? Il sonnait encore une seconde avant que la porte ne s'ouvre.

Le visiteur portait un des manteaux d'Edward – dont le bas touchait presque terre, et les manches, pourtant retroussées, couvraient les mains. Il avait sur la tête un chapeau mou rabattu sur les yeux, tandis qu'un foulard de soie noire dissimulait le visage. Comme j'avançais vers lui d'un pas assuré, il émit un son semi-liquide comme j'en avais entendu au téléphone : « glub... glub... » et me tendit une grande feuille de papier, couverte d'une écriture serrée, et piquée au bout d'un long crayon. Entêté par la mortelle et inexplicable puanteur, je saisis ce papier et tentai de le lire à la lumière de l'entrée.

A n'en pas douter, il était de la main d'Edward. Mais pourquoi avait-il écrit alors qu'il était assez près pour sonner – et pourquoi cette écriture si maladroite, grossière et tremblante ? Je ne pus rien déchiffrer dans la pénombre incertaine, et comme je reculais quelque peu à l'intérieur du vestibule, l'espèce de nain suivit d'un pas lourd mais en s'arrêtant au seuil de la maison. L'odeur du singulier messager était vraiment effroyable, et j'espérai (ce me fut épargné, Dieu merci !) que ma femme n'allait pas se réveiller et devoir l'affronter.

Puis, tandis que je lisais la lettre, je sentis mes genoux se dérober sous moi et tout devint noir. Quand je revins à moi, j'étais étendu sur le sol, tenant toujours le maudit papier dans ma main paralysée de terreur. Voici ce qu'il disait :

« Dan, va à la maison de santé et tue ce monstre. Détruis-le. Ce n'est plus Edward Derby. Elle m'a eu – c'est Asenath – *et elle est morte depuis trois mois et demi*. Je mentais quand j'ai dit qu'elle était partie. Je l'ai tuée. Il le fallait. C'est arrivé tout d'un coup, mais nous étions seuls et j'étais dans mon vrai corps. J'ai avisé un chandelier et je lui ai fracassé la tête avec. Elle m'aurait eu pour de bon à la Toussaint.

« Je l'ai enterrée dans la dernière réserve au fond de la cave, sous de vieilles caisses, et j'ai fait disparaître toutes les traces. Les domestiques se sont doutés de quelque chose le lendemain matin, mais ils détiennent de tels secrets qu'ils n'ont rien osé dire à la police. Je les ai congédiés, mais Dieu sait ce qu'ils feront – eux et les autres fanatiques.

« Pendant quelque temps, j'ai cru que tout irait bien, puis j'ai senti ce tiraillement au cerveau. Je savais ce que c'était – j'aurais dû m'en souvenir. Une âme comme la sienne – ou celle d'Ephraïm – n'est qu'à demi détachée, et continue à vivre après la mort tant que dure le corps. Elle s'emparait de moi – me faisait changer de corps avec elle –, *capturant mon corps et m'enfermant dans son cadavre à elle, enterré à la cave.*

« Je savais ce qui allait se passer – c'est pourquoi j'ai craqué et il a fallu me mettre à l'asile. Alors c'est arrivé : je me suis retrouvé étouffant dans le noir – dans la carcasse pourrissante d'Asenath, en bas à la cave, sous les caisses, où je l'avais mise. Et je savais qu'à la maison de santé, elle devait être dans mon corps – pour toujours, car la Toussaint était passée, et le sacrifice opérait même en son absence –, avec toute sa raison, et prête à être relâchée, telle une menace sur le monde. Poussé par la force du désespoir, j'ai réussi en dépit de tout à me sortir de là.

« Je suis trop près de la fin pour pouvoir parler – j'ai été incapable de téléphoner – mais je peux encore écrire. Je m'arrangerai d'une manière ou d'une autre pour te porter ce dernier message, ultime mise en garde. *Tue ce démon,* si tu tiens à la paix et au bien-être du monde. *Veille à ce qu'il soit incinéré.* Sinon il revivra sans fin, passant à jamais d'un corps à un autre, et je ne saurais te dire ce qu'il fera. Garde-toi de la magie noire, Dan, c'est l'affaire du diable. Adieu – tu as été un véritable ami. Raconte aux policiers ce qu'ils voudront bien croire – et je suis terriblement désolé de te mettre tout cela sur les bras. Je serai bientôt en paix – car cette loque ne tiendra pas longtemps. J'espère que tu pourras me lire. *Et tue ce monstre – tue-le.*

« A toi – ED. »

Je ne lus que plus tard la dernière partie de cette lettre, car je m'étais évanoui à la fin du troisième paragraphe. Je m'évanouis de nouveau quand je vis et sentis la masse informe étalée sur le seuil où l'air chaud l'avait atteinte. Il n'y aurait plus jamais pour le messager ni mouvement ni conscience.

Le maître d'hôtel, plus endurci que moi, ne s'évanouit pas en voyant le matin ce qui l'attendait dans le hall. Mais il téléphona à la police. Quand elle arriva, on m'avait porté en haut sur mon lit, mais le... reste était toujours là où il s'était effondré dans la nuit. Les hommes se bouchèrent le nez avec leurs mouchoirs.

Ce qu'ils découvrirent finalement à l'intérieur des vêtements disparates d'Edward, ce fut une horreur quasi déliquescente. Il y avait aussi des ossements – et un crâne défoncé. Des analyses dentaires permirent d'identifier formellement ce crâne comme celui d'Asenath.

TABLE

4094

Achevé d'imprimer en France (La Flèche)
par CPI Brodard et Taupin le 20 octobre 2011. 66535
EAN 9782290327982
1er dépôt légal dans la collection : décembre 1995

Éditions J'ai lu
87, quai Panhard-et-Levassor, 75013 Paris
Diffusion France et étranger : Flammarion